D1930185

Dieses Buch ist für:

Das Ausleben meiner Freude, meiner Wut und meines Hasses!

Henning Taube

Impressum

Henning Taube · Postfach 101010 · 30975 Pattensen · www.henningtaube.de
1. Auflage · 2019
Cover/Satz: GrafikKajüte · Jan Koppens · www.grafikkajuete.de
Covermotiv: www.shutterstock.com
Druck: epubli · Ein Service der neopubli GmbH · Berlin

Printed in Germany

MUCHO GUSCHO

[über,] Leben unter Irren

„Ich mach ne Sekte oder so was. Irgendwas in der Art. Oder was mit Kultur vielleicht", sagte Lolli.

„Wie, du machst ne Sekte oder so was?", fragte Atze.

„Na, eben ne Sekte. So mit allem Drum und Dran. Mit Geld, Anhängern, Sex natürlich, und eben allem Drum und Dran. Oder Kultur."

„Oh ja, er macht ne Sekte, nä", sagte Rudi. „Oder Kultur."

„Nee, nee, macht er nicht, nä. Er macht keine Sekte, nä", sagte Atze und trank Bier.

„Doch, er wird der ganz große Sektenmann, oooh ja, das wird er", sagte wieder Rudi.

„Mit Sex und allem Drum und Dran. Klar, wenn einer ne Sekte macht, dann Lolli, nä."

„Fresse jetzt mal", blähte Lolli sich auf. „Ich mein das ernst. Ich habe gute Connections. Das wird der Hammer, sag ich euch!"

Ich war zum ersten Mal bei Lolli, und so ganz wohl fühlte ich mich nicht in meiner Haut. Wie Rudi und Atze die ganze Zeit redeten, da musste ich erst mal drauf klarkommen, da musste ich erst mal hintersteigen, da brauchte ich ne halbe Stunde für.

Und Lolli – n ganz skurriler Typ. Ein Unikum auf den ersten Blick. Von vorne bis über die Mitte seines Melonenkopfes Halbglatze, hinten silberweiß und total lockig. Sein Oberkörper rund und kompakt, der sich senkrecht auf kurzen Stelzen hielt. Er roch stark nach billigem Parfüm und Schweiß.

Eigentlich wollte ich nur das beste Gras haben und gleich wieder losjuckeln, meine Jacke hatte ich gar nicht erst ausgezogen.

„Du bleibst noch“, hatte Lolli gesagt, „und baust noch einen.“

Klar, er war nicht ganz dicht, hatte Udo ja gesagt, da ist ne Schraube locker. Aber er habe fantastisches Gras, was stimmte. Ich war zu wie n Rücklicht, und meine Augen leuchteten wahrscheinlich auch so, und ich saß nur bei Lolli, weil Udo der Arsch verhindert war.

„Hol mir mal n Bier aus m Kühlschrank“, sagte Rudi zu Atze.

„Oh ja, ich stratz sofort los und hol dir n beschissenes Bier aus m Kühlschrank. Bin gleich wieder da.“

„Nee, machste nicht, nä.“

„Doch, doch, mach ich. Ich bring dir auch noch n Raider mit. Vielleicht hat Aldi ja noch auf.“

„Bau mal einen.“

„Fresse jetzt mal“, erhob Lolli seine Stimme und ließ die Muskeln auf den Oberarmen zucken. Er trug ein weißes Rippenhemd mit Kaffeefleck zwischen den Titten.

„Ich schmeiß euch beide jetzt raus“, sagte er.

„Oh ja, er schmeißt uns beide jetzt raus“, sagte Atze zu Rudi. „Vor allem mich.“

„Los jetzt! Sonst gibt's nichts mehr! Verstanden?“

„Klar Lolli!“

„Logo Lolli!“

Lolli verdrehte die Glubscher und die beiden quälten sich aus den tiefen Lederpolstern, ich stand gleich mit auf, doch Lolli drückte mich wieder runter.

„Du schreibst", sagte er zu mir, als die beiden zur Wohnungstür raus waren. „Hat mir Udo gesagt."

„Na ja ... was heißt, ich schreibe ... Ich kritzle n bisschen rum ... Bin aber noch nicht besonders weit."

„Nee, nee, lass mal, Udo meint, du bist n Guter."

„Udo hat noch kein Satz von mir gelesen."

„Weißte, so was spürt man. Auch wenn ich keine Bücher lese ... Aber ich wette, du wirst was ganz Großes schreiben. Was ganz anderes."

„Mhm. Wenn du meinst ... Was soll das überhaupt für ne Sekte werden?"

„Weiß ich noch nicht. Aber ich kenn da n paar Leute, mit denen lässt sich was auf die Beine stellen ... Und du fängst am besten jetzt schon an, dir Notizen zu machen ... Ist nur n kleiner Tipp am Rande. Wie alt bist du?"

„Dreiundzwanzig."

„Dreiundzwanzig ... Genau das richtige Alter für das erste große Werk."

„Muss es denn unbedingt ne Sekte sein?"

„Quatsch, muss es nicht. Kann es aber. Was spricht dagegen?" Er sah mich stechend an und ich wusste nicht, wie ernst ich ihn nehmen konnte.

„Na ja, Sekten haben n schlechten Ruf. Sekten sind nicht besonders angesagt."

„Meinste? Du wirst sehen, was es wird. Schreib du einfach dein Buch."

„Wieso heißt du eigentlich Lolli?"

„Früher immer Lollis gelutscht."

„Achso. Na ja, ich werd dann mal ..."

Hundert Kilo blieben sitzen. Ich war froh, als ich draußen stand. Die Wohnung war eng. Was heißt, Wohnung? Ein Zimmer mit Küchenzeile, das Klo ohne Wanne und Fenster. Ich zog den Helm aus der Sitzbank und startete die rote Vespa, die mir die Neue vom Geld meines Alten gekauft hatte, damit ich zum Zivildienst in die Psychiatrie knattern konnte. Sie hatte aber so getan, als sei es ein Geschenk nur von ihr allein gewesen. Ich liebte sie – die Vespa.

Bevor Udo mich reinließ, musste ich fünf Minuten warten, er hatte sich den Knöchel beim Federball gebrochen. Er wohnte eigentlich ganz schön, in einem Zweifamilienhaus, er oben, seine Alten unten.

„Na, alles gut gegangen?", fragte er. Rasch zog er den Vorhang ein Stück zur Seite und inspizierte die Straße. Kifferparanoia.

„Alles klar, Udo!"

„Man kann nie wissen!" Er zog den Vorhang wieder vor's Fenster, damit bloß kein Licht reinkam.

Wir pflanzten uns ins Wohnzimmer, der Fernseher lief, irgendeine Talkshow, Mittagsprogramm.

„Bauen kann ich ja zum Glück noch", sagte er und rollte den Joint. „Jetzt stell dir mal vor, meine Scheiß-Hand wär gebrochen ... Wie fandst du Lolli?"

„Hm. Merkwürdiger Typ. Will ne Sekte machen. Oder was mit Kultur."

„Der will alles machen. Er ist etwas verrückt, aber in Ordnung."

„Kennst du auch Rudi und Atze?"

„Die sind jeden Tag bei ihm."

„Vorhin hat er sie rausgeschmissen."

„Er schmeißt sie immer raus. Das ist so n Spiel von denen. Kann man nichts drauf geben."

„Ich mach erst mal ne Pause", sagte ich, als Udo mir den Joint hinhielt.

„Dein Ding."
„Was macht Lolli sonst so?"
„Nichts."
„Wie, nichts?"
„Na, eben nichts. Kifft, will immer was machen, macht aber nichts."
„Man muss was machen", sagte ich, was natürlich Schwachsinn war.
„So? Warum?"
„Er dealt ja zumindest."
„Lolli? Der dealt nicht. Würde er niemals tun. Er hat immer was da, aber Geld verdient er damit nicht. Ich glaube, er lebt einfach. Ja, das wird es sein."
„Hm."
Wir glotzten zur Matschscheibe. So langsam wurde ich wieder nüchterner. Ich hasse es, wenn meine Kumpels, oder auch die Neue, das Ding nie ausschalten. Bei Udo lief der Fernseher immer, er dachte gar nicht daran auszumachen, allerdings hielt ich es auch nie länger als eine Stunde bei ihm aus, es sei denn, wir waren unten im Garten und spielten Federball, wobei wir die Zeit vergaßen.

Mein Alter war noch nicht zu Hause, er ackerte als Berufssoldat, und die Neue trieb sich sonst wo rum, vielleicht hatte sie einen Stecher, was ich aber nicht so recht glaubte, sie war einfach schlicht gesagt, zu blöd und zu prüde, um sich einen zu suchen.

Ich fläzte mich aufs Bett und las, bis die Zeilen vor meinen Augen verschwammen. Es klopfte an der Zimmertür, ich schreckte hoch, das Buch lag auf meinem Bauch.

„Paul, wir können essen, wenn du möchtest."
Das war die Neue, sie meinte es gut.

„Wie war der Tag in der Werkstatt?", fragte sie und lächelte nett, während ich am Küchentisch Platz nahm. Es roch nach Hühnersuppe. Der Alte saß schon gierig wartend auf seinem Stuhl.

„Normal", sagte ich.

„In der Klapse kann es nicht *normal* sein", meinte der Alte und lachte sich über seinen originellen Spruch innerlich fast tot. Aber er meinte es, wie er es sagte.

„Beim Bund ist auch nichts normal", regte ich mich auf.

„Seid still", mischte sich die Neue gleich ein und lächelte noch netter. „Lasst uns essen." Sie zählte auf, was alles in der Hühnersuppe rumschwamm, Zeug, das ich nicht kannte, alles hinten aus dem Garten, war ziemlich grün die Suppe, aber auch mit viel Huhn, Bio-Huhn! wie sie fünfmal betonte, für fünfunddreißig achtzig.

Sie taperte jeden Morgen hinter unserem Reihenhaus über das Grundstück und pflückte und schnitt alles Mögliche ab, auch Brennnesseln, Ringelblumen und vom Kater vollgepisste und zugeschissene Gänseblümchen. Der Kater von Frau Pfuhl war ihr ein Dorn im Auge, er fand immer neue Wege, um unseren Garten zu markieren. Vor allem dachte er nicht im Traum daran, seine Scheißhaufen zu verscharren. Es gab oft richtig Krieg zwischen der Neuen und der Pfuhl. Unsere anderen Nachbarn aus der Reihe verhielten sich still und wollten sich am liebsten unsichtbar machen, wenn sie die Neue in ihren lilafarbenen Barfußlatschen im Garten rumtapern sahen, beäugten sie misstrauisch aus ihrem Versteck hinter der Hecke, und bevor sie von ihr gesehen wurden, verpissten sie sich lieber schnell, sonst würde sie alle wieder totlabern mit ihrem Gesundheitswahn und ihrer Ernährungspsychose. Der Alte war inzwischen auch nicht besser, er stand hinter ihr. Voll und ganz. Von wildfremden Menschen, die mich mit ihm in Zusammenhang bringen konnten, wurde ich auf der Straße angesprochen. Sie sagten, früher habe man mit ihm ja auch manchmal über normale Sachen sprechen können, wann habe das denn aufgehört, doch wohl erst, als er seine neue Frau kennen gelernt habe. Ich konnte darauf nie was erwidern.

„Erzähl doch mal von deinem Tag, Paul", sagte sie so herzlich wie möglich.

„Ja, also heute waren alle normal." Jetzt grinste ICH innerlich.

„Tsss", machte mein Alter.

„Nun lass ihn doch mal erzählen, Ernst."

„Ja, aber da gibt es heute wirklich nicht viel zu erzählen. Es wurde gemalt, so Sachen gebaut ..."

„Geht das auch etwas genauer?", sagte er.

„Sind die Bilder immer noch so INTERESSANT?", fragte sie.

„Manche ja, manche nicht."

„Dir muss man heute aber wirklich alles aus der Nase ziehen."

„Du wirst noch bitter bereuen, dass du dich nicht verpflichtet hast! Zivildienst! Tss ..."

„Klar."

„Nun lass ihn doch. Er wird seinen Weg schon gehen."

„Ja, als Patient."

„Der Apfel fällt nicht weit vom Stamm", haute ich raus.

Der Alte kochte, er kaute auf einem zähen Ding rum, das ihm fast aus dem Mund geflutscht wäre, er vertrug es überhaupt nicht, wenn ihm Paroli geboten wurde, vor allem nicht von mir. Früher hatte er noch Befehle beim Bund verteilt, und auch zu Hause an mich, aber das war längst vorbei, man konnte ihn einfach nicht mehr für voll nehmen. Aber seiner Meinung nach hatte er es geschafft, er müsse sich jedenfalls nie wieder Befehlen unterordnen, wobei er ganz klar seine Neue vergaß. Er arbeitete im Büro, was er da genau tat, dürfe er keinem verraten – streng geheim. Klar. Jedenfalls habe er sich im Laufe der letzten Jahre sehr, sehr, sehr hochgearbeitet, das teilte er uns zu gern und zu oft mit erhobenem Schädel mit. Aber was soll der Scheiß hier eigentlich? Ich will gar nicht so viel über meinen Alten schreiben, über den gibt's auch gar nichts zu schreiben, völlig uninteressante Erscheinung, überflüssig wie ne Mücke. Jaja, Schwalben fressen Mücken usw. Über die Neue gibt's schon mehr zu erzählen. Eso-Tusse – hängt am Geld vom Alten wie ne Mutter an der Schraube, nimmt mich manchmal in Schutz, manchmal ihn, je nachdem von wem sie was will. Sie würde bestimmt gern ohne ihn, kann sie aber nicht, weil sie seine Kohle, sein Auto, sein Haus, seinen GARTEN braucht, aber seit ein paar Jahren seinen Schwanz nicht mehr – ha! Hat mir seine Ex erzählt, mit der er sich jeden Donnerstag trifft, heimlich versteht sich. Die haben nichts miteinander, jetzt nicht mehr, sie verstehen sich nur. Er heult über die Neue und sonst was ab. Sexprobleme, Geldprobleme, Zeitprobleme ... Seine Ex erzählt mir ALLES! Jeden Freitag ruft sie mich an, heute immer noch. Ich will das nicht, aber sie tut es trotzdem, sie sagt, er benutze sie als Therapeutin, und dafür brauche sie mich jeden Freitag als ihren Seelenmülleimer, das sei mehr als gerecht. Sie geht ins Detail, selten unter einer Stunde.

„Hast du schon dein Vitalin XJ 9 genommen?", fragte mich die Neue.

„Nee."

„Du weißt, dass du das BRAUCHST! Dass es jeder Mensch

BRAUCHT!“

„Ja, ich muss auch gleich wieder los.“

„Erst wird Vitalin XJ 9 genommen!“

Sie drückte mir die rote Pille in die Hand, die für den Tag, die für die Nacht ist blau. Dazu bekam ich einen Krug Wasser aus der Karaffe mit den ganzen bunten Steinen auf dem Grund. Sie besprach das Wasser, dankte ihm, sagte ihm, wie schön, wie rein, wie wertvoll es sei, erst dann sei es wirklich pures und wirksames Heilwasser. Ich tranks aus, schmeckte wie Leitungswasser eben schmeckt, ich fühlte mich danach nicht anders.

„Wie ist denn heut dein Stuhlgang?“, fragte sie zum Glück nicht mich, sondern ihn, wie jeden Tag während des Essens.

„Ja, gut ...“, sagte er und kaute schon wieder auf was rum, wobei ihm das Fett am Kinn herunterrann und er es nicht merkte. „Genauso gut wie gestern ... Gute Konsistenz, gesunde Farbe, dicker als cremig. Und er riecht ja auch nicht mehr so ...“

Ich hörte weg und dachte an Opa auf dem Sterbebett.

„Paul“, sagte sie, „ich möchte dich und deinen Vater zum Essen einladen. Zu unserem LIEBLINGS-Spanier! Der kauft ja auch von mir Vitalin XJ 9. Er kauft es für seine ganze Familie!“

„Ja, ich weiß.“

„Er kauft so viel, dass ich ihm die Packungen fast schon zum Einkaufspreis gebe. Es geht mir ja nicht darum, viel Geld mit Vitalin XJ 9 zu verdienen. Ich möchte doch einfach nur, dass die Menschen gesund werden. Sie sind ja fast alle krank ... Jedenfalls, Paul, bin ich dabei, GANZ OBEN auf der Leiter anzukommen! Letztes Jahr habe ich sage und schreibe hundertfünfundvierzig Packungen Vitalin XJ 9 verkauft, wirklich ein bombastisches Jahr, und nächste Woche sind ja auch noch die Gesundheitstage ..."

„Ich muss dann jetzt mal los."

„Ich habe dir eine neue Zahnbürste hingelegt."

„Ja, danke."

„Das ist eine WIRKLICH GUTE Zahnbürste! Hat zwar vier fünfundneunzig gekostet, aber im Öko-Test hat sie mit SEHR GUT abgeschnitten. Auch wenn es eine Handzahnbürste ist, sie reinigt perfekt, wenn man sie richtig anwendet ... Du musst ..."

„Ja, danke."

Ich ging um die Hochhäuser rum und weiter zum Spielplatz. Lutz und Rainer saßen auf der Wippe und rauchten einen, ich setzte mich auf den Rasen und rauchte mit.

„Na, heute schon geschrieben?", fragte mich Lutz.

„Nee. Ich glaube, ich kiffe zu viel."

„Warum kiffst du nicht *nach* dem Schreiben?"

„Ist mir zu spät."

„Achso. Ich kiffe immer erst nach 20 Uhr. Breit kriege ich auch nichts zustande."

„Ach, scheiß drauf."

„Was heißt, scheiß drauf!", sagte Rainer. „Willst du dir ewig die ganze gequirlte Scheiße der fixierten Psychos reinziehen? Dann lieber Schriftsteller."

„Na, so schlimm ist das ja nun auch nicht."

„Na, ich weiß ja nicht."

Als ich wieder in meinem Zimmer war, war ich schön breit. Ich klappte den Laptop auf. Mein Roman umfasste 150 Seiten, 50 bis 70 sollten es noch werden. Ich wusste, eigentlich hatte ich zugedröhnt nichts an der Geschichte zu suchen, es konnte nämlich passieren, dass ich alles scheiße fand und mit einem einzigen Klick löschte. Hatte ich schon zweimal getan, und weg war weg, da war ich abergläubisch, zu so nem Computerfuzzi, der alles wiederherstellen könnte, würde ich nie gehen. Also klappte ich das Ding vorsichtshalber wieder zu und überlegte, was ich stattdessen tun könnte. Zum Beispiel fernsehen. Ich schaltete von Eins bis Neunzehn und wieder aus. Lesen brachte auch nichts, nach drei Zeilen wusste ich in diesem Zustand nicht mehr, was ich in der ersten gelesen hatte. Ich war auch viel zu faul, um mich auf die Vespa zu setzen, also haute ich mich aufs Bett und drückte die Nummer von Luise, weil ich höchstens Lust hatte zu vögeln. Vielleicht würde sie mich ja abholen, was natürlich ne Schnapsidee war, sie ging seit einem Jahr nicht mehr dran, wenn sie meine Nummer sah. Mir war einfach scheiße langweilig. Doch in diesem Augenblick kam mir DIE Idee! Die blaue Pille! DIE BLAUE PILLE! Warum eigentlich nicht!? Monate lang lag sie nun schon in der Schreibtischschublade. Ich hatte keine Ahnung, was das für ne Pille war, Udo hatte sie mir zum Geburtstag geschenkt. Er hatte gesagt, lass dich überraschen, sei die Abfahrt schlechthin. Also, nichts wie rein damit!

Seit diesem Tag rühre ich keine psychedelischen Drogen mehr an. Nichts. Kein LSD, kein Peyote, keine mexikanischen oder thailändischen Pilze, kein Meskalin, nicht mal Psylos aus dem nächsten Wald. Ich bin geheilt. Nee, echt, ich bin bestimmt kein spiritueller Typ, kein durchgeknallter Eso-Pisser, ich denke, ich bin einfach ich, aber ehrlich, fast hätte ich mein Ich verloren. Man hört ja immer, dass sich Fast-Leichen von oben sehen, oder man hört was von Tunnel und Licht. Bei mir war es anders: Ich sah da unten ein grünes Monster, mit roten Zähnen, das dabei war, sich aufzufressen. Doch dann, ganz plötzlich, ein paar Augenblicke nach dem Monster, war da ein grüner Haufen Matsch, ein glitschiger, wabbliger Klumpen.

Mit einem Schlag glotzte ich aus der Froschperspektive – ich WAR der Klumpen! – und BAFF – kam diese Riesenpranke auf mich zu, packte mich, schmiss mich hoch, ich klatschte auf ... Vor mir zwei Gestalten, ich erkannte sie sofort – die Neue und der Alte! Horror! Sie schrien auf mich ein, ich verstand nicht, was sie schrien, bedrohlich hockten sie über mir, rissen und zerrten an meinem Matschkörper. Panisch wirbelte ich rum, ich wollte weiterleben, nicht vernichtet werden wie ein riesiger Haufen eklige Scheiße. Dann erblickte ich eine Art matschigen Fuß, der drauf los trat, er traf die Neue mitten ins Gesicht, sie flog gegen die knallig rote Wand. Und dann eine matschige Klaue. Sie griff den Alten an seinem Haarbüschel und riss ihn sonst wohin. Eine Treppe, die sich wie Gummi dehnte. Der Alte purzelte die Stufen runter. Und ich, matschig und schleimig wie ich war, rutschte Stufe um Stufe nach.

Aufgewacht bin ich in der Klapse auf der Geschlossenen. Aber nicht im Sanatorium Seelenheil, wo ich meinen Zivildienst abdiente, sondern im Landeskrankenhaus.

Die Neue saß mit einem rosa Plastikbecher in der einen und der roten Pille in der anderen Hand an meinem Bett und flennte. Sie hatte ein schönes Veilchen und es sah so aus, als habe sie die ganze Nacht hier gesessen und geflennt. Ich war fixiert worden. Sie drückte mir die Pille zwischen die Lippen und flößte mir Schluckweise Wasser nach. Vitalin XJ 9 sei gegen alles, predigte sie immer und ewig, vor allem aber auch gegen psychische Krankheiten. Ja, klar.

Sechs Wochen musste ich in der Anstalt bleiben, so lange war der richterliche Beschluss angeordnet worden. Ich nahm zehn Kilo zu, für mich gab es kein Sättigungsgefühl mehr. Ich stopfte alles in mich rein, was ich kriegen konnte, manchmal aß, nein, ich FRAß die Reste meiner Mitpatienten auf. ALLES. Sechs Frühstückseier, vier Brötchen, Wurst ohne Beilage, Schmierkäse mit dem Löffel. Das wären die Nebenwirkungen, sagte der Arzt. Das war alles, was er sagte. War ihm scheißegal, wie fett ich wurde. Hauptsache ruhig, nur nicht aufmüpfig werden. Ich meine, ich konnte n paar Kilo gebrauchen, aber das Problem war, dass sich das ganze Fett im Gesicht, am Hals und am Bauch absetzte. Meine Beine waren wie Stöcker, die Arme wie Bindfäden. Gnädigerweise durfte ich mit dem Alten und der Neuen durch die Fußgängerzone schlurfen, um mir neue Klamotten zu besorgen.

Pünktlich nach sechs Wochen holten sie mich ab. Sie hätten mir verziehen und ich durfte in meinem Zimmer wohnen bleiben – VORERST. Ich musste ihnen versprechen, mich über kurz oder lang um eine Wohnung zu bemühen, und ich musste ihnen schwören, keine Drogen mehr anzurühren. Na klar!

Das Gras klebte hinter dem Bilderrahmen. Ich konnte es kaum abwarten. Als sie schliefen, baute ich mir einen und dachte über Lolli nach. Er hatte mich einmal in der Woche in der Klinik besucht, obwohl er mich ja eigentlich gar nicht richtig kannte. Manchmal nervte sein Gequatsche, aber da er der Einzige war, bis auf den Alten und die Neue, die mich besuchten, war ich ihm für die Abwechslung, die er mir bot, dankbar. In den ersten vier Wochen war ich zu zugepumpt, als dass ich selbst hätte etwas erzählen können, wir saßen immer im Raucherraum. Ich versuchte zuzuhören. Er erzählte von einer Halle, die er für ein großes Projekt in Aussicht habe, von der Sekte schien er weg zu sein. Er hatte jetzt vor, eine Art Gesundheitszentrum mit Kulturcafé zu eröffnen, Genaueres wolle er erst verraten, wenn er Genaueres wüsste. Ein paar

Mal fing er von Sternen und Universen an zu erzählen, wobei ich ihm aber überhaupt nicht folgen konnte. Er sprach davon, dass der Gedanke schneller als der Lichtstrahl sei und man durch Meditation mit seinem Geist in unergründete Sphären reisen könne. Ah. Seine Themen waren sprunghaft, er wechselte ständig hin und her, schien aber Ahnung von Sachen zu haben, von denen ich noch nie etwas gehört hatte. Nach der Entlassung blieb ich noch vier Wochen lang zu Hause, Lolli holte mich zu Spaziergängen ab, ich sprach immer noch nicht viel, aber das schien ihn nicht zu stören. Wir gingen in einem angenehmen Tempo, durchquerten den Deister oder wanderten an den Ricklinger-Teichen vorbei, manchmal machten wir Rast auf einer Bank und rauchten einen, mittags kehrten wir in das eine oder andere Restaurant ein. Schließlich ernannte ich Lolli zu meinem besten Freund, was ja auch nicht weiter schwierig war, denn er war auch mein einziger richtiger Freund. Udo war ein guter Kumpel, ehrlich, und Rainer und Lutz vom Spielplatz nicht mal das, die beiden traf ich nur, um mich nicht zu langweilen. Mit anderen Leuten hatte ich nicht viel zu tun.

Bald verabredeten wir uns mehrere Male in der Woche. Wir redeten darüber, was wir vom Leben hielten. Echt jetzt. Für Lolli ergab alles Sinn, die Anordnung jedes einzelnen Sternes könne nicht zufällig sein. Für ihn gab es einen Künstler, einen Zauberer, einen Gott, der die Gesamtheit der Welt erschaffen hat. Warum denn nicht das Ebenbild des Menschen?, fragte er mich. Warum denn nicht ein alter Mann mit langen weißen Haaren und Bart? Warum sollte es da oben keinen Gott geben? Für ihn gab es das Paradies und die Hölle. Er kannte Psalmen auswendig und sagte mir die zehn Gebote auf. So blöd es sich anhört, er war sich sicher, Jesus sei über

Wasser gegangen, hätte Blinde sehend gemacht und Tote auferweckt. Oft betonte er, dass man da ja mit nicht gerade vielen Menschen drüber sprechen könne, er sei froh darüber, dass ich ihm zuhöre. Ich allerdings hatte keine richtige Meinung. Nicht über Gott, nicht über die Erschaffung des Universums, geschweige denn über einen oder DEN Sinn des Lebens. Für mich gab es Zufälle. Nichts Spirituelles, nichts Christliches, nichts Übernatürliches. Es war wie es war, oder eben anders.

Es kam der Tag, an dem ich wieder zur Arbeit ins SSH, ins Sanatorium Seelenheil, fuhr, zehn Wochen war ich nicht da gewesen. Das heißt, ich hatte gerade mal ein paar Wochen Einblick in die guschoianische Arbeit dieser Psychiatrie bekommen, als mich auch schon diese fürchterliche psychotische Attacke mit einem Schlag aus dem Leben fegte.

Um ehrlich zu sein, kam mir die Guschoianik als Lebensphilosophie, oder sogar als Heilmethode, ziemlich suspekt vor. Vor allem jetzt, nachdem ich wusste, wie es in einer „normalen" Klapse zugeht. Ich nahm mir vor, Ohren und Augen offenzuhalten und Vergleiche zu ziehen.

Der Morgenkreis begann immer um punkt acht im Begegnungsaal. Teil daran nahmen die Patienten, die in den Werkstätten arbeiteten, die Ergotherapeuten und Herr Eichel und Frau Darm. Ich wurde herzlich willkommen geheißen. Frau Darm und Herr Eichel stimmten gleich ein Liedchen für mich an. Herr Eichel entzauberte seiner Bratsche hohe Töne, die unter der Haut kitzelten. Dann ging es im Kanon los. Ich war raus, ich war immer raus, keiner sang falscher als ich. Aber jeder hatte die Schnauze aufzumachen und Zähne zu zeigen.

Und die Olle, so wurde Frau Darm unter den Patienten genannt, oder auch Die Hexe, sang ebenfalls völlig krumm und schief. Aber sie merkte es nicht. Herr Eichel und Frau Darm waren voll in ihrem Element. In der klassischen Musik blühten sie auf. Herr Eichel spielte und sang nicht nur die von Liebherr Guscho komponierten Lieder, nein, er konnte auch viele Tote nachleiern, er sagte, dass seien alles seine guten Freunde, mit denen er noch immer in Kontakt stehe. Ach so.

Während der Musik starrte ich die ganze Zeit zu Miriam, wir hatten seit zehn Wochen nicht gevögelt, wir gafften uns an wie verhungernde Kannibalen, die in den Unterhosen ne Portion saftiges Fleisch hängen haben. Sie hatte herrliche Lippen und nette Brüste, schöne runde Nippel, wie ne Schwangere, sie trug an diesem Morgen keinen BH, aber das fiel zwischen den ganzen Öko-Tussen nicht weiter auf, denn die meisten von ihnen trugen ihre blanken Titten unter purer Wolle. Sie stand etwas breitbeinig in ihrem langen Rock da und mir war klar, da war kein saftiges Fleisch in ihrem Höschen, aus dem einfachen Grund, weil sie keins anhatte. Ich hatte den totalen Ständer. Ich stellte mir vor, sie würde jetzt lospissen. Vielleicht hatte sie sogar wieder ihre schwarzen Liebeskügelchen drin.

Miriam fehlte ein halbes Ohr, was ich aber nicht weiter schlimm fand, und der linke Arm war gebeugt und steif, na ja, und ganz auf der Höhe war sie manchmal auch nicht. Sie wusste das und hatte hin und wieder damit zu kämpfen. Vor allem, wenn sie erst ne halbe Minute später checkte, worum es in einem Scherz ging. Wenn sie traurig war, machte ich ihr immer Komplimente, sagte, sie sei ne Bombe beim Sex und könne wirklich fantastisch blasen. Dann strahlte sie mich mit großen Augen an, sie war dann wirklich ganz stolz. Schon nach zwei Wochen im Sanatorium war klar, dass wir zueinander finden würden. Wir genossen unser spannendes Geheimnis.

„Dankeschön ...", sagte ich nach dem Ende des Liedes, um mich erkenntlich zu zeigen. Darauf kam gleich der guschoianische Morgenspruch aus Herrn Eichels Rachen gerauscht, jede Woche ein anderer Spruch, den, wette ich, niemand verstand, außer natürlich Herr Eichel.

Ein von ihm auserwählter Patient, worauf er sich wirklich was einbilden konnte, der Patient, durfte aus dem guschoianischen Kalender ablesen, um wieviel Uhr die Sonne auf- und unterging. Dann wurden ein paar Geist-Körper-Bewegungen der Guschorik veranstaltet, und kurz darauf, nach einem lautstarken Guten Morgen, bei dem sich alle anfassten, auch die, die neben den Popelfressern, Schorfaufpulern, Arschlochkratzern und Wichsern standen, verteilten sich Werkstattpersonal und Patienten, allesamt in Filzpantoffeln, in die Arbeitssäle.

Zur Gesamtheit des Sanatoriums gehören das 1848 erbaute Haupthaus (damals wurde es als Herrenhaus, fast schon als Schlösschen für einen Millionenschweren Kaufmann errichtet) mit der Geschlossenen, der Offenen, dem Speisesaal, den Büros und den Therapiezimmern. Direkt dahinter liegt der riesige Park mit seinen mächtigen Laubbäumen und exotischen Pflanzen und dem eigenen Fichten- und Buchenwäldchen. Die Werkstattsäle, wie der Holzsaal, der Filz- und Nähsaal, der Töpfersaal, der Kunstsaal und der zukünftige Papiersaal, stehen etwas abseits hinter dem Wald gleich am See. Alles halbrunde schneeweiße Räume mit riesigen Fensterelementen, die mit dem ganz runden Begegnungssaal in der Mitte, der „das Herz" genannt wird, durch je eine gebogene Schiebtüre verbunden sind. Durch die große, gewölbte Kuppel scheint das Tageslicht hindurch. Das ganze Gebilde sieht aus der Luft wie eine zart violett schimmernde Blume aus. Neben den Sälen gibt es noch die Küche, die Toiletten und interessanterweise den „Gummiraum". Die übelsten Geschichten kursieren unter den Patienten über diesen Raum. Einer mit lockerer Zunge soll sogar mal behauptet haben, er wurde originalgetreu nach dem Bauplan von Joseph Mengele und Albert Sperr kopiert. Er wisse es von seinem Vater, der bei Albert Speer in der Lehre gewesen war. Böse, böse. So was kriegt man dann auch echt nicht mehr raus aus der Birne. Der ganze Bau hatte Millionen verschlungen und war zum größten Teil aus Spendengeldern finanziert worden. Die fünftausend Guschoianer, die es in Deutschland gibt, gelten als reich.

In jedem Saal hängt ein strenges, bedrohliches, gerahmtes Porträt von Liebherr Guscho, man hat den Eindruck, er starrt einen immerzu an, wenngleich er schon seit hundertfünfzig Jahren mausetot ist. Er wurde (was heißt, wurde?, wird wahrscheinlich noch immer), von Herrn Eichel und Frau Darm wie ein Gott angebetet – und alles, was in den Büchern steht, die er geschrieben hat, gilt für sie als wahr und heilig. Ja, er ist für alle Guschoianer ein Heiliger, der Vorreiter aller esoterischen Gruppierungen, die es heute in Deutschland gibt. Er hat ihrer Meinung nach den Sinn des Lebens verstanden, sein wahres Ich erkannt und genau gewusst, wie viele Leben er schon gelebt hat. Er hat auch das göttliche Opfer gebracht, bewusst in den Tod zu gehen, um in einer unbekannten fernen Sphäre, irgendwo in diesem Universum, das Paradies für alle „echten" Guschoianer zu finden. Natürlich ist es ihm gelungen, und nun, ENDLICH! kann man nach Millionen von Jahren und Tausenden von Leben hoffen, hoffen, hoffen.

Im Holzsaal, wo ich mit den Ergotherapeuten Herrn Gritzner und Frau Eilers und sechs Patienten zusammenarbeitete, wurden zumeist antike Schränke, Tische und Stühle aufgemöbelt. Es wurde abgebeizt, geschliffen, geölt und poliert. Es gab aber auch eine Drechselbank, auf der allerlei Kinderspielzeug hergestellt werden konnte.

Mindestens zwei bis dreimal täglich stolzierte Herr Eichel mit durchgedrücktem Rückgrat durch die Säle und begutachtete uns. Wie auf Knopfdruck war es dann mucksmäuschenstill. Er legte sein Gewinnerlächeln auf und pickte sich irgendeinen Patienten für ein Therapiegespräch heraus.

Zu jeder Frühstückszeit bimmelte Frau Eilers mit dem Glöckchen. Frühstück zelebrierten alle in ihren Werkstätten, Mittag wurde drüben im Haupthaus im Speisesaal eingenommen. Zu allererst las Frau Eilers einen guschoianischen Planetenspruch vor, dann nahmen wir uns an die Hand und wünschten uns Guten Appetit. Eigentlich sollte während des Essens nicht gesprochen werden, wir waren dazu angehalten, auf unsere Gestik und das bewusste Speisen wertzulegen. Natürlich hielten sich die Patienten nicht ans Schweigen, die Pause war die beste Zeit, um sich auszutauschen, denn beim Arbeiten sollte ja erst recht die totale Stille vorherrschen.

Per Klopfzeichen tuckerte ich mit dem Zeigefinger gegen die Toilettentür, wo wir verabredet waren, der Schlüssel drehte sich herum und ihre Hand zog mich hinein.

„Was fällt dir ein, mich zehn Wochen warten zu lassen, du Arsch?!“, lachte sie mich an und ließ ihren Rock fallen.

An einem Nachmittag trafen sich alle Mitarbeiter und Patienten (außer die aus der Geschlossenen) zu der schon lang vorangekündigten Vollversammlung. Jeder bekam eine Tasse Kräutertee und ein Stück Salbeikuchen. Herr Eichel stand da wie eine Statue, zwei, dreimal strich er den Bogen über die Saiten, dann verharrte er wieder. Es wurde leiser, aus dem Flüstern wurde höchstens noch ein kaum wahrnehmbares Atmen, bis man gar keinen Mucks mehr hörte. Dann verkündete er hoch offiziell und feierlich, indem er die Arme weit von sich warf, er habe nun ENDLICH den vollkommenen Namen für die neuen Wohnhäuser des Sanatoriums gefunden. Er betonte, der Name habe WIRKLICH nichts mit seinem Namen zu tun. Er lege ja auch gar keinen Wert auf seinen Namen. Nee, natürlich nicht. Er zögerte den Augenblick der Verkündung so lang wie möglich heraus. Er baute Spannung auf. Er hatte es drauf. Dann sagte er:

„Meine lieben Damen und Herren! Manchmal hat man eine Eingebung ... Vielleicht kennen das einige von Ihnen. Vielleicht einige. Ich habe ja VIELE Eingebungen. SEHR VIELE! Visionen sagt man auch dazu. Vielleicht bekommen Sie auch eines Tages eine Vision, dann wissen Sie, wovon ich spreche ..."

Ich beobachtete Frau Darm. Sie strahlte, schaute vom Stuhl aus hoch zu ihm, himmelte ihn an, vergötterte ihn, war ja so stolz auf ihren Lebenspartner und Gönner. Gönner ... Später erfuhr ich, dass sie die fette Henne mit den ganzen goldenen Eiern war, die sie massenhaft ausschiss, wie Ziegen ihre kleinen runden Köttel.

„... Wären Sie nicht hier, hier im Sanatorium Seelenheil! im SSH, meine lieben Damen und Herren! hätte ich diese einmalige Vision niemals bekommen! NIEMALS! Dafür danke ich Ihnen ALLEN! Ich freue mich sehr, dass Sie diesen Moment mit mir gemeinsam genießen können ..."

Jetzt erst mal ein Liedchen auf der Bratsche, wobei er sich auf den Schemel stellte, der ihn zwanzig Zentimeter länger machte und auf eins achtzig brachte, und gleich noch ein paar Töne hinterher.

„Meine sehr verehrten Damen und Herren! Liebe Genossen

und Genossinnen, so sagt man ja so schön in der Politik ... Ha-ha-ha ..." Lacher von ihm. Lacher von den Mitarbeitern und einigen Patienten. Großer Lacher von Frau Darm. Sie klatschte einmal in die Hände, schüttelte den Kopf, so als könne sie das alles vor humorvoller Heiligkeit kaum glauben.

Alle hingen an Herrn Eichels Lippen, ich hing an Miriams, die noch zwei Stunden vorher an mir gehangen hatten.

„Bei Visionen war ich stehen geblieben ... Ideen! Ideen setzen schöpferische Fähigkeiten frei. Und wir hier SCHÖPFEN! meine Damen und Herren! Wir sind ein SANATORIUM, das EINZIGE in seiner ART. Sie verstehen? Wir arbeiten handwerklich. Hier spielt der Mensch die erste Geige ... Ha-ha-ha ..." Er strich den Bogen wieder über sein Instrument. Und er lachte noch immer über seinen gelungenen Scherz, Frau Darm auch, sie guckten sich an wie Bescheuerte, dann war wieder Totenstille.

„Aber wie gesagt ... Nicht alle Menschen bekommen Visionen, Eingebungen, Ideen. Natürlich gibt es auch heute noch, in dieser modernen Zeit, Propheten! Es gibt weise Menschen ..." Ein dreifacher Nicker zu sich selbst. „... Wir müssen lernen durch Visionen zu wachsen und zu reifen, einem wahren Ziel entgegen zu schreiten. Meine lieben Damen und Herren! Der Name, welchen ich EMPFANGEN habe, lautet ... EICHION! Lassen Sie sich bitte diesen Namen auf der Zunge zergehen. Lassen Sie den Namen EICHION in ihren Ohren erklingen. Er klingt wie eine himmlische Welt im Himmel. Ha-ha-ha ... Wir, meine Damen und Herren, WIR sind EICHION!"

Und noch ein Liedchen für uns alle.

„Und ich möchte ausdrücklich erwähnen ...", fuhr er mit seiner Rede fort, „... Sie wissen ja, dass ich nicht eitel bin ... Ha-ha-ha ... Wie gesagt, Eichion hat nichts, aber auch gar nichts mit MEINEM Namen zu tun! Eichion steht für die Eiche, für den mächtigsten aller deutschen Bäume. Die Eiche symbolisiert Kraft, sie schenkt uns Luft zum Atmen, und sie symbolisiert DEUTSCHLAND! Das ist freies Denken, meine Damen und Herren ... FREIES DENKEN!"

Alle begannen zu klatschen. Manche so, als hätten sie sich nicht mehr im Griff. Frau Darm hörte gar nicht mehr auf. Zum Schluss klatschte sie als Einzige, im Stehen.

Nachdem die Sitzung beendet war, betrat ich nichtsahnend die Toilette. Wir mussten vorübergehend die Behindertentoilette benutzen, die Damen- und Herrentoilette bekamen gerade neue Fugen.

Ich drückte die Tür auf. Es war wie ein Schock. Ich erstarrte. Sie auch. Sie saß auf dem Lokus, roter Rock hochgeschoben, weiße Strumpfhose bis zu den Füßen runtergeschoben. Schwarze Beine. Lange, dürre Stifte. Schwarz wie Affenbeine. In der Mitte einen riesigen, gekräuselten, schwarzen Busch, einen Busch, wie ich ihn noch nie gesehen hatte, nicht einmal in den 80er Pornofilmen. Er war mit den Haaren an den Oberschenkeln verwachsen. Ich sah plötzlich nichts als Schamhaare. Wir hatten beide den Mund offenstehen. Ich fasste mich als erster und riss die Tür wieder zu. Ich machte, dass ich rauskam. Mich ließ das Bild nicht mehr los, es lässt mich bis heute nicht los. Es war ekelhaft und schön zugleich, und von diesem Tag an wusste ich nicht, welche tiefen Wasser in mir schlummerten. Wir hatten ein Geheimnis, und es begann mir Spaß zu machen, sie in manchen Situationen diskret anzuflirten.

Es war Sommer. Ich hatte drei Wochen Urlaub, den ich gleich am Anfang meiner Einstellung eingereicht hatte. Es war heiß,

30 Grad, zu heiß für die leichtesten Bewegungen, in meinem Zimmer stand die Luft. Ich schaltete den Ventilator ein, stellte mich nackt davor und überlegte, was passiert, wenn ich in Richtung des Propellers spritze.

Trotz der Hitze hatte ich Lust noch etwas zu unternehmen und rief Lolli an. Er freute sich und meinte, dass er gerade an mich gedacht habe. Wir verabredeten uns für den Abend im Biergarten. Ich nahm das Fahrrad und radelte gemütlich die sechs Kilometer, wobei ich den laschen Fahrtwind genoss. Als ich ankam, saßen auch Rudi und Atze mit am Tisch, ich hatte sie einige Wochen nicht gesehen und bekam noch bessere Laune.

„Was gibt's Neues?", fragte mich Lolli.

„Ach, irgendwie langweilt mich der Urlaub."

„Geh ins Freibad", sagte Rudi.

„Klar, Freibad ist wie Urlaub auf Malle, nä", sagte Atze.

„Nee, Freibad ist nicht wie Urlaub, nä. Bestell noch mal n Bier für alle!"

„Klar, und n Korn."

„Nee, nä."

„Doch, nä."

„Weißte", sagte Lolli, „mich nerven Leute, die glauben, alles zu wissen."

Wie er jetzt darauf kam, wusste ich nicht und sagte:

„Mein Chef ist so einer."

„Man muss nicht alles wissen ..."

Plötzlich sah ich sie. Und was noch viel schlimmer war – sie sah mich im selben Atemzug! Ulrike saß ein Tisch weiter. Alarmstufe Rot. Zu spät. Keine Flucht mehr möglich. Das Lasso war geworfen, hatte mich bei der Kehle, mir schoss das Blut aus allen Adern voll ins Gesicht, mittelschwere Atemnot,

Herzrasen, beide Schläfen drückten sich pochend aus meinem Schädel. Ich wusste, das letzte Wort war noch nicht gesprochen, ihre Eifersucht war krankhaft. Es war das erste Mal, dass wir uns begegneten, seitdem sie mich in der dritten Woche meiner Anstellung im Sanatorium mit Miriam aus den Büschen kommen sah. Miriam wischte sich gerade das Kinn sauber. Damals waren Ulrike und ich noch so halb zusammen und sie wollte mich nur auf eine Tasse Tee besuchen, mehr nicht.

Blitzschnell sprang sie auf, sie bebte, ihre Visage verformte sich zu einer fiesen Grimasse mit tötenden Blicken, sie marschierte schnurstracks auf mich zu und knallte mir so heftig eine auf die Wange, dass mein Kopf vibrierte. Ich spürte feurige Fingerstriemen.

„Du Wichser!", fauchte sie.

PAFF – hatte ich noch eine sitzen. Lolli, Atze und Rudi grinsten. Sie tranken, grinsten und glotzten. Was sollten sie auch sonst tun. Alle andern glotzten auch. Sie holte erneut aus, doch diesmal bekam ich ihren Unterarm zu greifen, verdrehte ihn ihr auf dem Rücken und schubste sie von mir weg. Sie geriet ins Taumeln und flog auf die Fresse.

„Buuuuhhh ...", riefen manche Gäste.

Ich hetzte zu meinem Fahrrad und machte mich aus dem Staub.

Die Tage schleppten sich. Das Einzige, was ich tat, war morgens mit dem Fahrrad in den nächsten Wald zu fahren und einen zu rauchen. Stundenlang saß ich auf meiner Lieblingsbank und ließ die Gedanken schweifen. Nicht immer waren es sonnige Gedanken, manchmal machten sie mir sogar etwas

Angst, oft waren es auch einfach zu viele auf einmal, die ich nicht zu ordnen verstand. Aber einiges, was mir sinnvoll erschien, schrieb ich in mein Notizheft. Gelegentlich krickelte ich auch ein Gedicht hin.

Es war der vorletzte Tag meines Urlaubs, ein Samstag, heute war ich zu einer Party eingeladen, das heißt, Lolli hatte mich gebeten, ihn zu begleiten, interessante Leute, hatte er gesagt, bisschen versnobt, aber in Ordnung. Ein etwas unbehagliches Gefühl hatte mich erfasst, denn die Party fand in Kleefeld, im so genannten Philosophen-Viertel, statt. Bonzige Gegend, fette weiße Villen, dunkle Schlitten vor den Türen, und genau in so einer fetten weißen Villa sollte die Party starten. Wahrscheinlich war sie schon gestartet, denn die Uhr zeigte halb zehn, zu neun war geladen. Ich hatte mich absichtlich verspätet, so wollte ich sichergehen, dass Lolli schon unter den Gästen verweilte. Aus dem Garten vernahm ich Stimmengewirr, aber ich konnte nichts sehen, die Hecke war zu dicht verwachsen. Die Musik spielte leise, jazzig, bestimmt wurde wichtig dahergeredet und philosophiert. Ich klingelte trotzdem.

„Ja, bitte?" Vor mir stand eine korpulente Frau in weißer Schürze.

„Guten Abend ... ich bin zu der Party von Fritz eingeladen."

„Ja, das ist schön", sagte sie. „Dann haben Sie ja bestimmt Ihre Einladung dabei?"

„Äh ... Einladung?"

„Sie haben keine?"

„Nein ... also, ich bin auch nicht direkt eingeladen, nur über einen guten Freund von Fritz." Allerdings wusste ich nicht mal, ob Lolli und Fritz wirklich so gut befreundet waren, gesehen hatte ich sie noch nie zusammen.

„Warten Sie bitte einen Augenblick ...", sagte die Frau und

ließ die schwere Tür ins Schloss fallen. Gerade noch war ich am Überlegen, ob ich wieder abhaun sollte, als ein junger Mann auftauchte. Mein erster Eindruck sagte mir, dass er gut und freundlich aussah, er war mir sympathisch.

„Ich bin Fritz." Er reichte mir die Hand. „Lolli hat angekündigt, dass er einen Kumpel mitbringt. Komm rein."

„Ähm ... Ist Lolli noch nicht da?"

„Der kommt bestimmt jeden Moment. Kommt ja so gut wie immer zu spät, nicht wahr."

Wir gingen geradeaus durch die vier Meter hohe Diele direkt in den Garten. Wunderschön. Einladend. Ruhige Atmosphäre und doch gehobene Stimmung. Verhaltenes Lachen. Überall brannten Fackeln, an den Ästen hingen rote und gelbe Lampions. Wer hat, der hat, dachte ich und wurde neidisch. Riesige Bäume umrandeten den Garten, helle Kieswege führten über die Rasenfläche, verzweigten sich, um sich wiederzutreffen, an den Wegen standen ein paar Bänke, die weißen Seerosen auf dem Teich wurden rot und grün angestrahlt, eine niedrige Fontäne plätscherte vor sich hin, die meisten Gäste hingen in den bequemen Korbsofas und Sesseln, dazwischen Tische mit Cocktails und Knabberzeug. An der weißen Fassade der Villa stand ein sechs Meter langer Tisch mit einem wundervollen Buffet spanischer Tapas und allem an Leckereien, was das Herz begehrte. Das ist nicht ganz meine Welt, stellte ich staunend fest, fand aber das schöne Ambiente faszinierend. Wenn das die Neue sehen könnte, dachte ich, wenn sie dabei sein könnte, würde sie durchdrehen. So stellte sie sich ihr Leben vor, dekadent und abgehoben. Hätte sie sich doch bloß einen anderen als den Alten geangelt! Er brachte es einfach nicht. Immerhin taperten sie dienstags auf ihren Wunsch hin jedes Jahr aufs Schützenfest, um die Prominenz in Augenschein zu nehmen. Dienstag ist Promi-Tag, sagte sie, da müssen wir hin. Dann steht man in schwarzer Garderobe bei dreißig Grad schwitzend am Promi-Zelt zwischen anderen Schaulustigen, wahrscheinlich kennt man sich schon über die Jahre, und hofft, dass man selbst für prominent gehalten wird, das wäre ja ein echt schöner Scherz, nicht wahr, den könnte man dann auch noch als Oma und Opa erzählen. Die Neue redete ständig davon, was sie nicht alles täte, hätte sie einen 6er im Lotto. HELFEN! Natürlich, nichts anderes, nur helfen. Erst ihrer Familie, dann dem Rest. Dem ganzen großen Rest! Sie hat die Millionen wirklich, WIRKLICH! verdient. Gott oder die höheren Mächte, „oder wer auch immer da oben" würden das schon irgendwann zur Kenntnis nehmen. Nicht viel später behauptete sie wieder, Geld habe nichts, aber AUCH GAR NICHTS mit Glück zu tun.

Ich jedenfalls kannte hier auf dieser Party keinen Menschen. Und ich wollte mich auch nicht einfach zu wem dazugesellen. Fritz war gleich wieder in ein Gespräch vertieft, von ihm hatte ich nichts mehr zu erwarten. Da hinten wurde gekifft und etwas lauter gelacht, die Graswolke schwebte zu mir rüber. Na gut, dachte ich, hier rumstehen und gaffen geht schon mal gar nicht, also auf zur Bar, auf den letzten freien Hocker gesetzt und gehofft, dass mich keiner anspricht. Mir fiel auf, dass alle fünf bis zehn Jahre älter waren als ich, auch die Frauen. Schöne Frauen. Alle leger gekleidet.

„Kann ich ein Bier bekommen?", fragte ich die Schönheit, die mit ihrer Kollegin für den Ausschank zuständig war. Sie stellte mir eins hin. Die neben mir saßen, unterhielten sich über was. Ich hatte keine Lust hinzuhören und ließ es, zündete mir eine an und überspielte meine Nervosität. Diese straffen Titten da hinterm Tresen machten mich verrückt. Die eine hatte einen glitzernden Stecker über der Lippe, die andere einen auf der nassen, glänzenden Zunge, ab und zu blitzte er hinter strahlend weißen Zähnen auf, ich bekam meinen Blick nicht von ihr weg. Eigentlich bekam ich den Blick von beiden nicht weg. Sie mussten abwechselnd dran glauben. Ich dachte an einen Dreier und hatte einen Ständer.

Scheiße – die hatten was gemerkt! Schnell schaute ich auf mein Bier und aschte ab. Jetzt mieden sie mich mit ihren Blicken wie Ekeleiter, und ich dachte an Opa auf dem Sterbebett, um meinen Schwanz wieder unter Kontrolle zu kriegen.

Plötzlich haute mir jemand von hinten auf die Schulter. Lolli! Na endlich! Na endlich, du Wichser! hätte ich ihn am liebsten angebrüllt, wo warst du Arschloch die ganze Zeit?

„Komm mit", sagte er.

Wir gingen auf einen ovalen Tisch zu, an dem noch zwei freie Stühle standen. Der Tisch war riesig, auf den ersten Blick schätzte ich, dass zwölf Leute drum saßen. Wir setzten uns hin und bekamen von jeder Seite einen Joint gereicht.

Ich konnte nicht anders – klar, dass ich rauchen MUSSTE. Die Blöße, abzulehnen, konnte ich mir nicht geben, wäre nur peinlich gewesen, keiner lehnte hier an diesem Tisch anscheinend ab. Koks für die Klarheit wäre mir auf jeden Fall lieber als sich mit Gras den Kopf zuzudröhnen, dachte ich. Und das erste Ding, das ich an meine Lippen führte, kam mit Wucht, der Törn schlug ein wie ne Bombe. Fuck! Genau das hatte ich vermeiden wollen.

Alle lachten, Lolli tönte gleich mit rum und gab bunte Geschichten von sich. Er verstand es, Leute mit fantasievollem Scheißerzählen zum Lachen zu bringen, er hatte Talent und konnte andere fantastisch in seinen Bann ziehen. Aber andere erzählten auch was, und ich konnte schon nach ein paar Minuten nicht mehr folgen. Mein Blick wanderte hin und her.

„... Und Paul ist Schriftsteller ...“, hörte ich wen sagen.
Ich grinste. Ich glaube, ich tat nichts weiter, nur grinsen und so nett wie möglich aussehen, was anderes brachte ich nicht mehr.

„Was schreibst du denn gerade?“, fragte jemand.
Ich grinste weiter. Sonst wohin. Aah ... da war ein roter Lampion!

„He, du bist gemeint! Herr Schriftsteller!“ Ich hatte Lollis Ellenbogen in den Rippen und zuckte zusammen. Grinsend.

„Hgggg ... Was?“

„Na, was du gerade schreibst?“, sagte jemand.
Ich guckte hin, wo die Stimme hergekommen war. Da guckte mich jemand an, den ich nicht kannte – ich nickte und grinste freundlich.

„Hey du Honk! DICH meinen wir!“

Jetzt hatte ich's! ICH war gemeint! War da eben tatsächlich das Wort SCHRIFTSTELLER gefallen? Ich konnte es nicht fassen. Ich trank von meinem Cocktail und grinste so bescheuert beim Schlucken, dass ich mich vollsabberte.

„Nun sag doch mal“, sagte eine Frau.

„Hä?“

„Schreibst du einen Roman ... oder ein Sachbuch ... Kurzgeschichten ... Kinderbücher ... esoterische Bücher ... Fachbücher ... was schreibst du denn nun?“

„Ähm ... ja ... was schreibe ich ... Ach ... nur so...“

„Nur so ...“, zischte Lolli. „Der schreibt nicht NUR SO! Der schreibt DAS BUCH!“

„Einen Roman über Sex?“, fragte ne Tusse. „Einen Roman, der erotisch angehaucht ist? nen pornografischen Roman?“

Ich konnte kurz denken und dachte: ALLE, ALLE Fragen

darf man einem Autor stellen, aber NICHT die, worum es in seinem neuesten Werk geht, dann verliert alles an Kraft, die Magie ist gebrochen. So n Kram dachte ich halt, daran glaubte ich, da war ich super abergläubisch.

„Ach, einfach fiktiv ...“, brachte ich mühsam hervor.

„Und das Thema ist BUMSEN?“, fragte ein Typ von gegenüber.

„In jedem Buch muss ja heut was Sexuelles stehen“, meinte eine.

„Ja, geht ja nicht mehr ohne“, meinte ihre Nachbarin. Hübsche Lesben, war mein Gedanke, wobei ich mich fragte, ob sie Vibratoren als Schwanzersatz benutzten.

„Wenn es wenigstens nur angedeutet werden würde! Aber nee. Immer Bumsen, Ficken, Vögeln, Blasen ...“

Das war mir zu viel. Ich hasste Lolli. Ich hasste alle. Ich wollte aufstehen, verschwinden und nie wiederkommen. Es ging nicht. Ich kam nicht hoch. Meine Beine waren wabbelig, waren Götterspeise, der nächste Joint kam, ich sog dran und versteckte mich im Qualm.

„Ficken!“, sagte ein Typ plötzlich ganz fröhlich. „Es geht halt im Leben darum. Um Geld und Sex. Ist doch so.“

„Bei was für einem Verlag hast du denn schon veröffentlicht?“, fragte eine von den Lesben.

„Das kommt alles noch“, nahm mir Lolli die Antwort ab. „Paul macht das auf jeden Fall klar.“ Zu allem Überfluss klopfte er mir auch noch aufmunternd auf die Schulter.

Der Arsch hatte noch nichts von mir gelesen, keiner hatte von mir schon mal was gelesen, und Lolli würde ganz sicher auch nie was von mir lesen, aus dem einfachen Grund, weil er nicht las. Gar nichts. Kein Buch, keine Zeitung, keine Gebrauchsanweisung, nichts.

Ich spürte es, würde ich jetzt aufstehen, würde ich direkt auf der Fresse landen. Die eine sah plötzlich aus wie Ulrike und ich fuhr voll zusammen. Sicher hatten es alle gesehen. Die Alte griente mich an, dann zog sie ihre Nase zum Himmel hoch. Keine Ahnung, wie ich für sie rüberkam, aber hundert pro ziemlich behämmert. Die Gespräche gingen weiter. Man sprach über Schriftsteller und Bücher, über Schauspieler und Filme, jeder glaubte mehr als der andere zu wissen, jeder hatte von irgendwas Ahnung. Lolli kannte ein paar Kriegsfilme, die sonst keiner kannte. Ich glaube, er war stolz.

Ich schaffte es und gab den nächsten Joint ohne daran zu ziehen weiter. Im selben Augenblick wurde links neben mir ein Stuhl frei, der sofort wieder besetzt wurde. Eine Frau. Ich sah sie aus dem Augenwinkel.

„Darf ich mir ne Zigarette schnorren?“, fragte sie mich.

„Bitte, gerne ...“ Ich riskierte einen Blick und war verknallt! Total! Hin und weg!

Ja! ich liebte sie WIRKLICH! Sie nickte und griff zu. Bevor ich drauf kam, nahm sie sich selbst das Feuerzeug. Es war windstill. Die Flamme stand beinahe senkrecht. Sie legte das Feuerzeug auf die Schachtel.

„Kennst du hier jemand?“ Ihre Stimme war leise, keiner außer mir hatte sie gehört. Ich stotterte mir innerlich ne Antwort zusammen, brachte aber „Nur Lolli“ hervor.

„Wen?“ Sie lachte.

„Meinen Nachbarn.“

Ihre Lippen kamen näher an mein Ohr. „So rund wie ein Lolli ist er ja.“

Ich schaffte ein Grinsen und hatte das Gefühl, wieder mehr bei mir zu sein.

„Aber er sieht nett aus“, fügte sie hinzu.

„Ja, ist er auch.

„Du siehst auch nett aus."

„Oh ... ja ... danke ... du auch ..."

„Meinst du?"

Ein ehrliches Lächeln hinterher geschoben. Meinte ich nicht nur so. Sie war die schönste Frau, die ich je gesehen hatte. Kurze rote Haare, natur, ehrlich, bildhübsches zartes Gesicht, volle Lippen, blasse Haut. Ich hatte sofort wieder ne Latte!

„Willst du mit mir tanzen?"

Fuck! FUCK! Ich und tanzen! Zwei Welten prallen aufeinander. Ein Känguru versucht Schlittschuhe zu laufen ...

„Was?", sagte ich. Was anderes fiel mir dazu nicht ein.

„Na, ob du mit mir tanzen möchtest?" Ihr Strahlen haute mich um. Ich wollte sie fressen, jetzt, sofort. Ich würde ihr alles raussaugen, was flüssig war. Auch das Blut!

„Nee ... vielleicht später ...", log ich und ärgerte mich schwarz. Hände um mich werfen, im Kreis drehen, Füße aufstampfen, den eigenen Schweiß fressen, aufs Parkett rotzen, das kriegte ich hin, mehr nicht. Und mit Ständer schon mal gar nicht!

„Schade", sagte sie und drückte die Kippe aus.

Ich zündete mir eine an.

„Dann geh ich allein", meinte sie fröhlich und warf mir einen Blick über die Schulter zu, der mich vor Liebeskummer und Eifersucht sterben ließ. Sie hatte mich verhext! Ich wäre für sie gestorben. Ich hätte sie auf den Scheiterhaufen begleitet! Nackt! Mit steifem Schwanz! Jeder sollte sehen, wie sehr ich sie begehrte! Ich hätte mich auf die Schienen geworfen, um ihr das Leben zu retten. Für sie fünfzig Liegestütze, hier! auf der Stelle, kein Problem! Am besten auf ihr!

Die Form ihres Arsches war ein Wunderwerk, stramm und rund unter dem engen, hellgrünen Rock. Sie tanzte als Einzige. Dezent, fast unauffällig, es war mehr ein rhythmisches Wippen. Bis dieser in weiß gekleidete Lappen anstolziert kam. Dieser Wichser! Alle glotzten hin! Natürlich. Und ich zerplatze vor Neid und Eifersucht. Er tanzte ungeschickt, nicht immer ganz im Rhythmus, aber das Schlimme war, dass sie das nicht interessierte! Sie sprachen und lachten! Nicht auszuhalten! Sie kasperten und alberten rum, berührten sich sogar an den Händen, er drehte sie, ging vor ihr auf die Knie. Hätte sie geleckt! Ja, hätte er! Sie ging VOR IHM auf die Knie! Mein Herz! Sie wollten meinen Tod! Ich überlegte, was ich tun konnte. Ihm vielleicht einen Cocktail aus Versehen übers Hemd schütten. Ihm volles Programm auf den Krischan latschen. Pinkeln! Scheiße, ich musste pinkeln. Mit Latte! Ich saß in der Falle. Der Gedanke an meinen halbtoten, zitternden, sabbernden Opa machte es nicht besser.

Lächelnd kam sie wieder. Der Schweiß ließ ihr Gesicht glänzen. Ich lächelte auch, glaubte ich jedenfalls, vielleicht war es auch nur ein unkontrolliertes Lippenzucken. Sie trank aus dem Strohhalm und nahm sich unaufgefordert noch ne Zigarette. Ich auch. Hoffte, dass das ablenkte. Ich gab uns Feuer.

„Wie heißt du eigentlich?", fragte sie.

Ich guckte, ob jemand zuhörte, sah aber nicht so aus.

„Paul ... und du?"

„Rate mal ..."

„Hm ... Vielleicht Sarah?"

„Witzig. Das hat schon mal jemand geraten."

„Falsch?"

Sie nickte.

„Hm ... Dann weiß ich es nicht."

„Raja."

„Raja?“

„Meine Mutter ist Russin, deswegen.“

„Achso. Raja klingt streng, finde ich.“

„Streng muss ja nicht immer schlecht sein ...“

Lieber Herrgott! Das hat sie nicht wirklich gesagt!

„So?“

Sie lächelte schon wieder ihr unverschämtes Lächeln. Ich versuchte, keine Fratze zu ziehen und mir nicht auf die Zähne zu beißen. Der Druck im Schwanz wurde immer stärker. Im Magen auch. Ich steckte mir noch eine an, die andere glühte noch im Ascher. Plötzlich berührten sich unsere Beine. Von mir aus unabsichtlich. Ja, na klar! Von ihr aus bestimmt auch. Ich dachte nicht daran, mein Bein wegzuziehen. Sie aber auch nicht. Ich drückte noch ein bisschen mehr gegen, als Test, sie hielt still, zog an ihrer Zigarette. Ich merkte, dass sie ihren Kopf in meine Richtung drehte. Unsere Blicke trafen sich im Zigarettenqualm – und die Zeit stand still. Ja – es verging eine Unendlichkeit. Mach die Beine noch ein bisschen breiter!

„Was machst du denn sonst so?“, wollte sie wissen.

Der Himmel war schwarz, der Halbmond leuchtete über uns weiß, ein paar Sterne funkelten. Ich sagte, dass ich in einer Psychiatrie arbeite und auf die Frage, in welcher, entgegnete ich:

„Im Sanatorium Seelenheil.“

Oh, die Psychiatrie Seelenheil habe ja einen ganz eigenen Ruf. Mehr sagte sie dazu nicht. Zum Glück. Ich hatte nämlich keine Lust drauf.

Mein rechtes Bein entkrampfte sich etwas, der Kontakt zwischen uns blieb aber bestehen. Der Ständer blieb auch, und pinkeln musste ich jetzt wie ein jämmerliches Schwein. Den nächsten Joint gab ich wieder weiter, Raja rauchte auch nicht mit. Lolli war inzwischen verstummt. Kam nur selten vor. Der

Schwarze war der Hammer gewesen. Haute alle um. Die anderen waren auch viel ruhiger geworden. *Tuschel, tuschel ... Flüster, flüster* ... Hätte ich doch jetzt ein bisschen Koks, dachte ich, das würde mich bestimmt locker machen. War aber nichts da. Lolli brauchte ich gar nicht erst zu fragen, der kiffte höchstens und soff ab und zu.

„Wie ist es denn so in der Psychiatrie?", fragte sie jetzt doch. Okay, ich kannte die ganzen Fragen und Antworten auswendig.

„Ach, eigentlich ganz schön ... Klar, ein paar Härtefälle gibt es immer. Die sind auf der Geschlossenen. Werden aber so schnell wie möglich wieder verlegt oder sogar rausgelassen."

„Hm ... ich möchte nie psychisch krank werden."

„Was machst du denn so?"

„Rate doch mal."

„Vielleicht in einer Bank?"

„Nein."

„Im Büro was?"

„Wie kommst du darauf?"

„Wegen deines strengen Namens wahrscheinlich ...", versuchte ich originell zu sein.

„Muss man im Büro streng sein?"

„Hm ... Keine Ahnung."

„Ich auch nicht. Nee, ich bin Mentaltrainerin und Supervisorin und versuche es gerade selbständig."

„Und wen trainierst du so?"

„Meistens Leute in Konzernen ... Manager, Chefs, auch ganze Abteilungen, alles, was mir interessant erscheint."

„Ah ja ..." Fast hätte ich sie gefragt, wie alt sie ist, beherrschte mich aber. Vielleicht Ende zwanzig.

Lolli stand auf und wankte in die Villa.

„Wohnst du hier in der Nähe?", fragte sie.

Ich nannte ihr das Dorf.

„Und wie kommst du nach Hause?“

„Mit dem Fahrrad.“

„Oh, ich auch ... Bringst du mich ein Stück?“

„Jetzt schon?“, fragte ich und hoffte, sie würde ja sagen.

Sie nickte.

„Ich muss früh raus ... Ich fahre morgen an die Ostsee!“

Mit WEM??? Bestimmt nicht allein! Sie machte mich wahnsinnig!

Ich ließ sie zuerst aufstehen und schlich mich dicht hinter ihr raus. Keiner sollte mir auf den Reißverschluss glotzen.

Sie hatte Stil. Ein Oma-Rad vor ́40 gebaut. Und dann ich mit meiner alten Nach-Nichts-Ausseh-Schese. Allerdings funktionierte meine Vorderlampe, ihre nicht. Nach einer Minute waren wir im Wald, es war noch immer warm. Der Fahrtwind streifte uns. Wir fuhren nebeneinander auf dem asphaltierten Weg. Ganz gerade zu fahren war für mich gar nicht mehr so leicht, manchmal geriet ich etwas ins Schwanken.

„Was hörst du für Musik?“, wollte sie wissen.

„Kommt auf meine Stimmung an. Gerne ältere Sachen, aber auch Techno, nicht das neueste Zeug aus dem Radio. Und du?“

„Ach, alles Mögliche ... Auch gern mal Jazz oder Elektro.“

Den Rest des Weges schwiegen wir und konzentrierten uns aufs Fahren.

„Da vorn ist der Wald schon zu Ende“, sagte sie.

Ich sagte:

„Stopp! Ich muss mich unbedingt mal kurz an einen Baum stellen.“

Ist ja klar, natürlich stellte ich mich mit dem Rücken zu ihr. Es dauerte ein wenig. Der Strahl war hart und ging geradeaus neben den Baum, sonst wäre alles zurückgespritzt. Es törnte mich an, dass sie hinter mir stand, den Strahl hören musste und ich nicht sehen konnte, wo sie hinsah. Bestimmt geierte sie mich an! Der Geifer tropfte ihr aus dem Mund!

Als wir in ihren Stadtteil kamen, fuhr sie vorweg. Vor einem hellblauen Altbau mit vier Stockwerken hielten wir.

„War nett von dir, mich zu begleiten. Du kannst natürlich auch noch mit hochkommen. Mein Freund ist aber auch da ..."

Wie bitte? WIE BITTE??? Verdammte Scheiße!!! Fotze! Und dafür der ganze Aufwand!? Ich fletschte die Zähne. Sah zu, dass ich nicht knirschte. Ich pfiff aus dem letzten Loch. Was hatte sie davon, mir SO ETWAS anzutun!?

Sie wartete auf die Antwort.

„Nee ... heute nicht ...", schnaubte ich. „Es ist sowieso schon so spät."

„Findest du?"

Mehr als ein behindertes Nicken ging nicht.

„Ich würde dich gern wiedersehen ...", log sie mir voll ins Gesicht.

„Ich dich auch!", log ich ihr überhaupt nicht voll ins Gesicht.

„Mein Freund arbeitet meistens von acht bis achtzehn Uhr, und wenn ich nicht gerade unterwegs bin, bin ich oft zu Hause. Klingel einfach oben rechts."

Blitzschnell drückte sie mir einen Kuss auf die Wange, auf der neulich noch die Fingerstriemen von Ulrike gebrannt hatten. Sie schob ihr Fahrrad an die Fassade. Ich wartete, bis sie es angeschlossen hatte und wir sagten noch mal „Tschüss".

„Ich komme wirklich!", rief ich euphorisch, fuhr ein paar hundert Meter, kam ins Schlängeln und BROCH – RADOMM – hing ich mit dem Schädel an einer Wand. Im nächsten Moment lag ich auf dem Rücken und erspähte das

Bushaltestellenhäuschen mit der Werbung für Bademode hinter dem Glas, wo mein Blut im Gesicht des Models klebte.

Ich wachte auf. Es war hell. Hohe weiße Wände, ne Menge Bücher in Regalen, Fachbücher der Medizin und Psychologie, soweit das Auge reichte. Und Bilder, überall farbige Bilder. Merkwürdige Bilder. Alles Drucke. Ziegen und Kühe mit dicken Eutern, runden Bäuchen und geschwollenen Zitzen. Alle Viecher waren trächtig. Das Bett, in dem ich lag, war mit weißer Bettwäsche bezogen. Mein Schädel dröhnte. Ich fasste ihn an und ertastete einen Verband einmal rund herum, bemerkte auch ein Pflaster auf dem Riecher. Erst mal aufstehen und Lage peilen. Orientieren! Ein Blick aus dem Fenster. Keine Ahnung. Ich erkannte gar nichts. Vage erinnerte ich mich an den Aufprall und an das Model hinter Glas. Aber was war nach dem Sturz passiert?

Meine Hose lag ordentlich zusammengelegt auf einem Stuhl, die Socken auch, Sandalen standen dicht und gerade nebeneinander davor. Den Rest hatte ich noch an. Mein Hemd war blutig.

Langsam drückte ich die Klinke runter, schnieke Altbauwohnung, altes Parkett, die Wände im langen Flur ganz weiß, mit noch mehr Bildern von fetten Viechern, jetzt auch noch Schafe und Säue.

„Guten Morgen?“, fragte ich mehr, als ich es sagte. Keine Antwort. Noch mal: „Guten Morgen?“

Eine Tür ging auf.

„Ah ... einen schönen guten Morgen, Paul! Wie geht es Ihnen?“

Eine dicke Frau, ein fetter Mops! höchstens Anfang bis Mitte vierzig, schaute mich treudoof an. Ich sah riesige runde Titten unter einem weißen Top. Garantiert operiert, dachte ich. Sie standen stramm nach vorn gerichtet wie Ballons, die auf mich zielten. Sie hatte stämmige Beine.

„Sie kennen meinen Namen?", fragte ich verunsichert.

„Steht ja in Ihrem Personalausweis ... Kommen Sie ... ich möchte mir Ihre Wunden ansehen!"

Ich ging hin.

„Sind Sie Ärztin?"

Ihr Lächeln war nett. Aber auch eigenartig.

„Ja, tatsächlich bin ich Ärztin ... aber schon ein paar Jahre nicht mehr im Geschäft."

Wir gingen in die Küche, sie bot mir Platz auf einem Stuhl an. Dann machte sie sich an den Kopfverband, und im nächsten Augenblick hatte ich ihre Titte an der Wange kleben. Sie ließ sich Zeit und dachte gar nicht daran Abstand zu halten. Sie roch gut, wie eine Fee, süß, verführerisch. Ich Ferkel! Ich dachte auch nicht im Traum daran, mein Gesicht wegzudrehen. Warum auch! Ihre Titten waren noch fetter und praller als die ganzen Euter der Kühe an den Wänden. Ich spürte die eine steife Brustwarze an meiner Backe. Sie ging zärtlich mit meinem Kopf um. Und dann fiel es mir wie Schuppen von den Augen! ich hatte vergessen, mir die Hose überzuziehen. Klar. Na klar! NA KLAR! Du Idiot! Ich versuchte an Opa zu denken. Zu spät! Meine Unterhose spannte sich wie ein Zelt. Ich dachte an die Neue – brachte erst recht nichts. Denn wenn mich erst mal ein sexueller Gedanke erwischt hat, gibt es nur eine Möglichkeit – ich muss ihn zum Abschluss bringen!

„Sieht ganz gut aus ...", sagte sie. Sie klopfte hinten gegen meinen Schädel, wovon ich im Augenblick nicht viel merkte. Dann wickelte sie einen neuen Verband drum.

„Ich musste ein wenig von Ihrem Haar wegrasieren. Sechs Stiche sind es immerhin geworden. Eine schöne Platzwunde ... Sie sind mit dem Hinterkopf auf den Bürgersteig geknallt. Sie waren ja ganz schön betrunken!"

Jetzt nahm sie doch ein wenig Abstand und zog das Pflaster vom Zinken. Ihre Titten machten mich fertig. Größere hatte ich nur in Pornos gesehen. Viermal XL!

„Da reicht ein neues Klammerpflaster ..." Sie klebte eins drauf.

„Und Sie haben den ganzen Kram zu Hause?"

„Alles, was wir brauchen. Machen Sie sich keine Sorgen. Die Wunde musste schnell versorgt werden, gerade im richtigen Augenblick kam ein Taxi ... Haben Sie Schmerzen?"

„Nee, gar keine ... Aber hätte ich nicht in ein Krankenhaus zum Röntgen gemusst?"

„Tss ... Krankenhäuser ... Stehen Sie auf und gehen Sie auf das Regal zu."

„Ähm ... nee, wirklich ... ich fühle mich gut ... Ich ..."

„Tun Sie, was ich Ihnen sage!" Ihr strenger, fordernder Ton und der Blick dazu, ließen kein Widerwort gelten. Ich hatte keine Wahl und funktionierte wie ferngesteuert.

„Jetzt drehen Sie sich um und kommen mir in kleinen Schritten entgegen!"

Scheiß drauf!

„Also ...", wollte ich gerade noch sagen, da unterbrach sie mich mit einem:

„Oh! Ist das Ihr Ernst?" Sie griente mich wie eine Kröte breitmäulig an. Ich war die Fliege, sie das Reptil.

Ich zuckte mit den Schultern und presste meine Lippen aufeinander. Ich wusste überhaupt nicht, wo ich hinglotzen sollte. Ich stand noch immer auf derselben Stelle vor dem Regal.

Ich sah ihre Zunge. Sie war eine Mörderin! Sie war die Hexe Medusa! Ich konnte mich nicht rühren.

„Gucken Sie mich an!“, forderte sie.

Ich schlurfte ein bisschen. Sie kam mir entgegen. Sie guckte an mir runter.

„Es ist wirklich ihr Ernst!“, meinte sie.

„Tja ...“

„Darf ich?“ Ohne Aufforderung zog sie am Saum der Unterhose und guckte rein. „Oh! Ehrlich, so etwas habe ich ja noch nie gesehen ...“

„Ach ... auch nicht als Ärztin?“ Ich war etwas stolz.

„Das ist mal was! Darf ich?“

„Ähm ...“

Sie streifte die Unterhose bis zu den Knien runter.

„Nicht zu fassen ...Wie kann das sein?“

Sie zögerte, aber nur kurz, sie bekam ihren Blick nirgendwo anders mehr hin und drückte drauf! Sie ließ wieder los. *Plong* ... Und noch einmal.

„Kaum zu glauben ... Wenn es Ihnen nichts ausmacht ... stellen Sie sich doch bitte auf alle Viere!“

„Wie bitte?“

„Sie sind doch nicht schwerhörig ... Ja, auf alle Viere, so wie eine Kuh!“

„Hm ...“

Ich wusste nicht warum, aber ich MUSSTE es tun und tat es. Sie öffnete einen Schrank und holte eine Champagnerschale heraus, die sie unter mich stellte. Dann kniete sie sich hin und begann zu wichsen. Sie war ganz im Hier und Jetzt. Sie wichste langsam. Sie guckte sich zu. Sie wurde schneller. Immer schneller. Es tat weh. Ich war trocken. Sie wurde brutal. Sie riss meine Vorhaut kaputt. Sie stöhnte und röchelte.

„Jaahh ... Komm ... ich melke dich ... Gib mir deine Milch, du Stier! Jaahh ... Gib mir deine ganze verdammte Milch!"

Uuuaahh ... Ich grunzte wie ein Schwein. Es war eine wahre Explosion. Alles leuchtete Violett. Selten so einen Orgasmus gehabt. Noch nie wahrscheinlich. Nach dem letzten Tropfen, den sie aus mir rausgepresst hatte, stellte sie die Sektschale in den Kühlschrank und sagte, ich solle mich jetzt anziehen und gehen.

Unten an der Fassade stand mein total ramponiertes Fahrrad, der Taxifahrer musste es wohl irgendwie in seinen Wagen bekommen haben. Ich versuchte mich zu orientieren, bis ich zu Hause ankam, vergingen über zwei Stunden.

„OOOOOOHHHHH GOTT!!!", kreischte die Neue, als ich reinkam. „MEIN GOTT!!! Was ist denn mit dir PASSIERT!? Um HIMMELS WILLEN!!!"

„Nichts weiter ... Nur n Fahrradunfall. Nicht schlimm ..." Ich wollte gleich durch in mein Zimmer.

„Du musst SOFORT die Notfalltropfen und die Globuli von VITALIN XJ 9 nehmen! Zum Glück habe ich IMMER welche da! IMMER!!! MEIN GOTT! Und runter mit dem Pflaster von der Nase! Du brauchst ein Löwenzahnpflaster von Vitalin XJ 9! Aber vorher muss ich die Wunde eincremen mit der neuesten Vitalin XJ 9 Wundheilsalbe! sie ist erst seit zwei Wochen auf dem Markt! Ogottogottogott ...", gackerte sie. „Die Tube Salbe kostet mich nur siebundachtzig fünfundneunzig, ich bekomme ja dreißig Prozent ..."

„Nee, lass mich erst mal in Ruhe schlafen ...", sagte ich und machte hinter mir die Tür zu.

„Du musst es ja wissen!", fauchte sie mir hinterher.

Etwas später klopfte es.

„Bitte, Paul", sprach sie durch die Tür. „Darf ich reinkommen?"

„Von mir aus ..."

Ich saß am Schreibtisch und ließ den Stuhl rumdrehen, und genau in diesem Augenblick sah ich einen Briefumschlag rechts auf der Tischkante liegen. Das Papier des Umschlags war weiß und handgeschöpft, mein Name stand drauf, geschrieben in dunkelblauer, wunderschöner Handschrift mit Tinte. Ich hielt kurz inne und sagte:

„Von wem ist der Brief?"

„Trink bitte diesen Tee von Vitalin XJ 9. Du musst ihn aber in ganz kleinen Schlucken trinken. Und ihn GENAU sieben Sekunden im Mund lassen, bevor du ihn runterschluckst. Du weißt ja, ich bin nicht nur eine einfache Ernährungsberaterin, ich habe STUDIERT! ich habe ein ZERTIFIKAT! Ich gucke dich GANZHEITLICH an! Und du weißt ja, wie überzeugt ich von VITALIN XJ 9 bin! Ich bilde mir das ja nicht ein! Sieh mich an, ich gehe auf die FÜNFZIG zu! Das macht das Trampolinspringen jeden Morgen. Du solltest auch Sport machen! Ich bin vitaler als Frau Schulz von nebenan, die jeden zweiten Tag joggen geht. Weißt du ..."

„Ja, ja, schon gut ... ich trinks ja."

„Wenn du mich suchst, ich bin im Garten, das Abendbrot vorbereiten. Heute gibt es zur Abwechslung einen Smoothie mit Brennnesseln und Spinat. Ich weiß ja, dass du den besonders gern magst!"

„Ja, danke ... Ähm ... weißt du nun, von wem dieser Brief kommt?" Ich hielt ihn ihr vor die Fresse.

„Nein! Ich hab mich auch schon gewundert ... weil keine

Briefmarke und keine Adresse und nichts drauf ist ..."

Mit dem nächsten Blick warf ich sie raus und öffnete den Umschlag mit dem goldfarbenen Brieföffner vom Flohmarkt. Weißes Briefpapier, ebenfalls handgeschöpft und mit blauer Tinte beschrieben, kam zum Vorschein.

Lieber Paul,

wie viele Leben kenn ich dich schon!
Ich liebe dich! Ganz und gar!
Du gehörst mir!
Das ist ein Versprechen!

Liebste Grüße und alles Gute

Was? WAS???

„Paul, kommst du mal bitte kurz?", rief die Neue.

Ich ging hin, sie saß jetzt vertieft am PC und kämpfte gegen ein Problem an. Seit Tagen hing sie bei heruntergelassenen Jalousien am Schreibtisch und trank gesegnetes Steinwasser. Ich blieb dabei, sie war nichts anderes als bescheuert, es mangelte an Intelligenz. Da war nichts zu machen. Die Jalousien waren nicht nur bei zu heißem und sonnigem Wetter unten, sondern auch, wenn es diesig, nebelig oder regnerisch war. Dennoch beschwerte sie sich beim Alten dauernd darüber, wie dunkel das Haus sei. Sie verlangte größere Fenster. Der Alte sparte schon fleißig. Als ich neben ihr stand, starrte sie noch eine weitere Minute auf den Monitor, ohne dass sie die Maus bewegte, sie starrte einfach nur total blöd drauf und tat so, als würde sie scharf denken, was aber nicht ging, dann sagte sie:

„Viel lieber wäre ich ja jetzt draußen im Garten, aber ich

dachte gerad, ich hätte einen Geistesblitz bekommen ... Aber wirklich, Paul ... du könntest mir wirklich eine große Hilfe sein, wenn du dich mit diesem Programm auseinandersetzen würdest. Dein Vater will davon ja auch nichts wissen. Er könnte mir ruhig mehr unter die Arme greifen. Ich muss das hier ALLES ALLEIN herausfinden! So klappt das mit dem Vertrieb von Vitalin XJ 9 nicht richtig. Der PC ist das A und O! DAS A UND O! Ich muss auch mehr Werbung machen ..."

„Und du hast wirklich nicht gesehen, wer den Brief in den Kasten geworfen hat?"

„JETZT! Jetzt klappt es!"

Ich ging zurück ins Zimmer. Dann schlief ich bis zum nächsten Morgen durch und gleich um halb acht rief ich im Sanatorium an, um mich krank zu melden. Zum Glück waren nicht Herr Eichel oder Frau Darm dran, sondern die geile Tippse mit den dicken Dingern und den langen Beinen, höchstens dreißig, passte irgendwie mit den lackierten Fingernägeln nicht so richtig rein ins Konzept, war aber herrlich anzusehen. Ich freute mich jedes Mal, wenn etwas mit meiner Abrechnung oder was anderes Bürokratisches nicht stimmte. Ich verschlang sie mit meinen Blicken. Sie guckte mich schon gar nicht mehr an. Nachdem ich aufgelegt hatte, rauchte ich einen und fantasierte auf Ulrike. Gleich darauf dachte ich an Raja und verspürte ein unheimliches Flirren im Bauch.

Ich war die ganze Woche nicht ins Sanatorium gegangen und nachdem mein Hausarzt mir motzend, wie man so miserabel in einem Kopf rumstochern konnte, die Fäden rausgezogen und geprokelt hatte, nahm ich meinen ganzen Mut zusammen und fuhr mit dem Bus zu Raja.

Ich drückte die Klingel und konnte ein paar Sekunden später die Haustür aufdrücken. Ich zählte die Stufen und betete gleichzeitig, dass nicht ihr verschissener Typ oben wartete.

Nein – es war SIE! Sie stand mit ihrem schillernden Rotschopf bildschön am Treppengeländer und strahlte mich an wie ein Stern.

„Das ist aber schön", sagte sie und bat mich herein.

Wir gingen durch ins Büro und setzten uns auf die hellblauen Cocktailsesselchen. Zwei Gläser standen auf dem Nierentischchen, gleiche Zeitepoche, dazwischen eine Flasche Mineralwasser, die sie öffnete und einschenkte.

„Also, was führt dich zu mir?", fragte sie.

Ja, am liebsten würde ich dich sofort ohnmächtig nageln!

„Ähm ... tja ... äh, eigentlich wollte ich mal gucken, wie es hier so ist."

„Das ist alles?"

„Nein ... natürlich ... wollte ich dich wiedersehen ..."

„Schön. Und was ist mit deiner Nase passiert?"

„Ach, sieht man das noch?" Ich streichelte über die frische Narbe.

„Klar", sagte sie. „Hast du Schmerzen?"

„Nee ... die Neue meines Vaters mixt Gesundheitssäfte mit Vitalin XJ 9, falls dir das was sagt."

„Wenn es denn hilft."

„Sie meint, ja."

Das Gespräch wurde rasch lockerer. Wir hatten Themen. Krankheit, Gesundheit, Medikamente und Homöopathie, dann Pharmaindustrie, Biolebensmittel, verschmutztes Wasser, verschmutzte Erde, Untergang der Erde ... Als ich merkte, dass wir aufs Ende hinsteuerten, fragte ich sie, ob sie mit mir was essen gehen würde. Nee, würde sie nicht, ihr Freund käme bald.

„Aber du kannst mich sehr gern nächsten Freitag besuchen", meinte sie, „freitags ist mein freier Tag."

Diesmal strahlte ich wie ein Stern.

Gerade stand ich auf dem Gehweg, da klingelte mein Handy mit unbekannter Nummer. In den herrlichsten Gedanken an Raja versunken, ging ich ran. Riesiger Fehler! Hätte ich nicht tun sollen! Sofort machte ich mich auf ein Donnerwetter gefasst, und natürlich plärrte sie los, ich sei ein Arschloch und ein mieses Schwein. Ich zog die Zigarettenschachtel aus der Hemdtasche und fragte mich, was sie eigentlich wollte.

„Das hatten wir doch schon alles, Ulrike", sagte ich.

„Du hast recht", knurrte sie zurück. „Ich wollte dir auch nur sagen, dass ich Herrn Eichel nach einem einjährigen Praktikumsplatz gefragt habe!"

„WAS IST LOS???"

„Ja, schließlich war das DEINE Idee!"

„Ulrike, das war vor VIER Monaten, als wir noch zusammen waren, falls du dich erinnerst", blaffte ich.

„Ja, ich erinnere mich sehr gut an UNSERE BEZIEHUNG! Für mich war es nämlich eine!"

„Vergiss es!", sagte ich so ruhig wie möglich.

„Nee, vergiss du es! Du kannst dir ja ne andere Stelle suchen!"

„Ich warne dich", schnaubte ich.

„Ha! Dass ich nicht lache! Du und mich warnen! Ich kann ja Eichel mal erzählen, was ich gesehen habe."

„Nichts hast du gesehen. Überhaupt NICHTS HAST DU GESEHEN!!!"

„Das sagst DU! Und mit welcher deiner irren Patientinnen bist du aus den Büschen gekrochen?"

„Ich habs schon tausendmal GESAGT: Wir haben Unkraut GEZUPPFT!!!"

„Ja, klar ... Jedenfalls hat mich der nette Herr Eichel zu einem Vorstellungsgespräch eingeladen ..."

Das reichte. Ich pfefferte das Telefon auf den Asphalt und trampelte wie krank auf den Einzelteilen rum. Alles im Arsch. Total hin. Ich auch. Ich erst recht. Ich war am Ende. Das könnte nur bedeuten, dass ich im Sanatorium aufhören müsste. Ich hatte eine Scheißwut im Bauch. Am nächsten Kiosk besorgte ich mir zwei Jägermeister und stürzte sie runter. Noch zwei hinterher. Besser. Viel besser. Ich hielt ein Taxi an und ließ mich zu Udo kutschieren.

Wir kifften und starrten stumpf in die Glotze. Alles andere hatte keinen Zweck. Udo fand's gut.

In den nächsten Tagen konnte ich mich gar nicht mehr aufs Schreiben konzentrieren. Mir gelang nicht mal ein Gedicht. Ulrike wollte mich zerstören. Ich hatte mit Herrn Eichel gesprochen und ihm mitgeteilt, dass ich vor einiger Zeit mit Ulrike Schneider zusammen gewesen war und wir uns nicht gerade freundschaftlich getrennt hätten. Frau Darm war auch bei dem Gespräch dabei und meinte, das sei doch eine Chance fürs Leben. Klar, dachte ich. Sie lächelte mich an und nickte mir aufmunternd zu, Herr Eichel verzog keine Miene.

Endlich war Freitag, und endlich drückte der Motoradhelm nicht mehr auf die Wunde. Ich erfreute mich während der Fahrt zu Raja an der warmen Sonne und am Wind.

Sie hatte einen knielangen, hellbraunen Blümchenrock an, sie sah hinreißend aus und ich stellte mir vor, ihr gleich am Treppengeländer von hinten den Rock hochzuschieben.

„Ich brauch ne Therapeutin!", teilte ich ihr mit, als wir saßen. Ich vertraute ihr.

„Wer braucht heutzutage keine psychologische Betreuung?", sagte sie. „Aber du bist doch in der Psychiatrie in besten Händen." Sie grinste. Keine Ahnung, was das zu bedeuten hatte.

„Machst du auch Therapie?"

„Nein, irgendwie kam es nie dazu ... Aber manchmal wünschte ich mir auch jemanden, bei dem ich den ganzen Müll abladen könnte."

Es entstand eine Pause. Ich musste mich von meinen sexuellen Fantasien befreien und schaute aus dem Fenster.

„Paul", sagte sie, „was wünscht du dir am meisten? Was wünscht du dir von ganzem Herzen? Aus tiefster Seele?"

Dich! Hier! Jetzt! Auf der Stelle! Ich ficke dich durch die ganze verdammte Wohnung!

„Hm ...", machte ich. „Weiß nicht. Jeder sagt ja, Gesundheit. Klar. Aber ich fände eine oder zwei Millionen auch nicht schlecht."

„Soll ich dir sagen, was ich mir am meisten wünsche?"

„Klar!"

„Ich wünsche mir Kinder. Zumindest eins. Möchtest du auch Kinder?"

„Ähm ... Hab ich mir ehrlich gesagt noch keine Gedanken drüber gemacht. Aber später mal ... Hm ... Ja, vielleicht ... Warum nicht ..."

„Mein Freund möchte kein Kind mit mir", sagte sie geknickt. „Er ist fünfzig und behauptet, er sei zu alt. Er hat auch schon eins. Mark, er wird in zwei Monaten zwanzig."

„Kennst du ihn?", kroch mir die Frage über die Lippen.

„Leider nicht. Sie haben keinen Kontakt. Schade drum ... Jedes Mal, wenn ich mit dem Thema anfange, blockt er ab. Ich kann nicht in ihn reingucken, aber das Thema gefällt ihm gar nicht."

„Ich hab auch keinen Kontakt zu meiner Mutter."

„Und warum nicht?“

„Hm. Weiß ich eigentlich nicht so genau. Müsste ich mich vielleicht mal drum kümmern.“

Plötzlich blickte sie mich lange an. Ich sie auch. Ihre Lippen bogen sich zu einem dezenten Lächeln. Was willst du?

„Könntest du dir vorstellen, in den nächsten zwölf Monaten Vater zu werden?“

„Was?“ WAS??? „Nee, eigentlich nicht.“

„Ich weiß nicht warum, aber ich vertraue dir ... Das meine ich ernst ... auch, wenn ich dich gar nicht kenne. Du bräuchtest dir keine Sorgen zu machen ...“ WAS??? „Nie würde ich auf den Gedanken kommen, von dir etwas einzufordern. Wirklich nicht. Das würde ich dir schwören.“

Die war komplett verrückt. Irre. Krank. Gaga. Total geistesgestört! Ich nehm dich am besten gleich mit ins Sanatorium! Ich konnte nicht sprechen. Dann irgendwann schon. Sie trank Wasser, guckte mich weiter an, so als prüfe sie mich.

„Du willst ... dass ... ich ... dir ... ein Kind mache?“

„Ja!“ Sie hörte gar nicht mehr auf zu nicken. „Du bist schön“, sagte sie. „Und nicht auf den Kopf gefallen.“

Ein echter Brüller!

„Verhütet ihr, wenn ihr zusammen schlaft?“, fragte ich.

„Ohne Kondom läuft gar nichts. Er weiß ja, wie sehr ich mir ein Kind wünsche.“

„Und wenn du dann auf einmal schwanger bist? Er wird dich verlassen!“

„Ach, ich weiß auch nicht ...“, hauchte sie bedröppelt. „Ich bin zweiunddreißig ... ich hätte ja noch ein bisschen Zeit, aber ... Ich sehn mich so danach ... Scheiße ...“

„Der haut garantiert ab ...“

„Denk drüber nach“, sagte sie stattdessen.

Ich saß auf der Vespa und peste mit 80 durch die Stadt. Weder konnte ich die Sonne noch den Wind genießen. Ich musste erst mal quatschen und fuhr bei Lolli rum.

„Was?", fragte er. „Heißer Feger?"

„Total heißer Feger. Sie saß neben mir, auf Fritzes Party."

„Kann mich nicht erinnern. Aber ehrlich, Paul, der Sinn des Lebens ist es, sich fortzupflanzen. Die Einzigen, die die Erde retten können, sind junge Menschen. Man kann gar nicht genug Kinder zeugen, meiner Meinung nach."

Es klingelte und Lolli kam mit Rudi und Atze rein. Nicht gerade passend in diesem Augenblick.

„Atze hat vier Kinder", sagte Lolli.

„Ja, hat er, nä", meinte Rudi. „Nie was los. Schön still bei ihm. Totlangweilig. Kann man gut meditieren ..."

„Bau mal ein", sagte Atze.

„Bau selbst ein."

„Elke will auch n Kind von mir", sagte Rudi ganz ernst.

„Oh ja, du wärst der beste Vater der Welt", sagte Atze.

„Nee, wär ich nicht, nä."

„Doch doch. Kinderkacke von den Wänden kratzen. Genau dein Ding."

„Jetzt hört mal auf mit der Scheiße", kläffte Lolli. „Da ist eine, die will von Paul eins."

Alle guckten mich an.

„Kommst du bitte mal, Paul", sagte die Neue mit ihrem Lieblingslächeln.

Der Alte saß steif auf dem Sofa, er trug seine strenge Lesebrille, sie klebte auf der Nasenspitze, sah intellektuell aus, fand sie. Darauf stand sie. Er seit ein paar Monaten auch, seitdem setzte er sie nicht mehr ab. Manchmal ließ er seit kurzem auch seinen karierten Seidenschal lässig baumeln.

„Also", begann sie. „Ich bin ja jetzt FAST ganz oben auf der Leiter angekommen! Im Vertrieb. Ich gehöre zu den tausend BESTEN! in ganz Deutschland! Wahrscheinlich schon in GANZ Europa! Und du weißt ja selbst, Paul, dass unser Haus nicht das größte ist. Hätten wir einen Keller ... Nun gut ... Dein Vater ..." Sie schaute ihn mit großen Augen an. Er starrte durch die Brille auf den Boden.

„Ernst?"

Er riskierte einen Blick nach oben in die Luft, über seine Brille rüber.

Aber sie machte weiter:

„Ich weiß, Paul, dass du das mit dem Vitalin XJ 9 nicht richtig ernst nimmst. Aber darum geht es jetzt auch nicht ... Ich bin tausend prozentig überzeugt von der ganzen Produktpalette, wie du weißt. Guck dir das Haar deines Vaters an, es ist schon viel fülliger geworden. Stimmt's Ernst?"

Nick, Nick.

„Es glänzt ja jetzt auch so EXTREM! Und schau dir unsere Fingernägel an! Und unsere reine Haut! Wann waren wir zum letzten Mal krank? Und erst diese ENERGIE über den ganzen Tag ... Vitalin XJ 9 braucht jeder Mensch. Ich verstehe nicht, dass es so viele Menschen nicht wahrhaben wollen. Ich will nicht missionieren. Ich will es den Menschen nicht aufdrängen. Mit Frau Schulz und Frau Peters habe ich es ja fast ein Jahr versucht, aber wenn sie nicht wollen, dann AKZEPTIERE ich das. Frau Peters Mann habe ich jetzt schon fast soweit ... Also, Vitalin XJ 9 bedeutet Leben. LEBEN! Ernst, nun sag doch auch mal was!"

„Ja, Else hat recht ...“

„Werde doch meine rechte Hand“, sagte sie schließlich, und meinte mich. „Wir machen richtig Werbung ... im Internet. Du begleitest mich zu den Vorträgen. Dein Vater ist ja auch jedes Mal dabei. Wir wären doch ein richtig starkes Team zu dritt. Aber Paul ... Wir bräuchten dein Zimmer ...“

Hatte ich sofort verstanden.

Sie fuhr fort:

„Letzte Woche ließ ich einen Meister mit der Wünschelrute durchs Haus gehen. Dein Zimmer, es ist tatsächlich so ... es ist das ideale Zimmer für ein Vitalin XJ 9-Lager, es ist frei von jeglicher negativer Energie und Spannung. Was sagst du dazu?“ Sie sah mich erwartungsvoll an.

„Also, ich soll ausziehen ...“ Ich machte erst mal auf meschugge.

„Nun sei doch nicht so direkt.“

„Verstehe.“

„Das wusste ich ... dass du mich verstehst. Und die Überraschung ist, WIR HABEN schon eine Wohnung für dich!“ Ihre Lippen umkreisten ihren skelettartigen Kopf. „Da ist es gar nicht so asozial, wie alle immer sagen. Ist ja bestimmt auch nur zum Übergang, der STARTBLOCK sozusagen.“

„Aha.“

„Die Wohnung ist in Mühlenberg ...“

„Wo bitte?“

„Da leben auch Menschen.“

„Ach nee.“

„Nun sei nicht so, Paul. Ich dachte, du wärst weltoffener.“

„Kann ich mich bitte selbst um eine Wohnung KÜMMERN!?“

„Hast du ja nicht GETAN!“, motzte jetzt mein Alter rum.

Mehr sagte er nicht.

„Kann ich ja ab HEUTE tun!"

„Ach, Paul ...", sagte die Neue in ihrem allerliebsten Tonfall. „Dein Zimmer müsste auch noch gestrichen werden. Die Wände müssen einen GAAAANZ warmen Farbton bekommen, ich denke an Lachsfarben ... Ich helfe dir auch beim Streichen. Obwohl, du weißt ja, dass beim Vitalin XJ 9–Geschäft nur wenig Zeit für andere Dinge bleibt. Leider ... leider ... leider!"

Musste mal vor zehn frühstücken, Fotze! Ich hätte sie killen können.

„Nun blas nicht Trübsal, Paul ... Die Wohnung ist wirklich sehr, sehr hell, im Haus gibt es sogar einen Fahrstuhl ... und das Schönste ist, jetzt hör zu, die Wohnung ist im zwölften Stock! Du kannst über ganz Hannover gucken. Den Fahrstuhl müsste man vielleicht ab und zu mal auswischen ... Aber wirklich, Paul, ganz, ganz entzückend für den Anfang ... GANZ, GANZ entzückend!"

„Wie groß ist denn die Wohnung?"

„Ja, man denkt ja immer dreiundzwanzig Quadrat sind so klein, aber ..."

„Wie bitte? Mein Zimmer hat schon neunzehn!"

„Donnerstag um siebzehn Uhr hast du einen Termin mit dem Makler, Herrn Jordan ... wirklich ein GANZ, GANZ reizender Mensch."

Mein Vater tat so, als lese er die BILD, sie lag mit der Titelseite nach oben auf dem Tisch. Ich zog mir die Jacke über und knallte die Tür zu. Auf schnellstem Weg machte ich mich auf zu Udo. Der war nicht da, also schepperte ich weiter zu Lolli. Da saßen sie und kamen unserer Lieblingsbeschäftigung nach.

Nach der zweiten Tüte ging es mir besser.

„Mühlenberg ist super", sagte Atze.

„Jaja, Mühlenberg ist echt der Hammer", sagte Rudi.
„Nee, nä."
„Doch doch, richtig geil. Geile Bräute."
„Da laufen nicht die geilsten Russinnen rum, nä."
„Aber mal richtig geil."
„Schnauze!", knurrte Lolli.
„Ja, sofort."
„Warte, gleich ..."

Nachdem sie am nächsten Morgen den Kanon im Sanatorium beendet hatten, bat mich Herr Eichel in sein Büro.

„Herr Sittich", sagte er lächelnd. „Ich finde ja, wie Sie inzwischen schon festgestellt haben dürften, ICH und Sie, wir begegnen uns auf einer ganz besonderen Weise. Lassen Sie das Wort „WEISE" auf sich wirken ... Gut. Das ist eine Ebene, die die meisten Menschen im Leben nicht kennenlernen ..."

„Mmh."

„Ich weiß nicht genau, ob es Ihnen bewusst ist ... aber Sie sind für mich zu einer sehr bedeutungsvollen Vertrauensperson geworden. Und das in nur wenigen Monaten. Vielleicht werde ich Ihnen irgendwann einmal erzählen können, wie unsere Verbindung, nicht unbedingt in diesem Leben ... ha-ha-ha ... vonstattengegangen ist ... Herr Sittich, ich möchte, dass Sie eine Ausbildung zum Guschoianer absolvieren, zum VOLLENDETEN Guschoianer! Dass Sie sich ganz zum Wohle des Sanatoriums Seelenheil einbringen, und das Ihr ganzes Leben lang. Und natürlich darüber hinaus! Ha-ha-ha ... Sie sind mit dem heutigen Tag ganz genau sieben Monate bei uns angestellt, eine Zeit, die Sie sehr zu schätzen gelernt haben ..."

Er zupfte sich am Bart. Und er zog die sieben Haare auf seiner roten Knollnase lang. Er roch stark nach Schweiß. Echte

Guschoianer benutzen kein Deo, kein Duschgel, nur Kernseife, die nach nichts riecht. Die Männer tragen Vollbart, die Frauen Dutt oder Zopf. Sie stinken anders. Vielleicht liegt es daran, dass sie keinem „perversen" Tampon benutzen. Wahrscheinlich häkeln sie sich ihre Binden selbst.

„Ich kann mir Ihre Zeit hier im Sanatorium Seelenheil sehr gut vorstellen", fuhr er lächelnd aber ernst fort. „Ich stelle mir für alle meine Mitarbeiter die Zukunft vor. Sie bleiben dabei natürlich ganz frei. Ich arbeite hart daran, dass Sie, lieber Herr Sittich, meine Vorstellung, ganz allein zu Ihren Gunsten selbstverständlich, verwirklichen können. Das ist das einfache Konzept des Sanatoriums Seelenheil. Ist das nicht HERRLICH, dass wir hier gemeinsam sitzen, Herr Sittich! Tee trinken, und uns so frei und offen austauschen können! Wer kann das schon!? Ach, im Übrigen: Der Bau des Wohnprojekts Eichion läuft in vollen Zügen aufs Ende hin zu. Die ersten Bewohner kommen bereits kommendes Wochenende. Wissen Sie, viele glauben ja tatsächlich, der Name Eichion hätte etwas mit meinen Namen zu tun ... Ha-ha-ha ..."

Ich auch:

„Ha-ha-ha ..."

„Herr Sittich, ich bin dafür, dass Sie in eines der Häuser einziehen. Was sagen Sie dazu?"

„Puh ... da müsste ich drüber nachdenken ... Ich ..."

„Tun Sie das. Denken Sie in ALLER, ALLER Ruhe darüber nach. Ich setze niemanden unter Druck! Das wissen Sie! Und so ein Angebot mache ich nicht JEDEM! Wollen Sie ein Auto? Wollen Sie tausendzweihundert Euro brutto verdienen? So wie wir alle? Sie wissen ja, wie bescheiden ich bin ... Ha-ha-ha ..."

„Ähm ... tja ..."

Er breitete die Arme aus.

„Ich SCHENKE Ihnen ein Auto!"

Er beobachtete mich. Dann machte er auch schon weiter:

„Sie dürfen dann ein paar Betreute aus dem Wohnheim Goldesblatt zu unserer Arbeitsstätte holen. Sie wissen, dass wir eng mit dem Goldesblatt zusammenarbeiten, nicht wahr ... Und nach Feierabend dürfen Sie sie dann wieder nach Hause bringen. Es ist IHR eigenes Auto! auch wenn Sanatorium Seelenheil in den Papieren steht. Solche IDEEN kommen mir immer nachts, wenn alle anderen schlafen. Man kann ja nicht sagen, dass ich da nichts zu könnte. Mein Geist ist immer hellwach und wartet förmlich auf himmlische Visionen, die irdisch umzusetzen sind. Irgendwer meint es gut mit mir ... Ha-ha-ha ... Tanken müssen Sie natürlich selbst ... und den Wagen können Sie gaaaanz langsam in Raten abzahlen ... Dafür, bedenken Sie! haben Sie IHR EIGENES Auto! Sie können damit in den URLAUB fahren! Wir sind ja großzügig, nicht wahr ... Wäre ich nicht großzügig, hätte ich es nie so weit gebracht! Ich lege auch noch einen Fünfziger oben drauf. Sie sind mir wirklich ans Herz gewachsen, Herr Sittich, Sie wissen, hier im Sanatorium Seelenheil zählt der Mensch, nicht das Geld ..."

So ging es noch eine ganze Weile weiter. Zum Mittagessen entließ er mich. Mir schlackerten die Ohren, außerdem hatte ich den Kaufvertrag für ein Auto und noch diverse andere Formulare unterschrieben.

Der Fraß schmeckte zum Kotzen. Wie immer. Er wurde aus dem Knast angeliefert, war kalt, verkocht und matschig. Im richtigen Leben überdenken echte Guschoianer zehnmal, was sie zu sich nehmen, hier im Sanatorium stopften sich alle Mitarbeiter die Scheiße skrupellos ins Maul, und wenn ich Herrn Eichel beim Fressen beobachtete, fragte ich mich jedes Mal aufs Neue, wie man so schnell das Zeug in sich reinschaufeln kann, ohne alles wieder rauszuwürgen. Mir gegenüber saß Otto, ein Dauerpatient. Er hatte mir unter vier Augen erklärt, er habe chronischen Muskelkater in der Zunge, deswegen schmatze er ein wenig. Das ganze durchgekaute Zeug fiel ihm immer wieder auf den Teller, weil es ihm einfach nicht gelang, den Mund zu schließen, er fraß alles vier oder fünfmal, widerlicher ging nicht.

Heute wartete ich nach dem Essen auf Miriam, wir waren im Gummiraum verabredet. Kein Ton drang durch die Wände, weder von außen nach innen noch von innen nach außen. Es war ein riskantes Spiel, der Raum wurde zwar kaum genutzt, aber jeder Mitarbeiter konnte durch die Außentür zur Innentür gelangen und den runden Knauf aufdrehen, oder was noch wahrscheinlicher war, jemand würde durch die Guckklappe schauen und uns in voller Fahrt erblicken. Wir liebten den Raum, für unsere Spielchen war er bestens geeignet. Alles war weich und weiß und voll aus Gummi. Man konnte sich eigentlich unmöglich verletzten. EIGENTLICH!!!

„Scheiße!“, schrie ich auf. Und noch einmal: „Oooohhh ... SCHEISSE!!! VERDAMMIT!!!“ Ich stieß sie weg. Sie rotzte mir einen Schwall Blut vor die Füße. Ich griff mir an den steifen Schwanz, der nur noch pochte und zuckte. Er war glühend heiß.

„Fuck“, kreischte ich. „FUCK!!!“

„Ganz ruhig ...“, sagte Miriam. Was Besseres fiel ihr nicht ein.

Der schneeweiße Gummiboden war rot besprenkelt, vor mir bildete sich eine Pfütze. Ich ließ mich auf die Seite fallen und hielt mir unter Tränen und zusammen gebissenen Zähnen den Pimmel fest.

„Zeig mal ...“, sagte Miriam.

Sie nahm meine Hand weg und schaute nach.

„Iihh. Wie ekelig ...“, hüstelte sie. „Das Eichelbändchen ist durch ... Daaa hängt jetzt ein Faden runter. Sieht richtig schlimm aus ...“

Ich versuchte nachzudenken. Miriam anscheinend auch, was ja nicht gerade ihre Stärke war.

„Drück da drüben die Gummitür auf ... Da müsste Toilettenpapier drin sein.“ Hoffte ich jedenfalls. Mir kam die Zeit unendlich vor.

„Ich habe Windeln!“, rief sie begeistert und winkte damit.

Sie kam mit einer Packung 3 mal XL Wegwerfwindeln und fing an zu wischen. Es dauerte, bis der Gummiboden spurenfrei war. Sie trug die triefenden Windeln zum Mülleimer.

„Am besten du machst dir eine davon um ...“, sagte sie.

„Sag mal, spinnst du?“

„Das blutet ja immer noch ...“

Blöde Kuh!

„Na los, mach schon!“, sagte ich.

Wir lachten uns halbschlapp.

Ich konnte kaum auf der Vespa sitzen. Zu Hause schaute ich mir die Wunde genauer an und fragte mich ernsthaft, ob ich nicht lieber einen Arzt aufsuchen sollte. Die Eichel war dick und dunkelviolett, sie musste voll zugebissen haben. Ich klinkte mir einen Downer rein, rauchte ne Tüte und legte mich pennen.

Bevor ich mich mit Herrn Jordan, dem Makler, in Mühlenberg traf, hatte ich Udo besucht und mir ein Grämmchen Koks geben lassen. Ich war ziemlich locker drauf und in Redelaune.

Meinem Schwanz ging es auch wieder besser. Herr Jordan hatte eine Flasche Rotkäppchen Halbtrocken dabei und hielt sie feierlich nach oben.

„Die schenke ich Ihnen! wenn Sie unterschrieben haben!", jubilierte er schon vorher.

Im Fahrstuhl stank es nach komischen Sachen. Die eine Ecke war feucht. Angehende Künstler hatten sich an den Blechwänden mit Edding und Sprayfarbe verewigt. Wir wackelten in die 12. Etage. Von hier oben war die Aussicht wirklich einmalig, man konnte kilometerweit gucken und wenn man denn wollte, den Ausblick auch sicherlich genießen.

Die Wohnung selbst war ein Loch. Heiß und stickig, noch halbmöbliert, Herr Jordan riss die Balkontür auf. Auf den Balkon passten maximal zwei Stühle, kein Tisch.

„Die Möbel können Sie gern behalten", bot er mir kumpelhaft an. „Frau Kunz ... ach ja, die alte Frau Kunz ... Sie hat ihre Sachen immer sehr gepflegt ..."

„Ist sie hier gestorben?"

„Keine Bange, mein lieber Herr Sittich ... Man brachte sie noch am selben Tag raus ... Ich gehe auf den Balkon und rauche eine ... Den Vertrag lege ich auf den Tisch, lesen Sie ihn in Ruhe durch ..." Er ging raus, die Flasche Rotkäppchen stand neben dem Vertrag, sie sah verheißungsvoll aus, außen perlten sich die Tropfen. Mich schreckte der Geruch ab, es wurde auch bei offener Tür nicht besser. Ich stellte mich neben Herrn Jordan.

„Und, was sagen Sie? Zentral gelegen ... Zur U-Bahn fünf Minuten ... In die Stadt mit der U-Bahn zehn Minuten. Ehrlich, die Wohnungen hier sind sehr gefragt ..."

„Ja, alles locker", hörte ich mich sagen. „Wie ist es denn so, als Makler zu arbeiten? Ist doch bestimmt interessant. Immer neue

Wohnungen und Häuser, viele Leute, immer im Gespräch ..."

„Stellen Sie sich das mal nicht so einfach vor ..." Er schnippte die Kippe übers Geländer. „Sie wollen die Wohnung nicht?"
Ich schüttelte den Kopf.

„Wollen Sie den Sekt?"
Ich nickte. Wir tranken, duzten uns und unterhielten uns über die Prominenz in und um Hannover und wem er schon alles Wohnraum oder Grundstücke verschachert hatte. Einige Namen waren mir geläufig, kein Wunder, dass die Neue so begeistert von ihm war.

Gut angeschickert kurvte ich nach Hause und zog mir ne Line rein. Dann rief ich Herrn Eichel an, der fast ausrastete und Saltos schlug, als er meine Nachricht hörte. Er hätte es GEWUSST, tönte er begeistert, von ihm aus könne ich schon am Wochenende einziehen, den Vertrag bereite er sofort vor, und Frau Darm, die neben ihm stehe, könne vor Freude kaum noch an sich halten.

„War mir klar, dass du lebenslänglich in der Klapse landest!", sagte der Alte und bekam das Grinsen nicht mehr aus der Fresse. Die Neue grinste aus einem anderen Grund, sie bekam mein Zimmer.

Als ich am nächsten Morgen ins Sanatorium kam, wurde mir sofort ein Lied geschenkt, Herr Eichel hatte beste Laune. Er führte mich in sein Büro und versicherte mir, wie sehr er sich freue und an mich glaube. Er bot mir sogar an, die ersten drei Monate das Zimmer kostenlos zu beziehen. Der Zivildienst sei ja auch in ein paar Monaten vorbei und dann würde ich das große Geld verdienen.

„Herr Sittich", sagte er freudestrahlend und mit den Armen rudernd, „ich werde Sie in die geheimsten Künste der Guschoianik einweihen, das verspreche ich Ihnen! Liebherr Guscho, mein lieber Herr Sittich, ja ... er war ... ein Heiliger!“

Am Tag des Umzugs ins Eichion, bei dem mir Udo half und wir schön zugekokst waren, entdeckte ich wieder einen weißen Umschlag. Er lag auf dem Holzfußboden in meinem neuen Zimmer. Ich öffnete ihn.

Mein liebster Paul!

Du bist die Liebe meines Lebens,
ein Gedanke an dich, und ich bin glücklich!
Danke, dass es dich gibt.
Ich weiß, du wirst mich nicht enttäuschen!

Miriam??? Ich konnte es mir kaum vorstellen, aber wenn es doch so war, müsste ich die Affäre, die eigentlich ganz harmlos angefangen hatte, auf der Stelle beenden. Schließlich war sie verheiratet und lebte mit Mann und drei Kindern nur drei Kilometer vom Sanatorium entfernt. Ich wollte jedenfalls nicht schuld sein, wenn sie sich womöglich von ihrer Familie trennte. Und was, wenn ich sie dann nie wieder loswurde? Mit echter Liebe hatte das von meiner Seite aus nämlich gar nichts zu tun.

Fünf Dauerpatienten waren ebenfalls heute mit ins Haus A gezogen, wir waren also die ersten im Eichion. Es hatte ein Fest mit Tee, Wasser, Obst und Vollkornkuchen gegeben. Herr Eichel hatte eine lange Rede, in der er sich und das ganze Sanatorium hochtrabend bis zum Himmel rühmte, gehalten.

Die kürzere Ansprache hatte der fette Bürgermeister übernommen. Die neuen Bewohner waren aus dem Wohnheim Goldesblatt verlegt worden, warum, hatte ich nicht erfahren, aber ich fand, das waren Härtefälle, zugepumpt mit Haldol, sabbernd und steif in ihren Bewegungsabläufen, manche verstand man kaum, weil aus ihren Mündern nur ein eintöniger Schwall Matsch mit Rotze kam. Ein junger Mann, der Georg hieß, guckte mich die ganze Zeit komisch von der Seite an, bis er mir schließlich zuzwinkerte. Ich fragte mich, ob er sah, dass ich vor zehn Minuten ne Nase gezogen hatte. Aus Reflex wischte ich mir drüber, falls da noch Spuren waren. Er zwinkerte mir schon wieder zu. Ich guckte an die Wand.

Herr und Frau Peters, seit achtzehn Jahren verheiratet, waren hier in Haus A Vollzeit beschäftigt. Sie hatten sich ums Essen, den ganzen Haushalt und um den Garten zu kümmern. Ich fand Herrn Peters sonderbar, er schnaufte so laut und sagte nicht viel, aber ich hatte nichts gegen ihn, er schien ein ehrlicher und netter Typ zu sein. Seine Frau trug ihre Kleider in Rosa und Lila und war eine Spur zu freundlich. Aber egal. Meine tägliche Aufgabe bestand darin, für das Abendbrot zu sorgen und im Bioladen einzukaufen, wenn mich Frau Peters mit einer Liste losschickte, dafür musste ich von nun an nur noch den halben Tag drüben im Holzsaal anwesend sein. Herr Eichel war dagegen, dass wir so gesund kochten und aßen, Aldi tue es auch, aber Frau Peters blieb stur und ließ sich da nicht reinreden. Es gab koffeinfreien Kaffee, wovon keiner der Patienten was wusste, es gab Früchtetees, Ziegenkäse, jeden Tag Salat, und Wurst von glücklichen Tieren. Die Neue hatte mir drei Probepackungen Vitalin XJ 9-Pillen mitgegeben, sie sah die neue Wohneinrichtung als potentiellen Kunden und mich als Einflussnehmer.

Damit ich einen Überblick bekam, wo alles stand, deckten wir am ersten Abend den Tisch zu dritt. Die Peters hatten die Schränke liebevoll mit Lebensmitteln, Besteck und Geschirr gefüllt und als wir schließlich zu acht an der langen Tafel saßen, leierte Herr Peters den guschoianischen Tagespruch runter. Natürlich las er ihn ab, es war fast unmöglich, diese hoch komplexen Verse auswendig aufzusagen, Eichel schaffte es aber jedes Mal. Alle nahmen sich an die Hände, dann wurde gegessen.

Am nächsten Tag strich ich im Haus des Alten mein altes Zimmer in grässlicher Lachsfarbe. Ich war allein. Ich wurde neugierig. Wir hatten abgesprochen, dass ich die Schlüssel am Ende des Tages in den Briefkasten würfe, also war das hier die letzte Gelegenheit zum Schnüffeln. Zuerst taperte ich ins Schlafzimmer und schaute in ihren Nachttisch. Nichts als Cremes über Cremes, aber nicht mal Vaseline oder ein Gleitgel, egal, wahrscheinlich hatte sie was Gesunderes. Da noch ein Kuli und ein paar Heilungszeitschriften, nichts Dolles, Taschentücher noch in Massen, neue und gebrauchte. Bei ihm auch Gesundheitsmagazine, sie hatte ihn voll am Schlavittchen gepackt. Da gab's kein Entkommen mehr. Im Kleiderschrank fand ich auch nichts Besonderes, ich hatte auf hübsche Unterwäsche, einen Vibrator, ästhetische Hochglanzmagazine oder so was gehofft. Nee, totlangweilig. Dann ging ich rauf in ihr Badezimmer. Ich pisste im Stehen und ließ die Spritzer wo sie waren. Hundert Cremes, alles voll, Tausende von Euros, die ganze Palette von Vitalin XJ 9 in massenhafter Ausführung, sie hatte hier ein Vermögen angehäuft. Und trotzdem jammerten sie ständig über zu wenig Geld, kein Wunder, denn erst letzte Woche hatte sie sich n Mixer für eins drei geholt, für ihre widerlichen zähflüssigen Spinatsmoothies. Hinzu kamen die ständigen Reisen zu den Schulungen und die Treffen derjenigen Tausend, die GANZ OBEN auf der Leiter angekommen waren. Die Unterkunft im Hotel wurde übernommen, jedenfalls für sie, der Alte musste selbst blechen. Er hatte überhaupt keine Lust, hätte sich lieber mit seiner Ex vergnügt, machte aber keine Fisimatenten und fügte sich.

Lolli hatte es tatsächlich wahrgemacht – er hatte eine alte Halle aufgetan. Als ich hinkam, staunte ich nicht schlecht. Dreihundert Quadratmeter, große Holzfenster, Holzfußboden, nur die Wände waren grau und wurden gerade von Rudi, Atze und Udo gelb gestrichen. Die beiden Frauen, die halfen, kannte ich nicht.

„Ah, der Herr Schriftsteller!“, tönte Lolli. „Schnapp dir von da hinten ne Rolle!“

Tat ich.

„Was wird das hier?“, fragte ich, als ich neben ihm die Wand zuwichste.

„Da hinten kommt die Bühne hin ..“, erklärte er mit unüberhörbarem Stolz. „Wird so ne Art Kulturraum. Ich vermiete die Halle für Konzerte, Lesungen, Yoga, Kampfsport, für alles Mögliche. Vielleicht Theater oder so ...“

Das hatte ich Lolli nicht zugetraut. Niemals. Meine Überraschung konnte ich nicht verbergen und ich fand, das Ding war realistisch. Er erzählte mir, dass die Halle vorher als Fitnesscenter genutzt wurde.

Wir rauchten Joints, tranken Bier und schufteten bis fünf Uhr morgens.

„Paul, ich brauche Geld ...“, sagte Lolli, als wir alle auf den

Farbeimern saßen. „Vor die Wand da links soll der Tresen aus Bambus ... Wir brauchen Stühle, Kühlschränke, Sofas, das soll hier so was von gemütlich werden, verstehste ..."

Ich verstand, aber Geld hatte ich gerade nicht so viel parat, das meiste war festgelegt. Ich sagte es ihm und er sagte, ein paar Tausender wären mit den anderen Summen, die er auftreiben könne, gar kein schlechter Start. Ich versprach ihm, das Geld in den nächsten zwei Tagen vorbeizubringen.

Um sieben Uhr morgens war ich zu Hause, um acht müsste ich im Holzsaal sein. Ich zog mir mit den anderen Bewohnern einen leckereren Muckefuck und ein Brötchen rein und ging rüber zum Morgenkreis. Der Tag schleppte sich. Miriam wollte unbedingt auf dem Klo vögeln, doch ich fühlte mich zu schlapp. Sie war enttäuscht und redete nicht mehr mit mir.

Die Woche verlief ganz ruhig. Vormittags restaurierte ich mit ein paar Irren zwei Schränke und nach dem Mittagessen schnappte ich mir den Eichion-PKW und fuhr einkaufen. Abends deckte ich den Tisch und bereitete Salat zu. Nach dem Abendbrot fuhr ich meistens zu Lolli in die Halle und half beim Streichen und Putzen. Lolli hatte einen Möbeltischler aufgetan, der den Bambustresen zimmerte. Die Halle nahm Gestalt an. Drei Sofas wurden angeliefert, Stühle und Sessel, und Meditationskissen- und Matten, die in einem Nebenraum gelagert wurden. Für die Kühlschränke müsste noch Geld besorgt werden, Lolli war aber optimistisch.

Sonntagabend kam Herr Eichel unangemeldet zu mir rüber und lud mich ein, mit ihm in ein Restaurant zu fahren, er habe etwas sehr Persönliches mit mir zu besprechen. Wir betraten sein Lieblingsrestaurant, das *Deutsche Haus*. War schon edel, mit Empfangskellner, der uns zu unserem reservierten Tisch führte. An Bier brauchte ich gar nicht zu denken, Eichels Motto war, wer Alkohol trinke, könne nicht den esoterischen Weg gehen, das sei ausgeschlossen, schier unmöglich, keinen Tropfen dürfe man konsumieren, nicht mal Hustensaft. Und heutzutage müsse man, man MÜSSE! einen esoterischen Weg gehen, und zwar den WAHREN ESOTERISCHEN Weg! den Weg des Liebherr Guscho! denn kein anderer Weg sei so wahr wie dieser. Es gebe eine Menge Wege, aber keiner führe dorthin, wo Guschos Weg hinführe. Alles andere sei Lüge, Seelenfängerei, dogmatisch, und dogmatisch würde er, Herr Eichel, niemals werden.

Er bestellte Apfelsaftschorle und ich Wasser. Ohne mich zu fragen, bestellte er zweimal das Menü 3. Schnitzel mit Bratkartoffeln, vorweg Steinpilzsuppe, zum Nachtisch Pudding.

„Herr Sittich …", fing er an. „Wir sind ja noch nicht beim Du angekommen. Damit lassen wir uns auch noch ein wenig Zeit, wenn Sie nichts dagegen haben …"

„Nein, nein", sagte ich erleichtert.

„Ich würde heute gerne mit Ihnen über Ihre seelische Entgleisung sprechen, welche Sie in die Psychiatrie gebracht hat. Und auch über das Sanatorium Seelenheil und das Eichion möchte ich mit Ihnen sprechen. Das sind ja schon mal eine ganze Menge Themen, nicht wahr … Ha-ha-ha … Es geht um Ihre Zukunft. Um Ihr zukünftiges Leben. Sie werden ja bemerkt haben, so gut sollten Sie mich ja inzwischen schon kennen, dass ich keine sinnleeren oder sogar sinnlosen Gespräche führe. Nicht wahr?"

Er trank einen Schluck und fuhr fort:

„Können Sie sich vorstellen, warum Ihnen Ihre Seele damals diesen Streich gespielt hat?"

Er wartete. Klar! Weil ich zu viele psychedelische Drogen eingeworfen habe, hätte ich schlicht raushauen können, blieb aber still und schüttelte den Kopf, zuckte die Achseln und tat so, als könne er mir bestimmt die Antwort auf seine Frage geben.

„Wissen Sie, Herr Sittich ... Sollten wir uns doch vielleicht mit dem Vornamen ansprechen und beim Sie bleiben? Ach nein, lassen wir das erst einmal ... Herr Sittich ... man wird ja nicht ohne Grund zum Psychopathen!"

Wie bitte? WIE BITTE??? Was hast du WICHSER da eben rausgehaun!? Es war ein Schock! Aber es ging noch weiter:

„... Ich kannte mal einen Neger, der lebte ganz für sich allein in seiner Welt, es war eine Welt, die nur er glaubte zu verstehen. Er wurde stillgelegt, ans Bett geschnallt, es gab keine Alternative für diesen armen Neger ... Das war das letzte Mal, dass unser Gummiraum genutzt wurde. Er schlug um sich. Das passiert jetzt ja auch noch manchmal auf der Geschlossenen, aber unsere Ärzte sind sehr KOMPETENT! Sie haben ja alle die guschoianische Zusatzausbildung machen müssen ... Meistens reicht ja eine normale Fixierung. Aber manchmal MUSS einfach eine Zwangsmedikation eingeleitet werden. Das verstehen Sie doch, Herr Sittich, nicht wahr ..."

Er löffelte in Sekundenschnelle die Suppe aus seinem Teller. Ich fragte mich, was er eigentlich von mir wollte.

„Worauf ich hinauswill, lieber Herr Sittich ... Der Neger konnte sich nicht ausdrücken, er sprach nur gebrochen Deutsch. Er verstand unsere schöne – ich finde im Übrigen, es ist die schönste Sprache auf der Welt! nicht. Man sollte unsere Sprache in viel mehr Ländern sprechen, finden Sie nicht? Ein paar Mal erwähnte ich vor dem Neger den Namen Liebherr Guscho ... und tatsächlich, er wurde ruhiger. Glauben Sie mir. Wenn es bei den primitiven, unterentwickelten Völkern mehr Menschen gäbe, die etwas von der Guschoianik verstünden, wäre die Welt ein großes Stück besser und weiter. Aber darum geht es mir heute Abend nicht ..."

„Entschuldigen Sie mich bitte für einen Augenblick?", sagte ich. „Tut mir leid, aber ich muss so dringend auf die Toilette ..."

„Gehen Sie Ihrem Bedürfnis nach, Herr Sittich ... Ha-ha-ha ..."

Beim Pinkeln atmete ich tief durch. Ich fühlte mich wie in einem Film. Was labert der da für einen riesigen Scheiß!? Ich bereute, dass ich mein Koks zu Hause gelassen hatte, mit etwas Pulver in der Nase hätte ich ihn wahrscheinlich besser verstanden und auch mal was gesagt. Er meinte das bestimmt alles ganz anders. Ich durfte sein Gelaber nicht zu wörtlich nehmen. Als ich an den Tisch zurückkam, hatte er seine Steinpilzsuppe schon aufgefressen.

„Herr Sittich ... Sie wissen ja vielleicht, dass wir alle schon einige Leben hinter uns haben, nicht wahr? Höchstwahrscheinlich sind Sie noch ein SEHR junger Geist. Aber wir kennen uns sicherlich aus einer anderen Zeit. Die Menschen werden von Leben zu Leben und das in Ewigkeit, immer wieder zusammengeführt, um das fortzusetzen, was in den letzten Leben angefangen wurde. Karl der Große zum Beispiel gehört zu meinen ganz, ganz engen und besten Freunden. Ich kannte Assisi und Elias, ich kannte Napoleon. Was ich sagen will ... Sie haben bereits den Weg der Guschoianer betreten, und das bedeutet, dass Sie nie wieder zum Psychopathen werden, wenn Sie ein paar Ratschläge VON MIR befolgen ... Verstehen Sie, was ich Ihnen sagen möchte?"

Ich nickte erst mal.

„Sehen Sie ... Daran ERKENNE ich Sie! Ihre Zukunft ist meine Zukunft! Und meine Zukunft ist Ihre Zukunft! Herr Sittich ... jetzt ganz im Vertrauen ... Ich möchte, dass Sie ein Auge auf meine Mitarbeiter werfen. Ich lege den größten Wert auf Ihre Meinung. Die Peters in Ihrem Haus zum Beispiel ...

Aber ich möchte auch von Frau Eilers und Herrn Gritzner aus dem Holzsaal alles erfahren. Und selbstverständlich von den Psychopathen. Ich vertraue Ihnen WIRKLICH! Und jetzt werde ich Ihnen eine Überraschung verraten ..."

Ich hatte die Schnauze voll. Voll mit seiner Scheiße. Seine Redepause dauerte etwa eine Minute, er glotzte auf seine Apfelsaftschorle und dann wieder zu mir, immer hin und her, mit einem verschmitzten Lächeln auf den Lippen.

„... Herr Sittich, von nun an beginnt für Sie ein NEUES Leben!" Er reichte mir einen Umschlag und bat mich, ihn zu öffnen. Ich sah mehrere Hunderter.

„Ich möchte, dass Sie bald eine Reise unternehmen ... ganz zum Wohle des Sanatoriums Seelenheil natürlich. Denn Sie wissen ja – ich bin Egoist! Ha-ha-ha ..."

Ich lachte mit.

„... Ich bin ja immer zu einem guten Scherz aufgelegt, nicht wahr ... Ich schenke Ihnen ein esoterisches Seminarwochenende im schönen Harz. Professor Weiß ist der letzte überlebende Schüler seines Ur-Urgroßvaters, der ein großer Freund unseres Vorbildes Liebherr Guscho war und dessen Lehre tagtäglich persönlich genießen durfte. Tausend Euro sind im Umschlag, so viel wie das Seminar kostet ... Wissen Sie was, Herr Sittich? Sie werden mit Ihrem NEUEN Wagen dort hinreisen! Ist das nicht WUNDERBAR?"

„Mmh ..."

Der Kellner brachte das Schnitzel, ich hatte kaum was von meiner Suppe geschafft und Herr Eichel machte sich sofort über das panierte Stück Schwein her.

Er sprach jetzt mit voller Schnauze und streckte mir die Gabel mit einer soßentriefenden Kartoffel entgegen:

„Herr Sittich ... es wartet wirklich eine fantastische Überraschung auf Sie! Frau Darm und ich sprechen schon einige Wochen darüber ... und sind uns immer sicherer geworden. Wir haben einen einzigartigen Plan für Sie und Ihr Leben im Sanatorium und darüber hinaus erarbeitet ... Ja, ERARBEITET! Mehr werde ich Ihnen heute aber nicht verraten. Sie dürfen gespannt sein ..."

Die nächsten Tage bekam ich gelegentlich ein paar Satzfetzen zu hören, wie: „Herr Sittich, bald ist es soweit ...", dazu aufmunternde Blicke und manchmal sogar ein Schulterklopfen oder ein Stößchen mit dem Ellenbogen in die Seite. Meinen Kollegen Frau Eilers und Herrn Gritzner blieb es nicht verborgen, dass Herr Eichel einen Narren an mir gefressen hatte. Er machte auch kein Geheimnis daraus. Er reichte mir immer ein paar Sekunden länger die Hand. Von nun an genoss ich auch während der Teamsitzungen mehr Freiheit als alle anderen. Ich hatte Herrn Eichel anvertraut, dass ich nicht viel von der guschoianischen Philosophie verstünde und die Teamsitzungen manchmal sehr anstrengend für mich seien. So erlaubte er mir, zwischendurch den Begegnungssaal zu verlassen, um frische Luft zu schnappen. Klar, dass ich jedes Mal eine rauchte. Auf dem Gelände war es streng untersagt zu qualmen, man musste in den Park zur Raucherzone latschen, aber ich steckte mir trotzdem versteckt hinter den Werkstätten eine an. Eichel wusste es, sagte aber nichts dazu, unsere Blicke sprachen Bände. Vielleicht waren wir wirklich, in was für einer Hinsicht auch immer, seelenverwandt.

Lollis Halle wurde mit jedem Tag geschmackvoller. Ich hatte wirklich geglaubt, er habe kein Stil. Hatte er aber. Der Tresen aus hellem Bambus stand edel und würdevoll hinten an der orangenen Wand. Ich freute mich drauf, hier bei einem Konzert ein Bier zu schlürfen. An den Seiten der bodentiefen Fenster hingen gelbe Vorhänge, die fantastisch mit den orangen Wänden und dem Holzfußboden harmonierten. Große verchromte, beleuchtete Kühlschränke mit Frontglasscheiben, wohinter die verschiedenen bunten Säfte standen, dreieckige Spiegel an den Wänden und schwarze Hochglanzhängelampen unter den hohen Decken, kräftige Pflanzen und viele andere Accessoires waren angeliefert worden. Lolli hatte tatsächlich durch ein ausgeklügeltes Konzept ein Darlehen bekommen. Ich staunte immer mehr.

„Na, was sagst du?“, fragte er mich eines Abends.

„Tja ... Ich bin wirklich begeistert.“

„Yes! Jetzt steht die Gründung des Vereins bevor. Wir brauchen noch einen Namen. Bist du bereit?“

„Ich?“

Er sah mich erwartungsvoll an. „Wir brauchen einen Namen, der sich leicht einprägt, einen Namen, der hängenbleibt wie das Vaterunser. Vielleicht fällt dir ja bis zum achten was ein.“

Ich versprach ihm, darüber nachzudenken. Dann radelten wir gemütlich zu ihm, um einen zu rauchen. Er hatte sich geschworen, niemals mehr in der Halle zu kiffen, diese sei ihm heiliger als das sauberste Gras.

„Wie läufts mit dem Buch?“, fragte er.

„Ach, vergiss es. Hab ewig nichts geschrieben.“

„Ich meine nicht das alte Ding, ich meine das neue.“

„Ähm ... ich muss doch erst mal das alte fertig kriegen ...“

„Mann, mach endlich Poesie aus dem Bauch heraus!“

„Außerdem arbeite ich ziemlich viel im Sanatorium ...“

„Du lässt dich verbiegen, Junge! Du bist Schriftsteller, du musst zum Poeten werden ...“ Er gab mir den Joint.

„Ich fühle mich aber nur manchmal wie n Autor“, gab ich zu. „Und mit Poesie hat das schon mal gar nichts zu tun.“

„Hör in dich rein, hör auf dein Gefühl. Und beobachte, mach dir Notizen ... “

„Worüber denn?“, fragte ich. „Worüber soll ich mir denn Notizen machen?“

„Über genau das, was zurzeit geschieht.“

„Hm ...“

Lolli hatte sich in den letzten Wochen verändert. Er war viel ernster geworden, sein schwarzer Humor war in den Hintergrund geraten, ihm fehlte die Lockerheit, die ich bei ihm immer so geschätzt hatte, und er sah sogar anders aus. Irgendwie schon autoritär. Oder sah ich ihn jetzt plötzlich nur mit anderen Augen?

„Ich ziehe hier bald aus“, sagte er. „Ich habe ne größere Wohnung gefunden, ganz in der Nähe der Halle.“

„Weißt du eigentlich, dass du dich total verwandelt hast“, sagte ich. „Du kommst mir wie ein anderer Mensch vor.“

„Ich fühle mich ehrlich gesagt auch so.“

„Und wie erklärst du dir das?“

„Ich habe angefangen an mich und meine Ideen zu glauben.“

Die Teamsitzung fand wie immer um 18 Uhr statt, also trank ich auf die Schnelle ein paar Gläser Wodka-Lemon. Es war eine Teamsitzung wie viele andere auch, ich verstand kaum was von dem ganzen Gequatsche und die anderen taten so, als verstünden sie ALLES. Sie nickten ununterbrochen während sie lächelten. Aber das Lächeln sollte ihnen in diesen Minuten vergehen, denn keiner hatte mit so etwas gerechnet – ich am wenigsten.

Herr Eichel sagte es aus dem Nichts heraus:

„Meine Damen und Herren ... Sie müssen ja zugeben ... Herr Sittich hat sich tadellos ins Arbeitsleben des Sanatoriums Seelenheil eingefügt! Er ist zu einem festen Bestandteil geworden ... wie ein stabiles Kettenglied, das alles zusammenhält ... Auch wenn er nicht der beste Sänger ist ... Ha-ha-ha ... Nicht wahr ..." Er guckte in die Runde. Ich spürte Röte in mein Gesicht steigen. Was wollte er jetzt schon wieder?

Er fuhr fort:

„Jedenfalls möchte ich an diesem besonderen Abend ... bekanntgeben ... und mit Ihnen allen gemeinsam beschließen ... Auch wenn mein Innerstes es bereits beschlossen hat! Ich meine, wir sind ja ein Team ... eine Gruppe ... eine Einheit ... Frau Darm und ich haben viele Nächte darüber ... gebrütet ... ja, gebrütet ist der richtige Ausdruck. Man brütet ja ein Ei auch nicht in ein paar Stunden aus, nicht wahr ... Ha-ha-ha ... Wir beten für unsere Visionen ... Das Wissen fährt in uns wie göttliche Funken. Und wir Guschoianer WISSEN ja alle etwas ... Ha-ha-ha ... Wie Sie wissen, weihen wir in Kürze unseren neuen Saal ein ... den Papiersaal, die Buchbinderei könnte man auch sagen. Die letzte Werkstatt, die das Sanatorium Seelenheil bekommen wird. Und Herr Sittich, meine Damen und Herren! jedenfalls bin ICH dafür! und Frau Darm ist AUCH dafür! ich sehe auch keinen Grund, warum jemand dagegen sein sollte! es gibt ja auch keinen Grund, nicht wahr ... Herr Sittich soll diese Werkstatt führen! Nicht immer ist man mit dreiundzwanzig geistig und seelisch weiter zurück als manch einer mit fünfzig, lassen Sie sich das gesagt sein! Aber darüber sprechen wir ein anderes Mal. Gut, wenn keiner einen Einwand äußert ... Sie wissen, Sie sind FREI in Ihrer Meinung! beschließen wir das mit dem heutigen Abend! Herzlichen

Glückwunsch, Herr Sittich! Lassen Sie sich mit diesem schönen Lied feiern!" Er öffnete den Bratschenkoffer und stimmte irgendwas an.

Ich sah Blässe vor Neid. Vor allem bei Herrn Meier sah ich Blässe vor Neid. Er war gelernter Buchbinder und hatte sich unüberhör- und unübersehbar auf die Leitungsstelle im Papiersaal gefreut und sich innerlich auch schon darauf vorbereitet. Als er damals im Sanatorium anfing, war nur eine Stelle im Näh- und Filzsaal frei, die er wohl oder übel annahm, natürlich mit der Aussicht und Hoffnung, die ihm außerfrage auch gemacht wurde, auf die Leitung des Papiersaals. Er biss die Zähne aufeinander, war verkrampft und steif. Sein Blick richtete sich geradeaus ins Nirgendwo und Frau Speer, die neben ihm saß, tätschelte ihm den Oberarm.

Ich fühlte mich geehrt und wie das größte Arschloch auf Erden. Ich hatte zwar noch nie mit Papier gearbeitet, aber ich konnte davon ausgehen, dass Herr Eichel mich voll unterstützen würde.

Ich war gerade in meinem Zimmer angekommen und saß im Sessel, als Udo reingeschneit kam. Er nahm den Spiegel von der Wand, setzte sich und zog mit einer Cutterklinge vier schmale Linien. Oh, das Zeug brannte höllisch, und als ich mit dem Finger die Nasenlöcher abwischte, war er hellrot.

„Hartes Zeug ...", sagte ich.

„Ja, gutes Zeug", meinte Udo und trank einen Schluck Wodka aus der Flasche.

Nach fünf Minuten fühlte ich mich klar, ausgeglichen, gut und beinahe glücklich. Mir wurde schlagartig bewusst, was da eben in der Teamsitzung abgegangen war, hatte aber nicht die geringste Lust, Udo davon zu erzählen. Stattdessen fragte er, ob wir n bisschen rumdüsen wollten. Ich hatte nichts dagegen, denn hier im Zimmer müssten wir leise sein und könnten uns nicht in normaler Lautstärke unterhalten.

Udo fuhr einen sicheren Stil. Der perlweiße BMW lag hart und tief wie ein Brett auf der Straße. Die erste gerade Strecke nahm er mit zweihundert, die vom Scheinwerfer erfassten Bäume rasten wie Schwärme von Mücken an uns vorbei. Ich vertraute Udo und genoss den totalen Geschwindigkeitsrausch. Rasante Techno-Musik durchdrang den Wagen in glasklarer Klangqualität. Trotzdem hörte man noch den starken Sound des Motors, und wenn Udo Gas gab, drückte es uns in die glänzenden schwarzen Ledersitze. Er hatte ne Zigarette im grinsenden Mund stecken.

Wir düsten in die Stadt rein, krochen mit Zwischengas und ordentlich Krach, im Schritttempo am Straßenstrich vorbei, glotzen gierig aus den offenen Fenstern und parkten ganz in der Nähe vor einer Bar namens Brecht. Ich wusste, dass der Besitzer, Bert Brecht, der Dealer von Udo war. Er stand hinterm Tresen und strahlte uns breit an. Sofort standen eine Flasche Sekt und zwei Gläser zwischen uns. Udo schenkte ein. Die Musik war angenehm, ich spürte den Rhythmus des Basses.

„Cooler Schuppen ...", sagte ich.

„Gibt hier im Umkreis nichts Besseres", meinte Udo.

Bert Brecht war schon wieder am anderen Ende des Tresens und schäkerte mit einer Blondine.

„Paul, echt", sagte Udo, „ich hör mit dieser Scheiß-Kifferei auf. Mich bringt das Zeug voll auf Paranoia. Total komische Gedanken. Das hier ist die echte Welt. Koks ist angesagt. Vor allem, wenn man weiß, von wem es kommt. Auf Bert ist hundert pro Verlass, der würde mir nie Scheiße andrehen. Cooler Typ." Er sprach nicht sehr laut, achtete darauf, dass ihn niemand von den anderen Gästen hörte. Ich nickte. Ich fand, mir bekam das Zeug auch ganz passabel, meine Gedanken rafften ruckzuck alle Zusammenhänge, mir hämmerten etliche Ideen für Kurzgeschichten ins Hirn.

Bert sah fabelhaft aus, ganz in Schwarz gekleidet saß er jetzt auf einem Hocker und lachte die ganze Zeit mit dem Mädel. Sie sah auch nicht schlecht aus, war aber ungefähr zwanzig Jahre jünger. Bert war bestimmt schon vierzig, er sah nach Mann von Welt aus, erfahren und reich, und ich dachte, wenn ich schwul wäre, wär er mein Typ.

Udo grüßte den einen oder anderen. Auf Kokain war er ein ganz anderer Mensch als hinten im Garten, wenn wir grillten oder Federball spielten, er wirkte souverän und selbstsicher, kein falscher Wimpernschlag verriet seine Schwächen. Wir waren voll auf Sendung. Meine Nase brannte jedes Mal wie Feuer, wenn ich vom Klo kam. Wir blieben etwa zwei Stunden, tranken zwei Flaschen aus und quatschten ununterbrochen über die ganzen Leute von früher aus der Schule, meistens darüber, was sie für Versager waren oder was sie für hässliche Schrullenfreundinnen gehabt hatten. Die wenigsten kamen gut dabei weg. Die Einzigen, die richtig super waren, waren wir. Wir beglückwünschten uns zu unserem erfolgreichen Leben alle zwei Minuten und bekundeten unsere Liebe zueinander. Ich wurde immer berühmter und Udo immer reicher. Wir waren perfekt. Nichts könnte uns auf unserem Weg zum vollendeten Glück aufhalten. Pah! wer wollte uns schon Steine in den Weg legen! Wir würden sie wegpusten wie Federn! Ich fühlte diese tiefe Liebe zu Udo, und auch zu Bert Brecht, der immer schöner wurde. Schließlich zog er mit dem Mädel ab und zwinkerte uns zu. Cooler ging nicht. Ich hätte alle umarmen können.

Nachdem Udo mich zu Hause abgeliefert und ich mich ins

Zimmer geschlichen hatte, schaltete ich den Laptop an und schrieb ein paar supercoole Gedichte, sozusagen die coolsten der Welt. Dann, etwa eine Stunde später, um zwei, ließ die Wirkung nach. Ich hatte nichts mehr, wir hatten alles weggesnieft. Verdammt. Also machte ich mir noch zwei Wodka-Mischungen und rollte ne Tüte, die ich am offenen Fenster rauchte. Ich wurde so dermaßen breit, dass ich mich aufs Bett fallen ließ. Ich wusste, würde ich jetzt die Augen schließen, führe ich Karussell und müsste kotzen. Koks machte mich klar, und klar wollte ich sein. Immer. Immer alles ganz bewusst erleben, alles voll auf dem Schirm und unter Kontrolle haben. Nicht noch mal wie von den psychedelischen Drogen psychotisch werden. Hatte zwar schon gehört, Koks könne auch Psychosen auslösen, glaubte aber nicht dran. Also versprach ich mir, mir einen größeren Vorrat zuzulegen und dafür weniger zu saufen.

Es klopfte.

„Herr Sittich?"

„Ooohhh! Scheiße ...", stöhnte ich.

Ich dachte, mir platzt der Schädel. Meine Lider klebten fest. Ich bekam sie kaum auf. Ich schielte zum Wecker. Halb neun. Frühstück war längst gelaufen.

„Herr Sittich?" Es war die olle Darm. Die war noch nie hier oben gewesen.

Ich zog mir ein T-Shirt über und schlurfte zur Tür, wobei ich überlegte, mir die Unterhose auszuziehen, um sie zu schocken.

Als ich vor ihr stand, presste ich ein „Guten Morgen ...", heraus.

„Oh ... Sind Sie krank, Herr Sittich?", säuselte sie freundlich.

„Ja, vielleicht ein bisschen ... Ist aber nicht schlimm ..."

„Sehr schön. Sie haben es sich hier oben aber gemütlich gemacht ..."

„Ja, kommen Sie doch rein."

„Hier duftet es ja so schön süßlich ... Wirklich ganz angenehm. Ist das Ihre Seife?"

„Oh ja, kann sein ... Ich muss gleich mal lüften."

„Wirklich schön, das Zimmer. Sie haben Geschmack, Herr Sittich. Ähm ... Herr Eichel schickt mich. Er fragt, ob Sie mit ihm die Eiche vor das Eichion setzen wollen. Sie wurde gerade gebracht und ist jetzt schon sechs Meter hoch. In einer halben Stunde möchte er sie ins Loch setzen."

„Ist die nicht viel zu schwer?"

„Der Stamm ist ja noch ganz jung und dürr. Mit vier Leuten dürfte das kein großer Aufwand werden."

„Ja, ich komme gleich runter."

„Danke, Herr Sittich!"

Ich guckte sie an.

„Wofür denn?"

„Ach, für alles! Herr Eichel ist wirklich so froh, dass Sie bei uns arbeiten. Er liebt sie." Sie lächelte mir wie eine weise Frau zu und sagte: „Im Übrigen sagt er, sähen Sie seinem verstorbenen Bruder unglaublich ähnlich ..."

Unten standen Herr Peters, Herr Eichel und Frau Darm. Wir stellten den Baum in das Loch, zwei Leute hielten ihn fest und zwei gruben ihn ein.

„Ist das nicht der wundervollste deutsche Baum, den es gibt?", sagte Herr Eichel sichtlich gerührt. Natürlich sagten alle „Ja!"

Plötzlich klingelte mein neues Handy, ich hatte vergessen, es aus der Hosentasche zu nehmen.

„Sittich ...", sagte ich förmlich.

Raja war dran, ich ging zehn Meter weg. Sie entschuldigte sich, mich während der Arbeitszeit zu überfallen, aber ihr läge ein Treffen sehr am Herzen, wann ich Zeit hätte. Wir verabredeten uns für sieben Uhr im Biergarten. Den ganzen weiteren Tag musste ich an sie denken. Auch wenn es sie eigentlich nichts anging, aber mein Gewissen spielte mir des Kokains wegen des Öfteren ein paar Streiche und ich fühlte mich schlecht, wenn ich daran dachte, wie ausgelassen und fröhlich sie sein konnte, und das alles vollkommen nüchtern. Fröhlichkeit ohne Drogen, sollte es ja geben. Mein Alter und die Neue zum Beispiel taten ja auch manchmal fröhlich, waren es aber fast nie. Ihnen würde ein Joint bestimmt ganz guttun.

Als ich ankam, saß sie schon bei einem Glas Bier. Sie stand auf, um mich kurz zu umarmen. Gerade saß ich ihr gegenüber, griff sie meine Hand und ließ sie nicht mehr los. Und jetzt? Was soll der Scheiß? Sie schaute mich an. Ihre blauen Augen konnten Wasser zum Brennen bringen, ich war ihr verfallen, ich betete sie an, sie war alles für mich.

„Bitte, Paul ..." Sie sprach auffallend leise. „... ich will dich nicht überrumpeln ... wirklich nicht ... oder unter Druck setzen ... Das musst du mir glauben!"

„Ähm ..."

„Du brauchst jetzt nichts zu sagen ... Ich frage dich aber ganz frei heraus ..." Trotzdem wartete sie ein paar Sekunden, bis sie sagte: „Schenkst du mir ... deinen ... Samen?"

Ich hätte ja eigentlich drauf vorbereitet sein können. Oder MÜSSEN? Hatte das Thema aber verdrängt. Ich war froh, keinen gekifft zu haben, sonst würden meine Gedanken im Kopf jetzt wie ein Ameisenhaufen wimmeln. Ich spielte an einem Pickel am Hals rum, dann an einem am Kinn. Kokspickel. Nicht schön, aber irgendwo muss das Zeug ja wieder raus.

Der Körper wehrt sich. Ich wusste nicht, was ich sagen sollte, guckte sie an, dann wieder weg. Sie ließ mir Zeit.

„Meinst du nicht, ich bin noch ein wenig zu jung, um Vater zu werden?“, brachte ich schließlich hervor.

„Ich kann dir nicht sagen, warum es so ist ... Aber ich glaube wirklich, du bist der Richtige. Ich finde dich unglaublich nett ... und intelligent ... und auch so ... wunderschön ...“
Sie zwang sich ein Lächeln ab. Dass ihr nicht zum Lächeln zumute war, sah und spürte man. Sie tat mir leid.

Ich sagte:

„Du bist dir sicher, dass du einfach mit mir schlafen kannst?“

„Was??? Willst du mich jetzt auf einmal erpressen?“, zischte sie los wie eine Schlange. Ihr Gesichtsausdruck war auf der Stelle versteinert. Sie zog ihre Hand weg.

„Wenn du mit mir schlafen wolltest, warum hast du mich noch immer nicht verführt!? Gefalle ich dir nicht? Du hattest ja jetzt schon genug Gelegenheiten! Immerhin waren wir nachts zusammen im Wald! Und du warst sogar bei mir zu Hause!“

Jetzt verstand ich gar nichts mehr. Oder doch? Sollte ich etwa nur in ein Reagenzglas spritzen? HÄ?

„Warum hast DU mich denn nicht verführt?“, fragte ich, um den Spieß umzudrehen. „Du hättest nur mit dem Finger zu schnippen brauchen!“

„Das sagst du so leicht. Ich habe einen Mann, den ich liebe!“

„Einen Mann, dem du ein Kind unterjubeln willst. Ganz toll!“

„Jetzt werd nicht gemein, ja!“ Sie wollte mich mit ihrem Blick töten. „Vergiss es!“, knirschte sie.

„Nun sei nicht so. Ich mach‘s ja.“
Ihr lief eine Träne an der Wange runter. Aus Wut, Verzweiflung oder sonst was. Sie wischte sie mit dem Handrücken weg.

„Lass uns ein anderes Mal drüber sprechen ...Vielleicht ist heute einfach ein beschissener Tag. Tut mir leid ..."

Ich machte kein Auge zu. Sie hing in meinem Kopf wie eine Zecke, die sich tief ins Fleisch gebissen hat. Heute Morgen noch hatte ich sie mehr geliebt als alles andere auf der Welt. Und jetzt? TOTALE Scheiße! Ich fühlte mich benutzt, obwohl noch gar nichts geschehen war. Ich war trotzdem verletzt. Blöde Fotze!, hätte ich gern gedacht, brachte den Gedanken aber nicht übers Herz. Hast du nun unten rote Haare oder nicht? Würde ich vermutlich niemals rausfinden! Tsss. Weil ich zu blöd war! Einfach zu bescheuert! Wie ein Minderjähriger hab ich mich benommen! Zu blind! Ich hätte ihr am Treppengeländer einfach den Rock hochschieben sollen, ich Idiot! Sie wollte es! Sie hat nur drauf gewartet! Gelauert! Ich Flachwichser!

Ich entkorkte eine Flasche Weißen. Die leeren Flaschen sammelten sich im Kleiderschrank, ich müsste sie bei Gelegenheit entsorgen, aber bestimmt nicht hier auf dem Gelände im Glasmüllcontainer.

Als ich am nächsten Morgen in die Werkstätten kam, führte mich Herr Eichel in den Papiersaal, den vorher keiner der Therapeuten gesehen hatte. Ich sollte überrascht sein und war es auch. Der Saal war wunderschön. Wirklich. Die Wände gelborange, die großen Fenster zeigten nach Osten und Norden, der Fußboden wie alle anderen hier, hellbraunes Industrieparkett. In den Regalen stapelten sich hochwertige bunte Papiere und Pappen, und auf dem sechseckigen Buchenarbeitstisch lagen Kataloge. Herr Eichel sagte, ich könne sie in Ruhe durchsehen und mir überlegen, was ich an Schneidemaschinen, am besten rein mechanisch versteht sich, und sonstigem Werkzeug bräuchte. Außerdem habe er mit einer ihm bekannten Buchbindemeisterin gesprochen, bei der ich ein Praktikum absolvieren könne.

Die Olle stand auf einmal in der Tür.

„Na, Herr Sittich ... Was sagen Sie?"

„Ehrlich, ich bin platt."

„Nicht wahr ... Das freut uns. Herr Eichel und ich haben selbst die Wände getüncht."

„Ja, es ist wirklich alles sehr schön geworden. Wie viele Leute sollen hier denn arbeiten?"

„Maximal fünf", sagte Herr Eichel. „Und Sie bekommen Unterstützung von einer Teilzeitkraft, die dreimal am Vormittag kommen wird. Wir müssen nur noch die Richtige finden."

In der nächsten Teamsitzung spürte ich puren Hass von Herrn Meier und ein paar anderen Arschlöchern. Ich erntete fiese oder eben gar keine Blicke. Sie konnten mich plötzlich nicht mehr ausstehen, mich, der, warum auch immer, hier anscheinend Sonderrechte genoss. Tat ich wirklich. Wusste ich auch. Ich hatte mich nicht darum gerissen. Das war Eichels Sache, vielleicht hatte es tatsächlich was mit seinem toten Bruder zu tun, dem ich angeblich so unglaublich ähnelte.

Das Praktikum in der Buchbinderei lief gut an. Die Meisterin lobte mich, dass ich ein Händchen für Schere, Messer, Pinsel und Leim hätte. Vor allem die farbige Gestaltung der Buchumschläge und das Zusammenbauen der Schachteln bereitete mir Freude. Ich konnte mir gut die Arbeit mit ein paar Psychos im Papiersaal vorstellen und freute mich auf den Start.

Herr Meier mied meinen Blick, als sei ich ein Pitbull, er grüßte nicht einmal mehr. Meine Scheiße – was konnte ich denn dafür!? Und daher gefiel es mir immer mehr, dass er mit den ganzen durchgeknallten Tussis im Nähsaal abhing, Mützen filzte und für ihn kein Ende abzusehen war. Er schien auch Luft für Herrn Eichel geworden zu sein, irgendwas musste da vorgefallen sein, denn eigentlich war er als Chef zu allen ganz nett.

Am besten war ich drauf, wenn ich morgens vor der Arbeit ne Line zog. Hellwach und offenen Blickes, leuchtende Augen wie Halogenstrahler, bestens gelaunt, klar und konzentriert, stand ich im Morgenkreis und lächelte alle an. Und nach dem Abendbrot zog ich die nächste durch, um mich an den Laptop zu setzen, der auf meinem weißen Schreibtisch vor dem Fenster stand. Ich stellte mir vor, dass Raja die erste wäre, die das Skript las, und gerade dachte ich an sie, da rief sie an, es war abends gegen acht.

„Können wir sprechen?", fragte sie. „Hast du Zeit?"

„Ja, klar."

„Hassan schläft schon."

Hassan? HASSAN??? Warum hatte ich eigentlich nie nach seinem Namen gefragt, ich naiver Doffmann!? Oder warum hatte sie immer nur von „mein Freund" gesprochen!? Ich hatte nichts gegen Ausländer, wirklich nicht ... aber ... Ich denke, er ist Arzt, dachte ich. Klar, es gibt auch türkische Ärzte ... Ich fühlte mich auf einmal wie ein dreckiger Nazi. Der ist doch bestimmt gefährlich! Sein ganzer Clan wird mich töten wollen! Die werden mich um die Ecke bringen! Vor denen ist man nirgends sicher! Die finden dich überall! Eiskalt! Da laufen andere Sitten ab! Ein Menschenleben? Nee, ist DENEN nichts wert! Skrupellos. Die zucken nicht mit der Wimper! Ich bin tot! Hörst du!!! TOT!!!

Meine Stimmung verfinsterte sich wie ein geschlossener hundert Meter tiefer Brunnen. Ich stellte mich ans Fenster und steckte mir eine an. Ich glaube, die Peters wussten, dass ich im Zimmer qualmte, aber ich wusste ja auch, dass Herr Peters hinterm Haus ab und zu eine durchzog, und Herr Eichel wusste überhaupt nicht, dass er dieser Sucht frönte.

„Bist du noch dran?“, fragte sie.

„Ja, ja ... klar ... Ähm ... was ich dir sagen wollte ... Ich mache das ...“

Hörte ich mich das tatsächlich eben schon wieder sagen? Nein! NEIN!!!

„Was?“, fragte sie.

„Wie, WAS? Na ... das mit dem Samen!“

Kurz Stille.

„Hmm ... Ehrlich?“

„Ja, Mann! Ehrlich.“

Länger still.

„Bist du ganz, ganz sicher?“

„Nee ...“

Sie kicherte, aber ohne wirkliche Töne.

„Dann mach ich jetzt ehrlich einen Termin?“

Sie wartete darauf, dass ich noch was sagte, tat ich aber nicht, stattdessen sagte sie:

„Du kannst dir gar nicht vorstellen, wie wichtig das für mich ist ... Was es für mich bedeutet ... Wenn es wirklich klappt, wird es ein wundervolles Kind, das verspreche ich dir ...“

Am nächsten Tag stand ein Tagesausflug an, die ganze Truppe aus allen Werkstätten wollte ins Sprengelmuseum. Einmal im Monat wurde sowas veranstaltet, Herr Eichel und die Olle fuhren diesmal mit. Miriam und ich blieben im Sanatorium, Miriam, weil sie angeblich die Schränke in den Werkstattsälen auswischen wollte und ich, weil ich die Schneidemaschine entgegen nehmen musste, die heute angeliefert werden sollte. Wir waren geil aufeinander, sie hatte mir hoch und heilig geschworen, nichts mit den mysteriösen Liebesbriefen zu tun zu haben, da sie ihren Mann wirklich, wirklich liebe. Sie hatte mir sogar anvertraut, unsere Affäre beflügele ihr Liebesleben mit ihm.

Ich wusste, wo Herr Eichel den Schlüssel für sein „privates" Büro versteckt hielt. Miriam war völlig aus dem Häuschen, ihre Hand schwitze in meiner, ich glaube, sie zitterte sogar ein bisschen. Ich schloss auf. Sie stellte sich vor das Bücherregal. Ich ging von hinten an sie ran, knöpfte das Kleid auf, streifte es ab und zog ihr Höschen runter. Sie stand nackt vor mir und guckte weiter auf die Bücher. Ich ließ meine kurze Hose und die Boxershorts auf die Füße fallen und berührte sie, steif wie ich war, zwischen den Arschbacken. Sie sagte keinen Mucks, drehte sich um, nahm mich bei der Hand und führte mich zum mächtigsten Eichenschreibtisch, den es auf der ganzen Welt gibt. Sie fläzte sich drauf. Hinten rechts stand ein gerahmtes schwarzweiß Bild von Liebherr Guscho, Seitenprofil, und man hatte trotzdem das Gefühl, dass er einen direkt anglotzt. Ekelhafter Typ. Sah aus wie der Obernazi mit seinem Zwirbelschnauzer.

Als Miriam sich nach hinten fallen ließ, flog allerhand Kram über die Tischkante. Sie spreizte die Beine und zog sie gelenkig nach hinten, ihr steifer Arm, der nur in der Beuge liegen konnte, war kein Hindernis. Ich genoss es, sie anzuschauen. Ließ mir Zeit. Sie war feucht. Glänzte. Ich musste aber andauernd zu Guscho glotzen, bis ich mir schließlich den Rahmen griff, in Miriam eindrang und sie vögelte. Kurzerhand klemmte ich das Bild zwischen ihre Oberschenkel und ihren Bauch. Ein herrschaftliches Gefühl überkam mich, und als ich meine Ladung abspritze, war es wie das reine Feuerwerk.

Miriam machte das Bild sauber und stellte es wieder an seinen Platz. Dann zogen wir uns an, räumten auf und warteten auf die Schneidemaschine.

Raja und ich trafen uns vor dem Kinderwunschzentrum. Zig Formulare waren von uns beiden auszufüllen, auch, ob ich schon mal psychisch krank war. Natürlich nicht. Wie kamen die denn da drauf? Sah ich vielleicht so aus? Ob ich Drogen nähme. Nie und nimmer, also wirklich. Als ich den Kram der Frau hinterm Tresen reichte, sagte sie, wir könnten heut gleich alles für die Untersuchung des Spermas und so weiter erledigen, natürlich seien in den nächsten Wochen noch Gespräche mit dem Professor vonnöten, doch was sie habe, habe sie. Sie gab mir einen Becher für Urin und ging mit mir hinter einen Vorhang zum Blut abnehmen. Auch Raja gab Pisse und Blut her. Dann führte sie mich ins Wichszimmer und schaltete ohne was zu sagen einen Pornofilm an.

„Danke ...“, sagte Raja, als wir im nächsten Café saßen. „Wirklich, du hast bestimmt keinen Fehler gemacht!“

„Wichsen ist meine Stärke!“

„Ich habe nie einem Menschen so sehr vertraut wie dir ...“ Klar, sie konnte mir jetzt alles erzählen. Morgen käme der Weihnachtsmann. Gott sei Chinese! Ich sei der tollste Typ im ganzen Universum! Und der Geilste! Gottähnlich! Sie sei noch Jungfrau! Sie habe NUR auf mich gewartet! AUF MICH! Schon ihr ganzes Leben lang! Schon Jahre vor diesem Leben! Sie habe mich gesehen und WUSSTE es! Tss ... wer ist schon Hassan!?

Sie säuselte weiter:

„So etwas wie bei dir habe ich noch nie bei einem Mann gespürt ...“

Mann? MANN??? Hat sie tatsächlich eben das Wort MANN gesagt? Also wirklich. So hatte mich noch keine genannt! Mann ... Ich fühlte mich gleich wie ein Grizzly. Ich fasste meine Bartstoppeln an. Wuchs eigentlich ganz gut. Männlich ... Ich ging auf die vierundzwanzig zu. Ab wann ist man eigentlich ein MANN? War ich tatsächlich nicht mehr jugendlich? Wohl eher nicht.

„Ist Hassan ein Deutscher?“, traute ich mich endlich die Frage zu stellen. Jetzt bloß nicht die Antwort: >Spielt das denn eine Rolle?<

„Afghane. Er ist vor fünfzehn Jahren geflüchtet.“

„Aha. Dann ging es ihm bestimmt ziemlich schlecht ...“

„Ja, in Afghanistan schon. Da wurde er schlimm gefoltert und misshandelt ...“ Sie dachte nach und trank Kaffee. „Er trägt seine Narben nicht nur *auf* dem Körper. Er war in seiner Heimat ein angesehener Chirurg.“

„Ach ja, er ist ja schon fünfzig ...“, stichelte ich.

„Er sieht nicht so aus ... Gehst du mit mir schwimmen?“

„Äh ... Wann denn?“

„Na, nachher.“

Ich dachte sofort an die dicken Pickel auf dem Rücken. Aber ich konnte einfach nicht nein sagen. Ich würde sie im Bikini sehen! Diesen Anblick konnte ich mir unmöglich entgehen lassen. Sie sagte, sie hole mich um drei ab.

Meine Vespa war nicht in Form, sie sprang schlecht an und der Auspuff war durchgerostet. Sie röhrte wie ein kaputter Rasenmäher, TÜV war auch abgelaufen. Ich musste aufpassen, dass mich die Bullen nicht stoppten. Auf dem Weg zum Sanatorium machte ich bei Lolli halt. Er war zu Hause und mal nicht in der Halle. Ich ließ mir fünf Gramm Gras geben, wir rauchten einen, ich ließ Lolli von seinen Plänen erzählen, erzählte nichts von mir, und fuhr weiter. Ich war dicht wie n U-Boot, und gerade nachdem ich die Vespa auf dem Parkplatz vor dem Sanatorium abgestellt hatte, kam Herr Eichel an. Strahlend wie immer. Ich versuchte, ihn mit meinen dunkelroten Klüsen nicht direkt anzugucken. Er teilte mir mit, dass die Eröffnung des Papiersaals geplant sei, natürlich nur, wenn ich nichts dagegen hätte, schließlich sei ICH ja dort der Chef. Ha-ha-ha... Ich auch: Ha-ha-ha ...

Sollte ich nicht tun, tat es aber doch: Ich rauchte noch einen hinterm Haus, der reinhaute wie ne Granate ins Planschbecken, und ich hatte blitzartig das Gefühl, noch nie in meinem Leben so breit gewesen zu sein. Lolli hatte mir Mörderzeug angedreht. Meine Beine waren aus Gummi, sie sackten andauernd weg, mein Oberkörper fühlte sich viel zu schwer an, ich kämpfte mich die Treppe zu meinem Zimmer hinauf, zum Glück waren die Peters nicht da. So konnte ich keinesfalls Raja unter die Augen treten. Ich drückte die Eins auf meinem Handy. Sie ging ran.

„Hallo? Paul?"

Mein Maul war trocken wie Styropor.

„Paul?"

„Jo ..."

„Was ist denn?"

„Hä ... Hä?"

„Hast du gekifft?"

„Hmmm ... Jo ..."

„Willst du absagen?"

„Hm ... Äh ... Hm?"

„Ob du absagen willst?"

Ich nickte.

„Ach komm ...", sagte sie, „mir ist egal, ob du kiffst oder nicht. Meinst du, ich weiß das nicht? Ich bin um drei da!"

„Jo ..."

Ich haute mich aufs Bett und war über eine Stunde bewegungsunfähig, starrte einfach wie ne Kröte an die Decke. Als ich versuchte aufzustehen, musste ich mich sofort wieder setzen, weil mir schwarz vor Augen wurde. Etwa eine halbe Minute hielt der blinde Schwindel an, dann ging es. Ich duschte. Das kühle Wasser belebte mich etwas und ich versprach mir, demnächst ab und zu Sport zu machen, könnte ja den Kreislauf anregen. Einige Psychos spielten fast jeden Tag Fußball und ich wäre ab morgen mit dabei, so was dachte ich öfter, wenn ich stoned war. Eichel sah das gar nicht so gern mit dem Fußball, er war gegen jede Art von „Kampf"-Sport. Guschorik war alles, was gesund für Geist, Körper und Seele sei. Ruhige aber schwingende Bewegungen der Arme und Hände mit irgendwelchen Tönen und Lauten, die man von sich gab, aber nicht einmal, wenn der Guschorik-Meister Adolf ins Haus kam, brachte mir der Kram was. Ich hatte drei oder viermal mitgemacht, dann war mir die Lust vergangen. Adolf hätte im Sanatorium gern öfter Unterricht gegeben, ihm war die Olle ein Dorn im Auge, sie hatten schon öfter diskutiert, ob es gut oder schlecht ohne Meistererfahrung wäre, wenn sie den Unterricht anleitete. Aber klar, Eichel stand hinter ihr wie ein Baum. Wie die deutscheste aller deutschen Eichen! Adolf wollte die Stelle, die rar gesät waren, nicht gefährden und hielt lieber seine Schnauze. Ich konnte ihn nicht ausstehen, er roch immer nach Schweiß und hatte fettiges Haar, das ihm ständig übers eine Auge fiel. Er war durchweg ekelhaft. Kein Mann, sanft und weich, mit einer Stimme aus Puderzucker. ICH war ja jetzt ein Mann! hatte mir ja die Frau meines Lebens versichert.

Um kurz vor drei wankte ich vor die Tür. Ich kannte ihren Wagen nicht und staunte nicht schlecht, als das schwarz-hochglanzlackierte VW-Käfer-Cabrio auf den Parkplatz bog. Ihre Haare leuchteten wie Kupfer unter der Sonne.

„Hi", sagte sie und ließ den Motor laufen.

„Ja, Hi ..." Ich schmiss meine Tasche auf die Rücksitzbank.

„Was hast du denn da drin?", fragte sie.

„Wo?"

„Na, in der Tasche!"

„Ähm ... Schwimmzeug ..."

„Da, wo wir hinfahren, brauchst du kein Schwimmzeug. Ich habe alles dabei!" Sie lachte das herrlichste Lachen, das ich je gesehen habe.

Ich hatte noch immer weiche Knie und wabbelige Waden, als wir in der Nähe der „Drei Seen" ausstiegen. Was mich tötete, war, dass sie beim Gehen meine Hand griff und ich nur ihrer Berührung wegen schon ne Latte hatte. Ich traute mich jedoch, etwas fester zuzudrücken. Mit der anderen Hand trug ich ihre rote Sporttasche, die mir schwer wie ne Zehn-Kilo-Hantel vorkam.

Ich dachte, wahrscheinlich will sie sich unter den Bäumen da hinten nur in den Schatten legen und ein gemütliches Picknick machen. Wäre ja auch zu schön gewesen, sie im Bikini zu sehen. Die meisten Träume gehen sowieso niemals in Erfüllung, sind halt Träume, sollte man nicht zu viel Bedeutung beimessen.

Es ging also am ersten See schon mal vorbei und auf eine Reihe von hohen Linden und Eichen zu, wo wir Schatten finden würden. Aber nichts da, wir taperten weiter, mir lief die Soße runter. Die Latte blieb beharrlich. Und dann das!

der letzte der drei Seen! FKK! FREIE KÖRPERKULTUR! Nur noch Nackte! Sämtliche Figuren, die es unter der Sonne gibt. Dicke Frauen, fette Wichser mit Hängebäuchen bis zum Schwanz, Hängetitten, kleine Titten ... Blasse, braune, kleine, große Körper – nichts als massenweise Penisse und Säcke in allen Farben und Größen. Es war sauvoll auf der Wiese. Klar – viel mehr Männer als Frauen. Warum eigentlich? Sie ließ mir keine Zeit darüber nachzudenken. Entschlossen zog sie mich hinten zu den großen grün bekleideten Bäumen und Sträuchern, weit weg vom See, und fand einen Platz für uns, drei Meter Abstand nach rechts und vier Meter nach links, und ich betete an Ort und Stelle, dass sich keiner dazwischendrängte. Sie nahm mir die Tasche aus der Hand und holte eine Decke und Handtücher raus, die sie ausbreitete. Und eine Flasche Sekt.

„Soll ich dir helfen?", fragte sie lächelnd, fast schon grinsend, während sie sich auszog und ich steif dastand und auf die ganzen Büsche und Rasierten glotze.

„Wie bitte?"

Sie lachte – und war einen Augenblick später splitterfasernackt! Auf ihrem hübschen Venushügel zeichnete sich ein hellroter Streifen ab, der auf ihren wunderschönen Bauchnabel deutete. Ich riss mich zusammen, wollte nicht mehr hingeiern. Ging aber nicht.

„Ich gehe schwimmen, du kannst ja nachkommen ..."

Ich spannerte ihr wie ein Menschenfresser hinterher und konnte das alles noch nicht so richtig fassen. Sie schritt wie eine Königin. Ich versuchte rasch alle Arschlöcher auszumachen, die ihr ebenfalls auf die Rundungen gafften. Es waren ALLE! Ich kam mir wie ein Blödmann vor, schließlich stand ich bei 30 Grad noch immer in voller Montur hier auf dem flachen Rasen rum, also drehte ich mich zu den Bäumen, zog mich aus und legte mich schnell auf den Bauch. Es kniff und drückte und ich hoffte, dass kein zu fetter leuchtendender Eiterpickel auf meinem Rücken prangerte.

Ich konnte einfach nirgendwo anders hinschauen, als sie mit erhobenem Kopf zurückgeschritten kam. Sie blieb cool, lächelte nicht mal, garantiert wusste sie, was sie ausstrahlte und was sie ob ihrer Schönheit und des makellosen Körpers hier anrichtete. Gleich würde eine Massenvergewaltigung abgehn! Gang Bang! Alle auf einmal! Klatsch, klatsch ... Das klare Wasser perlte sich auf ihrer sommersprossigen Blässe. Sie schüttelte ihren Kopf. Ich spürte kühle Spritzer auf dem Rücken. Sie setzte sich mit angezogenen Beinen neben mich auf die Decke, machte die Flasche auf und schenkte zwei Plastikbecher halbvoll.

„Das Wasser ist herrlich", meinte sie. „Du solltest es wenigstens versuchen."

„Mhm ... Bist du öfter hier?"

„Ich habe ja nur selten Zeit ... Und Hassan würde mir den Kopf abreißen. Aber ich liebe es ..."

Konnte ich mir vorstellen. Wir stießen an. Der Sekt war noch kühl. Er prickelte.

Dann legte sie sich auch auf den Bauch. Unsere Gesichter waren nahe zusammen. Ihr Haar glänzte jetzt noch intensiver und die braunen Sommersprossen auf und neben der gerade gewachsenen Nase luden zum Abküssen ein. Sie lächelte die ganze Zeit und ließ mich nicht aus den Augen. Und ich atmete tiefe Züge. Plötzlich setzte sie sich auf, sie setzte sich tatsächlich! vor mich in den SCHNEIDERSITZ! Ich sah ALLES von ihr! Wieso tust du das? Hä? HÄ? Ich brauch ne Antwort! Ich raste gleich aus! Total! Weißt du überhaupt, was du mir ANTUST!!! Du Biest! Du Luder! Du WILLST es doch! Wenn nicht, tötest du mich mit Absicht ganz langsam! Ich werde gerade gegrillt! Du willst mich fertigmachen! Auffressen! Mir den Verstand rauben! Du tust das wegen deines schlechten Gewissens! Du spielst mit mir! Du bist die Spinne, Nein! das Netz, in dem ich hänge wie eine schäbige Mücke! Du geile Sau!

„Ich möchte mit dir ein Spiel spielen", sagte sie.

Sag ich doch! Ich bin ja nicht blöd! Jedenfalls noch nicht ganz!

„Mhm ... " Ich traute mich kaum noch, sie anzuschauen und verrenkte mir fast den Hals, um meinen Blick nicht in ihrer Fotze versinken zu lassen.

„Wir spielen Wahrheit oder Pflicht."

„Aha ... Wahrheit oder Pflicht ..."

„Kennst du doch, oder nicht?"

„Doch ... Na klar ... Wer kennt das nicht ..."

Wie sie sich freute! Nicht auszuhalten!

„Komm, frag mich schon ... Wahrheit oder Pflicht?"

„... Also gut ... Wahrheit oder Pflicht?"

„Wahrheit!"

Ich tat so, als überlege ich eine halbe Minute, kannte die Frage aber schon nach einer Sekunde.

„Warum bist du mit mir hierher gegangen?"

„Na, hör mal ... du wirst wahrscheinlich der Vater meines Kindes! Ich möchte sehen, wie du aussiehst ... und ich muss sagen ... das, was ich bisher gesehen habe, gefällt mir schon mal ..."

Klar – vor allem die gelben Eiterbeulen! Unverschämt, nichts als bodenlose verlogene Unverschämtheit! Sie beließ es dabei, ich hielt ihrem Blick nicht länger stand und schaute geradeaus. Mich machte es mürbe, dass sie von oben auf mich herabschaute. Ich saß wie die Ratte in der Falle und war fix und fertig. Ich versuchte es mit meinem sterbenden Opa, ich versuchte, an die Neue und meinen Alten zu denken, noch schlimmer, an Frau Darm und Herrn Eichel, aber es brachte verdammt nochmal gar nichts, der Ständer verharrte.

Jetzt presste ich die Frage der Fragen heraus:

„Warum tust du das?“

Sie wartete zwei Sekunden und sagte:

„Du bist dran.“

„Scheiße ... Wahrheit!“

„Ich möchte von dir wissen, was du tun würdest, wenn du nur noch einen einzigen Tag zu leben hättest, sagen wir, heute wäre dein letzter Tag ...“

„Warum möchtest du das wissen?“, fragte ich blöd zurück.

„Gegenfragen sind nicht erlaubt!“

„Hm ... Ich glaube, ich würde dir sagen, dass ich nur noch diesen einen Tag zu leben hätte ... Und dann würde ich alles daran setzen, dich zu verführen, und wenn das nicht klappen würde, würde ich dich da drüben im See vergewaltigen ... Das ist die volle Wahrheit ...“

Sie grinste und sagte:

„Frag mich!“

„Wahrheit oder Pflicht?“

„Pflicht!“

„Was?“

„Pflicht!“

Lass uns sofort hinters Gebüsch gehen!

Ich antwortete nicht gleich, unsere Blicke verbissen sich in der durch die Insekten und Stimmen der Nackten sirrenden Luft, und dann traute ich mich zu sagen:

„Okay, küss mich ...“ – und schloss kurzerhand die Augen und verformte leicht meine Lippen.

Ich spürte ihren Atem, sie musste ganz nahe sein. Sie küsste zärtlich, und sie küsste nicht gerade kurz, muss ich sagen. Aber hatte auch sie ihre Augen geschlossen gehabt?

„Jetzt musst du Pflicht sagen“, meinte sie, während ich versuchte, mich zu erholen.

„Muss ich?“

„Tu es.“

Ich tat es.

Sie sprach nicht. Sie legte sich auf die Seite und winkelte die Beine an, ihr Po berührte meine Hüfte. Sie presste sich ein wenig stärker an mich. Sie brauchte nicht zu sprechen, tat sie auch nicht. Sie wartete. Sie wartete immer noch ... Ich konnte nicht anders, ich wollte auch nicht anders und ich traute mich auch auf die Seite, meine Knie fanden ihre Kniekehlen und legten sich hinein, meine Schienbeine drückten sich an ihre Waden, mein Penis deutete zwischen ihre Pobacken, noch war ein winziger Abstand zwischen uns.

„Mach bitte ...“, hauchte sie zart.

Ich schlang meinen gebeugten Arm um sie und legte meine Hand auf ihre Brust, den linken Arm streckte ich weit aus, mein Gesicht lag auf dem Oberarm, mit meinen Lippen spielte ich an ihren zarten, weichen, blonden, aufstehenden Rückenhärchen, ich küsste ihre salzige Haut, dann nährte ich mich ihr ganz, spürte sie, fand sie und glitt sanft in sie hinein – und blieb steif liegen, ich hatte nicht das Bedürfnis, mich zu rühren, ich wollte nur genießen und noch mal genießen. Ich fühlte ihre volle Hitze und Nässe, ich berührte ihre innerste Seele. „Wow“, stönte sie. Sie begann, sich sanft vor und zurück zu bewegen, kaum wahrnehmbar. Ich hatte die Augen geschlossen, den Mund offen, und mir war völlig egal, ob es unsere Nachbarn oder sonst wer mitbekam, im Gegenteil, es machte alles nur noch viel spannender, mir war klar, dass wir beobachtet und ich beneidet wurde.

Sie merkte genau, wie weit sie gehen konnte, denn kurz bevor ich zum ersten Mal gekommen wäre, blieb sie still liegen. Dann bewegte sie sich wieder sanft wie ein Blatt am Baum, wenn es von einer leichten Brise erwischt wird. Und dann war es soweit. Als ich in ihr kam, war es wie ein endloser Strom. Wir blieben einfach schweigend liegen, ich in ihr, bis ich herausrutschte. Ich blieb an ihr kleben wie eine Qualle auf dem feuchten Sand am Meer. Ich wollte mich nie wieder bewegen, einfach nur daliegen. Daliegen, genießen und dem sachten Wind zuhören, der durch die Sträucher und Bäume glitt. Wir waren eins.

„Heute ist ein guter Tag ...“, flüsterte sie schließlich.

„Ja, ein sehr guter ...“, stimmte ich ihr zu.

„Ein guter Tag, um schwanger zu werden ...“

Ich sah es nicht, aber ich fühlte ihr Lächeln in meinem.

Dann sagte sie:

„Ich möchte dich vorerst nicht sehen ...“

„Warum nicht?“, musste ich fragen.

„Frag nicht ...“

Ich nickte.

„Und wenn das Kind blond wird?“, sagte ich sarkastisch und gemein.

Sie schwieg.

Am Samstag fuhr ich zum Alten und der Neuen. Lust hatte ich keine, aber sie hatte mich zum Geburtstagsessen eingeladen. Ihr Plan war, gemütlich bei ihnen Kaffee zu trinken und dann zu ihrem Lieblings-Spanier zu gehen. Zum Glück hatte ich noch n Grämmel Koks und konnte mir auf der Toilette eine wundervolle Line gönnen. Das Zeug war fantastisch. Wirklich. Das Beste, was ich mir je durch den Zinken gejagt hatte. Nach einer Minute fühlte ich mich wie der größte Schriftsteller, der jemals was aufs Papier gebracht hat. Ich feierte mich jedes Mal ne halbe Stunde selbst.

Als Geschenk hatte ich ihr einen fiesen gelben Kaktus überreicht, mit besonders bösartigen, hässlichen weißen Stacheln. Hatte ich von Hornbach, runtergesetzt von 1,29 auf 69 Cent, erzählte ihr aber sofort, und mit völliger Überzeugungskraft, dass dies ein ganz besonderer, ja geradezu außergewöhnlicher Kaktus sei, denn wenn man eine Wunde hätte, solle man ihn aufschneiden und den Saft mit einem Wattestäbchen auftragen, garantiert sei der Schnitt oder sonst was in wenigen Minuten geheilt. Diese einzigartige Kakteenart käme aus der Wüste Mexikos und sei leider, leider vom Aussterben bedroht, und von einem sehr weisen Schamanen, der über einhundertzwanzig Jahre alt sein sollte, beseelt worden.

„Komisch", sagte sie, „dabei sieht er aus wie ein ganz normaler Kaktus."

„Ja, das ist es ja gerade!", rief ich fast. „Manch einer macht damit ganz gemeine Geschäfte und verkauft die normalen Kakteen als heilende! Da muss man schon aufpassen!" Mein Blick war ernster als der eines Soldaten, der gerade den Befehl zum Töten entgegen nimmt. Sie tat so, als freue sie sich ein bisschen und stellte ihn in die Fensterbank.

Wir nahmen unter der Loggia auf der Terrasse Platz. War mir nur recht, konnte ich wenigstens eine nach der anderen rauchen.

„Paul ...", fing sie an, als der Kaffee in unseren Tassen war. „Ich weiß genau, was du jetzt denkst! Ich weiß es einfach... Du musst jetzt gar nichts sagen ..." Überlegen gaffte sie mich an. Ich schenkte ihr ein Nicken. Eine ECHTE Hellseherin! Ich stellte sie mir nackt vor und fragte mich, ob sie auf Analspiele stand. Ihre Figur, das musste ich zugeben, war für ihr Alter tadellos. Plötzlich strahlte sie.

„Aha ...“, machte sie. „Ich weiß zum Beispiel, dass du ein ganz spiritueller Typ vom Charakter her bist. Sonst würdest du dich ja auch nicht so für die Guschoianik interessieren. Und in der Tiefe deines Herzens, das weiß ich auch, glaubst du an Vitalin XJ 9! Und du hast bestimmt schon gemerkt ... dein Vater merkt so etwas ja nicht ... Ha-ha-ha ... dass ich HOCH-sensibel bin!“ Sie ließ den letzten Satz nachwirken. Stand sie nun drauf oder nicht? Hm ... nee, wahrscheinlich eher nicht. Aber der Alte hätte bestimmt mal ganz gern ...

„Jetzt denkst du zum Beispiel“, sagte sie selbstsicher, „dass du mich wirklich gern unterstützen möchtest. Ich meine, im Sanatorium Seelenheil. Ich weiß es einfach. Das ist die Kraft der Gedanken der HOCH-Sensiblen! wovon es nicht sehr viele auf der Welt gibt. Du gehörst ganz sicher zum Kreis der Auserwählten, die ein Bombengeschäft mit Vitalin XJ 9 machen können. Glaubst du an Karma? Glaubst du an das Schicksal? Da brauche ich deinem Vater ja gar nicht mit zu kommen ...“

Ich konnte es auf den Tod nicht ausstehen, wenn sie den Alten vor mir schlechtmachte, ihn bloßstellte, wie man einen Verbrecher im Mittelalter demütigend angeprangert hat. Aber der Penner merkte das nicht mal, der nickte ihr noch aufmunternd zu.

Sie redete weiter:

„Weißt du, Paul, letzte Woche sind wir ja nach Hamburg zum Vitalin XJ-9-Kongress ins Hotel Atlantic gefahren, und glaube es oder glaube es nicht ... Frag deinen Vater ... Ich habe mir vorher gesagt, die ganze Fahrt auf der Autobahn ... Wir finden einen Parkplatz, wir FINDEN einen Parkplatz direkt VOR der Tür des Hotels! Immer wieder ... “ Sie breitete die Arme aus und strahlte wie ein Atomfass. „Und siehe da ... Was glaubst du?“

„Wow! Das ist ECHT der Hammer!" Ich riss meine Fresse auf und ließ sie offen. Tat sowieso ganz gut, denn wenn man zu viel kokst, bekommt man schnell ne Kiefersperre.

„Nicht wahr! Und GENAU das ist die KRAFT der Gedanken! Den meisten Menschen ist diese Kraft ja nicht einmal bewusst ... Deinem Vater zum Beispiel ..." Er grinste wie eine gefickte Äffin.

„Es ist so schön, Paul, dass ich da mit dir drüber sprechen kann. Hast du schon mit Herrn Eichel und Frau Darm gesprochen? Du weißt ja, Vitalin XJ 9 tut jedem Menschen gut, besonders denjenigen, die eine chronische Erkrankung haben. Sie MÜSSTE ja gar nicht chronisch sein! Vitalin XJ 9 kann chronische Krankheiten heilen ... Wenn jedes Kind Vitalin XJ 9 nehmen würde, oder die Schwangeren es schon im Körper hätten, würde es kaum noch Krankheiten geben ... Ich rede auch von KREBS ... und allen, ALLEN psychischen Krankheiten!"

Vor mir stand der Kuchen, ich hatte keinen Appetit und überlegte, ob ich jetzt gleich oder kurz vor dem Spanier noch eine Line ziehen sollte. Ich entschloss mich, noch zu warten und zündete mir eine an.

„Dieses Scheiß-Rauchen", herrschte mich der Alte an.

„Jau."

„Nun lass ihn doch", sagte sie. „Er wird schon eines Tages aufhören. Genauso, wie er nie wieder Drogen nehmen wird. Ich weiß es einfach ... Ich sag ja, ich bin HOCH-SENSIBEL!"

„Genau", sagte ich. „NIE, NIE wieder!"

Beim Alten prallte der Satz ab wie der Tennisball am Schläger.

Beim Spanier hatte ich dann doch etwas Appetit, ich hatte auf eine weitere Dröhnung Koks verzichtet, weil ich merkte, dass ich noch voll auf Sendung war. Ich bestellte mir drei Tellerchen Tapas und einen halben Liter Roten. Die Neue machte weiter mit Vitalin XJ 9, aber ich hörte nur noch halb zu. Sie erzählte, wie viel Geld ich mit dem Verkauf im Sanatorium machen könne, obwohl es natürlich nicht um Geld ginge, nee, klar, und sie lud mich zum Vitalin XJ 9-Seminar in zwei Wochen in ein Hotel ein. Ich sagte zu, damit sie die Schnauze hielt. Trugschluss, sie missionierte weiter.

Als ich von ihnen zu Hause aufbrach, war mein ganzer Rucksack voll mit Vitalin XJ-9-Präparaten. Ich dachte: Scheiße, wenn dich jetzt die Bullen anhalten, musste denen das erst mal plausibel erklären. Urintest wäre auf jeden Fall sicher. In jeder Pille, die so groß wie eine Antibabypille ist, sollen über vierzig Obst- und Gemüsesorten in voll komprimierter Form enthalten sein. Klar – alles Bio. Na ja, nicht ganz alles, viele der Früchte, die ja kein Deutscher kennen konnte, kamen nämlich aus Urwäldern und von Inseln, die eigentlich noch nie ein Mensch betreten hat. Also BESSER, VIEL BESSER als Bio! Aber FAST alles war Bio! Bio, Bio, Bio!!! Die gesamte Kosmetikpalette, der absolute Renner, würde sie mir in den nächsten Tagen zukommen lassen. Fantastisch!

Ich stellte die Vespa bei Udo vor der Tür ab. Er war in der Garage an seinem BMW beschäftigt, polierte gerade wie besessen unter voller Techno-Mucke die perlweiße Kühlerhaube, begutachtete sie von allen Seiten und wischte weiter in winzigen Kreisen.

„Macht man das nicht am Tag? Und draußen?“, fragte ich.

„Wieso?“

„Na, ich mein ja nur.“

Er öffnete die Wagentür und griff in die Mittelkonsole. Er

hatte zwei gelbe Pillen in der Hand. Wir warfen sie ein und tranken gelbe Brause hinterher.

„Hast du noch Koks?“, fragte er.

„Wieso? Du nicht?“

„Nee, alles weg.“

„n bisschen hab ich noch. Drei, vier Straßen.“

„Sehr geil. Also, du kannst gern kiffen ... aber ich vertrag das überhaupt nicht mehr. Komme voll auf Horror und so n Scheiß. Ganz krasse Gedanken.“

„Nee, hab ich heut auch kein Bock drauf.“

„Dann lass uns mal starten.“

Zuerst gings ab ins Brecht, Bert war aber nicht da. Es war auch sonst noch nicht viel los, trotzdem hingen an den Tischen ein paar nette Mädels rum. Wir fühlten uns rundum wohl. Alles war warm. Der ganze Laden mit den ganzen Menschen hier drinnen war warm. Plötzlich bemerkte ich meinen Ständer. Äh ... schon länger?, fragte ich mich. Ich betrachtete Udo von der Seite, schaute und schaute, und fand ihn einzigartig schön, ich konnte ihn gar nicht mehr aus den Augen lassen. Nie fand ich einen Mann schöner.

„Was guckst du so?“, fragte er.

„Ach, nichts ...“

Und dann ging die Laberei mit einem Schlag voll los. Erst über Autos und Motorräder, dann über Udos ganze Freundinnen, die er gehabt hatte, es waren ne Menge, es wurden immer mehr, mit zehn hatte er die erste, zurzeit waren es drei oder vier, er wusste es selbst nicht genau, natürlich allesamt Schlampen, die nur das eine wollten, sein Geld. Dann war ich an der Reihe, ich erzählte vom ersten Sex, von meiner ersten Liebe, Maike, dann ließ ich ein paar Halbfreundinnen aus und kam auf die versaute Ulrike zu sprechen, und schließlich schwärmte ich ihm die Ohren voll von Raja, von Raja, der Göttin.

„Du liebst sie“, sagte er. „Das ist ja kaum auszuhalten, wie du von der sprichst. Schlimm so was!“

Bert kam wie ein Jungbrunnen reingeschneit. Wunderschön, glattrasiert, schwarzes, glänzendes Haar mit Gel zurückgestylt, schwarzes Hemd, hellblauer schmaler Schlips, enge dunkelblaue Designerhose, teurer brauner Gürtel, spitze braune, weiche Lederschuhe passend zum Gürtel, strahlend, ja STRAHLEND. Ich war schwul! Er begrüßte uns per Handschlag. Er zog eine derbe Parfümwolke hinter sich her. Total männlich! Da n Küsschen bei einem Mädel, da zwei Küsschen, da mal über den Rücken gestreichelt und so weiter. Er kannte hier ALLE. Er setzte sich zu zwei Tussen und bekam, ohne dass er etwas bestellt hatte, einen Whisky serviert. Er prostete den beiden zu, nippte und strahlte weiter. Ich wollte jetzt auch nur noch schwarze Hemden, hellblaue Krawatten und dunkelblaue Hosen. Auch einen fetten Silberring, war zwar bestimmt Platin, aber war ja nicht so wichtig. Hauptsache silber. Spitze braune Lederschuhe, die wollte ich mir als erstes zulegen. Und ab heute würde ich nur noch Whisky trinken!

„Was denkst du?“, fragte Udo.

„Ich kann nur noch an Sex denken“, gab ich zu.

„Ist so auf den Gelben! Wollen wir zu ner Nutte?“

„Meinst du?“

„Also, ich hätte nichts dagegen ...“

Ich nickte.

Etwas später saßen wir im BMW, die Ledersitze so weit nach hinten geschoben wie nur geht, und dröhnten total cool, mit Kippe in der Fresse, Techno aus den Boxen, am Straßenstrich lang. Die Nacht war mild, sie wirkte auf mich so unschuldig wie eine Jungfrau. Die Nutten unter den hellen Straßenlaternen sahen verbraucht aus. Drogensüchtige Nutten, das war klar. Mit Drogensüchtigen wollten wir nichts am Hut haben, n bisschen schön war keine. Wir hatten aber abgesprochen, dass sie RICHTIG schön sein musste. Sie musste uns beiden gleichgut gefallen.

Also ging es in die Braunstraße. Hinterhof – zwei dreistöckige Häuser, lange Korridore, wo die Mädels auf Barhockern vor den Türen saßen. Manche waren auch in ihren Zimmern, lackierten sich Fuß- oder Fingernägel, rauchten, schminkten sich, fläzten sich auf dem roten Bett und warteten auf einen einigermaßen gut riechenden und nicht zu fetten Freier. Hier waren wir! Jung, frisch, knackig! Fertig zum Abschuss. Ich war doch nicht schwul! Hier der Beweis!

Eine gefiel uns auf Anhieb, vielleicht dreißig, strohblond, langer Körper, endlose Beine in schwarzen Stiefeln, sehr gepflegt, die ganze Visage operiert, süße Klamöttchen auf dem gebräunten Leib. Sie mache es nicht mit zweien gleichzeitig. Schade. Im zweiten Stock sprach uns eine andere an. ne vollbusige Schwarze, konnte nicht so gut Deutsch, reichte aber aus zur Verständigung. Udo zeigte mit dem Finger abwechselnd auf uns beide. Sie strahlte wie ne Schallplatte. Ihr ganzer kompakter Körper strahlte. Alles. Ihre Zähne, ihre Augen, ihre Haut. Sogar ihre schwarzen Brustwarzen. Udo drehte sie einmal um ihre Achse. Sie war perfekt. Sie lachte. Wir auch. Ich war gespannt drauf, welche Farbe ihre Schamlippen hatten.

Sie schloss die Tür zu und zog sich aus. Wir auch. Wir stellten uns nebeneinander.

„So was hab ich ja noch nie gesehen“, sagte Udo, als er an mir runterguckte.

„Mein Gott!“, gackerte die Nutte, die sich mit Sophie vorgestellt hatte.

Wir nagelten sie in allen Stellungen. Sie keuchte, hechelte, japste und schwitzte. Wir auch. Es dauerte ewig. Sie versuchte es mit allen Tricks. Sie war fertiger als wir. Nach ner halben Stunde mussten wir drauflegen. Kein Problem. Udo war reich und ich nicht arm. Irgendwann rieben wir uns das Koks auf die Eicheln und explodierten.

Als wir im Auto saßen, sagte Udo:

„Weißte, irgendwie hatte ich auch Lust, dich anzufassen."

Hätte er mal tun sollen!

Die Woche verging schnell. Ich hatte mir vorgenommen, ne Drogenpause von ein paar Tagen zu machen und richtete den Papiersaal voll nach meinem Geschmack ein. Mit ner Menge Orchideen und Grünzeug in den Fenstern. Die Maschinen standen schwer und gut platziert vor den gelben Wänden, und eigentlich konnten wir mit der Arbeit beginnen. Aber Herr Eichel wollte unbedingt noch das Einweihungsfest abwarten, bevor es zum Startschuss kam. Er betonte immer mal wieder, wie stolz er auf mich und den Papiersaal sei, die Eröffnung müsse etwas ganz, ganz Besonderes werden.

Scheiße, dachte ich. Es war Samstag, zehn Uhr am Morgen. Heute würde Lollis Verein gegründet werden und ich hatte mir keine Gedanken über einen Namen gemacht. Die Zeit war einfach so vorbeigehuscht. Meine Gedanken hatten sich in dieser Woche nur für den Papiersaal überschlagen, selbst Raja hatte ich immer mal wieder für ein paar Stunden vergessen können. Allerdings, dachte ich an sie, wurde mir schwindelig und ich ging zu Miriam. Einmal tröstete sie mich sogar auf dem Herrenklo.

Um 16 Uhr fuhr ich zur Halle. Als ich reinkam, blieb ich erst mal stehen und machte zwanzig bis fünfundzwanzig Leute aus. Frauen und Männer. Sie standen hinten am Tresen, aber das Wirrwarr von Stimmen drang bis zur Eingangstür vor. Lolli erblickte mich und winkte mich heran. Ich ging am weit ausladenden leeren Stuhlkreis vorbei. Hier und da wurde gelacht, da vorn getuschelt und gelabert. Ein paar Ökos oder Hippis konnte man an ihrer Schlabberkleidung ausmachen, sonst sahen alle schlicht normal aus. Die Älteste war so um die sechzig rum, die meisten zwischen fünfunddreißig und fünfzig. Lolli sah überraschend gut aus, die paar weißen Haare lagen gekämmt auf dem Schädel. Wir umarmten uns. Er roch auch diesmal nicht ganz so stark nach Parfüm. Ich musste zugeben, er roch sogar gut.

Er klopfte mit einem Löffel an ein Glas, wartete, bis alle still waren und bat zum Hinsetzen in den Kreis.

Als ich ihn kennengelernt hatte, hatte ich ihm gar nichts zugetraut. Wirklich nicht. Ich dachte, der Typ ist einfach voll durch. Einer, der seinen Verstand versoffen und verkifft hat. Jetzt schämte ich mich dafür ein bisschen und war saustolz auf ihn. Ich dachte zurück an unsere zahlreichen Gespräche, als ich Patient in der Psychiatrie gewesen war, an die vielen interessanten Unterhaltungen auf unseren Spaziergängen, wie tiefgehend sie manchmal waren. Für mich jedenfalls. Ich hatte mich nie zuvor mit Sternen oder Planeten und der Geschwindigkeit des Geistes befasst. Auch über das Sterben, den Tod und das Leben danach, hatten wir ein paar Mal gesprochen.

„Danke, dass ihr so zahlreich erschienen seid ...“, sagte er mit kräftiger Stimme, und auch die Letzten hörten auf zu palavern. „Heute ist der Tag unserer Vereinsgründung, wie ihr wisst. Ich hoffe, wir finden den passenden Namen. Tina, darf ich dich bitten, die Vorschläge zu notieren ... Danke, Tina ...“ Er setzte sich neben sie.

Sein abwartender Blick traf meinen. In diesem Augenblick fiel mir DER Name ein.

„Planetenspringer“, sagte ich.

Die Stille blieb, bis einer sagte:

„Sternendeuter.“

Der Nächste sagte:

„Sonnenkinder“.

„Sternengeister“, sagte eine Frau.

„Muss es denn unbedingt etwas mit dem Weltall zu tun haben?“, fragte jemand.

„Nicht unbedingt“, sagte Lolli. „Wäre aber schön.“

„Himmelsboten“, sagte eine andere. Manche nickten.

Mehr Vorschläge wurden nicht gemacht.

„Also, ich finde Sternenspringer gar nicht schlecht“, meinte Lolli. „Lasst uns abstimmen.“

Und somit hieß der Verein von nun an Sternenspringer e.V. Doch sollte dieser Name nicht vorne auf der Halle stehen. Dafür musste ein anderer her. Ein kürzerer. Jemand schlug „Stern“ vor. Warum nicht, sagten einige. Es wurde kurz gemacht. Die Konzerte, Lesungen und alle anderen Veranstaltungen würden also im „Stern“ stattfinden. Dann wurde der Vorstand gewählt. Lolli als erster Vorsitzender, seine Nachbarin Tina die zweite und ein Typ der dritte. Kassenführer und Schriftführer wurden zwei Frauen. Alle hatten sich freiwillig gemeldet. Lolli bedankte sich rechtherzlich und lud zu Sekt, Limonade und Wasser ein. Kleine Häppchen wurden gereicht. Lolli schien glücklich.

Und genau in diesen Minuten wurde er für mich auf einmal undurchsichtig. Udo hatte auch gerade erst gemeint, er käme mit ihm nicht mehr so gut zurecht, er sei ihm zu abgehoben und dabei doch zu glatt geworden. Und das innerhalb weniger Monate, so als habe er sich einer Gehirnwäsche unterzogen. Wo und wie, war uns aber nicht klar.

Ich stand neben ihm.

„Wo sind denn Rudi und Atze?“, fragte ich.

„Ach, für die beiden ist das nichts. Sind gute Kumpels von mir, haben aber leider gar nichts mit Spiritualität zu tun. Das hier wird etwas ganz anderes ... Paul?“

„Ja?“

„Ich kiffe nicht mehr.“

„Seit wann?“

„Erst seit drei Tagen. Und ich werde nie wieder kiffen. Ab und zu ein Glas alkoholfreier Sekt, schön und gut, aber da, wo ich hinwill, ist Klarheit angesagt.“

„Bist du sicher, dass du das willst?“ Ich dachte an den Tag zurück, als ich ihn kennen gelernt hatte, damals hatte er von einer Sekte gesprochen ... War das hier jetzt eine? Wo kamen die ganzen Leute her? Mir wurde immer unbehaglicher zumute. Die sprachen auch alle so leise, und alle schienen irgendetwas zu wissen, was ich nicht wusste. Keiner, soweit ich das überblicken konnte, trank Alkohol.

„Danke für den Namen“, sagte er.

„Ist ja halb von dir ... Lolli, Ich weiß nicht, ob ich hier so reinpasse ...“, sagte ich schließlich, um ihn schon mal vorzuwarnen, dass mir das wohl eine Spur zu komisch war. Ehrlich – mir reichte das Sanatorium mit seinen gesamten Insassen.

„Paul, schreib einfach alles auf ...“ Er sah ernst aus, meiner Meinung nach zu ernst. Irgendwie schien mir seine Mundpartie verkrampft zu sein. Seine Augen leuchteten aber. Ich wollte weg. Ich fühlte mich fehl am Platz, und ich hatte das Gefühl, ihn an diesem Abend zu verlieren.

Ein paar Tage später fing mich Herr Eichel nach dem Morgenkreis ab. Ich war gerade auf dem Weg in den Papiersaal. Ich saß jeden Morgen an meinem Schreibtisch, oder am Arbeitstisch und las Bücher übers Bücherbinden, ein Beruf, an den ich mich vielleicht gewöhnen könnte. Jedenfalls hatte ich große Lust zu starten.

„Herr Sittich", sagte er, „übernächsten Samstag wollen wir die Einweihung IHRES Papiersaals feiern! Ich bin wirklich stolz auf Sie ... Ach übrigens, ich habe einen Brief für Sie ..." Er reichte mir einen weißen Umschlag. Keine Briefmarke, die schöne blaue Tinte, die gleiche Handschrift. Zuerst wusste ich nicht, was ich sagen sollte. Sofort regte der Brief mich auf.

„Ja, danke ... Wissen Sie, von wem er ist?"

„Nein. Er streckte gestern im Briefkasten. Also ... ich übernehme die Planung für IHRE FEIER! Natürlich werde ich eine kleine Rede halten ... und ein paar Töne spielen. Ich selbst werde mich auch um die Einladungen kümmern und sie heute Abend noch rausschicken. Weiter so, Herr Sittich!"

Ich ging etwas verwirrt mit dem Brief in der Hand weiter in den Papiersaal.

Mein lieber Paul!

Ich halte die tiefe Liebe zu dir kaum noch aus.
Immer wenn ich dich sehe, überschlägt
sich fast mein Herz. Du hältst es aber fest,
das spüre ich. Ich spüre deine Kraft in mir!
Vielen, vielen Dank für deine Liebe,
die du mir geschenkt hast.

Verdammte Wichse! Wer steckt verdammt noch mal dahinter?, fluchte ich innerlich. Ich hätte kotzen können, so sehr nervte mich dieses Nichtwissen.

Ich fand Susi aus dem Nähsaal im Gemüsegarten, sie zupfte Unkraut, ich deutete mit dem Brief auf sie. Sie war manisch-depressiv, in meinem Alter, und ich hatte ihre Blicke längst bemerkt.

„Von dir ist der nicht zufällig?“, fragte ich sie ganz direkt.

„Nee, was ist das?“

„Ein Liebesbrief.“

„Oh, hat der Herr etwa eine heimliche Verehrerin?“

„Sieht ganz so aus.“

„Da muss ich dich leider enttäuschen!“

„Weißt du, von wem der Brief sein könnte?“

Sie schüttelte den Kopf und versprach mir, sich umzuhören. Susi hatte zu den meisten anderen Psychos einen engen Draht, sie war beliebt.

Es war am Abend und ich war richtig schön breit. Ich hatte mich nicht verhört. Es klopfte wieder. Zaghaft, leise, fast ein eichelmäßiges Klopfen. Ich dachte, er ist es und machte auf. Zwei junge Männer standen vor der Tür. Ich erkannte sie. Ich hatte sie bei Lollis Vereinsgründung gesehen. Junge Typen, höchstens Mitte zwanzig. Nicht unsympathisch. Auf jeden Fall Kiffer. Fragend schaute ich sie an.

„Jaahh?“

„Hallo ...“, sagte der eine, „ich bin Clark. Und das ist mein Freund Klemens.“ Er streckte mir die Pranke hin. Ich begrüßte sie, ließ sie aber im Flur stehen und wartete ab.

„Dürfen wir kurz reinkommen?“

Ich drehte mich nach hinten um und guckte, ob mein Zimmer in Ordnung war. Ich zuckte mit den Schultern und trat zur Seite. Sie waren auf Socken, Schuhe mussten unten im Flur stehenbleiben, da waren mindestens zwei große Schilder mit durchgestrichenen Latschen, ihre Jacken waren nass. Es regnete stark. Ich bot ihnen Platz auf den Sesseln an und setzte mich auf den Schreibtischstuhl, den ich niedriger stellte, damit ich mit ihnen auf Augenhöhe war.

Clark sagte:

„Also, wir haben eine Band ... Basser, Gitarrist, Drummer, Sänger ... aber leider zu wenig Texte. Äh ... Lolli hat vorgeschlagen ... dass wir dich aufsuchen sollten ...“

„Ihr hättet ja einfach mal anrufen können ...“

„Wir waren gerade in der Nähe“, sagte Klemens. „War echt spontan.“

„Ihr braucht Texte?“

Sie nickten.

„Deutschsprachige.“

„Und was macht ihr so für Musik? Ich meine, welche Richtung?“

„Schlichten Rock“, sagte Clark. „Einfache Sachen ... Hier darf man nicht rauchen, oder?“

Ich schüttelte den Kopf.

„Abgefahrn“, sagte Klemens. „Ist sowieso alles abgefahrn hier ... Soll ja tierisch teuer sein, so ein Aufenthalt.“

„Wir haben dir ne CD mit unserer Mucke mitgebracht“, sagte Clark und fischte die Scheibe aus seiner Innentasche. „Wäre nett, wenn du mal reinhörst. Vielleicht fällt dir ja was ein ...“

„An was denkt ihr denn so?“

„Ach, an gar nichts Bestimmtes ...“

„Nur nicht zu flach“, sagte Klemens. „Bisschen Tiefgang und so kann es ruhig haben.“

„Und nicht zu viele Liebesschnulzen“, meinte Clark.

Innerlich hatte ich sofort Ja gesagt. Ich freute mich, dass Lolli an mich gedacht hatte. Ich hatte ne Menge Gedichte rumfliegen, zu denen es nicht aufwändig sein würde, einen Refrain hinzukritzeln. Schon öfter hatte ich daran gedacht, für eine Band zu texten. Wenn das wirklich klappte, würde sich ein Traum erfüllen.

„Hast du Lust, noch mit in den Stern zu kommen?“, fragte Clark.

Jetzt hatte die Halle tatsächlich ihren Namensstempel aufgedrückt bekommen. Ich fand ihn fantastisch. Aber es war schon neun Uhr, alltags war um zehn Nachtruhe. Die Peters lagen jeden Abend spätestens um halb elf in den Federn und standen um fünf Uhr in der Früh ausgeschlafen und gutgelaunt auf. Die Patienten hatten ebenfalls ab zehn auf ihren Zimmern zu sein, der Gemeinschaftsraum wurde sogar über Nacht abgeschlossen. Harte Regeln, die allesamt Herr Eichel in Abstimmung mit der Ollen aufgestellt hatte. Die Haustür war auch zu, Raucher hatten es extrem schwer. Wurden sie mit Zigarette am offenen Fenster erwischt, gab es maximal eine Verwarnung, danach wurden sie umverlegt, in eine staatliche Einrichtung oder sonst wohin. Die Peters drückten aber eigentlich immer ein Auge zu. Eichel aber nahm überhaupt keine Rücksicht auf die kranken und süchtigen Seelen, was meiner Meinung nach nicht gerade zur guschoianischen Lebensphilosophie passt, da sie ja etwas ganz Wohltätiges darstellen soll, gar etwas viel Besseres als der ganze große Rest der Welt. Also hatte ich ab und zu ein schlechtes Gewissen, wenn ich nach 22 Uhr nach Hause kam. Die Peters wussten es natürlich immer, behielten es aber eisern für sich, nicht ein einziges Mal erntete ich einen vorwurfsvollen Blick.

Es goss noch immer wie aus Kübeln. Wir stiegen in Clarks Wagen und fuhren ziemlich langsam, da man durch die Windschutzscheibe kaum noch etwas sehen konnte. Lolli stand hinterm Tresen, davor saß ein alter Mann und nippte an einem dampfenden Tee oder Kaffee. Mir zog ein derber, stechender Geruch in die Nase. Eindeutig – der Geruch kam von dem Alten. Kein Geruch – Gestank! Neben dem Alten standen ein paar zerfetzte Plastiktüten von Aldi und Penny. Klar war, der war obdachlos und wärmte sich hier auf.

„Nabend, Herr Engel", sagten Clark und Klemens. Sie reichten ihm die Hand. Ich auch. Ich fand, er hielt meine Hand einen Augenblick zu lang fest, wobei er mich anblinzelte. Ja, er blinzelte durch dünne Schlitze. Ich konnte nicht einmal erkennen, welche Augenfarbe er hatte. Ich war froh, als er losließ und woanders hinguckte.

„Wisst ihr", sagte er, „man fragt sich immer wieder, ob es Zufälle gibt ..." Er sprach langsam und überlegt. „Dabei", fuhr er fort, „bin ich mir sicher, dass es in der Welt der Träume keine Zufälle gibt. In eurer Welt hier schon ..." Er nickte vor sich hin, guckte keinen an. Seltsam, dachte ich. Komischer Kauz.

„Was wollt ihr trinken?", fragte Lolli.

„Was ist ...", sprach der Alte weiter, „Zufall oder nicht?"

„Ich glaube nicht an Zufälle", sagte Lolli.

Wir andern waren still.

„Dann füll ein Glas mit Ameisen, stell es auf den Kopf, nimm es hoch und lass die Ameisen laufen. Zufall, wo sie hinrennen?"

„Kein Zufall, dass sie überhaupt ins Glas reingekommen sind", sagte Lolli.

Ich hatte den Eindruck, er hatte ihn überlistet. Jedenfalls hielt er von da an den Mund und starrte in seine Tasse. Clark und Klemens fingen an, sich leise über ihre Songs auszutauschen. Sie bezogen uns nicht mit ein und waren schnell vertieft. Ich bekam mit, dass Clark der Gitarrist und Klemens der Drummer war.

„Was macht Raja?", fragte mich Lolli.

„Geht's gut."

„Es gibt nur die Eine", sagte plötzlich der Alte. „Eine! Und die ist das Paradies!" Er stand auf, packte seine Siebensachen und humpelte zum Ausgang. Die schlechte Luft hing wie eine Glocke über uns.

„Schönen Abend noch", rief ihm Lolli hinterher. Dann ging er zu einem Fenster und öffnete es.

„Der Ärmste", sagte ich.

„Ich würde n Bier nehmen", sagte jetzt Klemens.

„Und ihr?"

„Auch."

„Ja, ich auch."

Lolli drehte sich zum nagelneuen Kühlschrank.

„Der ist nicht arm", sagte er. „Der vermietet mir den Stern hier." Er stellte drei Flaschen auf den polierten Bambustresen.

„Und uns den Übungsraum", meinte Klemens.

Ich trank.

„Ist er krank?", fragte ich. Was anderes fiel mir gerade nicht ein.

„Ich glaube nicht", sagte Lolli. „Oder?"

„Nee, der ist immer so", sagte Clark. „Schade, dass er so stinkt und sich so verkommen lässt."

„Mich würde echt mal interessieren, ob der wirklich draußen schläft", sagte Klemens.

„Keiner weiß Genaues", sagte Lolli. „n Konto hat er jedenfalls. Und n Büro auch."

„Ja, aber da sitzt nur seine stocksteife Schwester drin, die immer grimmig aussieht und keine Fragen beantwortet. Komische Person ... Kommst du Freitag zu uns in den Übungsraum?" Klemens schaute mich abwartend an.

„Kannste uns live sehen", sagte Clark.

Er schrieb mir die Adresse auf.

Mein Handy klingelte mich wach. Ich drückte auf die Taste mit dem grünen Hörer.

„Hallo Paul?", hörte ich Ulrike sagen, bevor ich das Telefon ganz am Ohr hatte. Scheiße, dachte ich, die ist garantiert voll, sonst würde sie nicht so nett sein. Ich machte mich aber trotzdem auf ein Donnerwetter gefasst, ließ die Augen lieber gleich zusammengekniffen, um mich irgendwie zu schützen. Mein Körper verkrampfte sich.

„Entschuldige, wenn ich dich geweckt habe ...", säuselte sie.

„Ja ... schon gut ... Was ist denn?"

„Können wir uns sehen?"

„Pööö ... äh ..."

„Ich möchte mich mit dir aussprechen ... Hallo?"

Klar – sie war volltrunken, lallte aber komischerweise nicht. Sie lallte immer, wenn sie einen im Kahn hatte, schon nach zwei Gläsern lallte sie voll los. Nach dem Lallen kam dann immer das große Gekotze. Nur auf Koks konnte sie n Stiefel ab.

„Kommst du mich bitte am Wochenende besuchen? Samstag oder Sonntag?"

„Am Wochenende kann ich nicht."

„Dann nächste Woche?"

„... Schlägst du mich auch nicht?"

Sie kicherte merkwürdig, ne Entschuldigung wegen der heftigen Backpfeife kam aber natürlich nicht. Nachdem ich das Handy auf den Nachtisch gelegt hatte, holte ich mir auf sie einen runter. Das klappte immer noch hervorragend. Ich machte alles mit ihr. Dauerte nicht länger als zwei Minuten. Gleich darauf schlief ich weiter.

Der Übungsraum der Band von Clark und Klemens war in einem Parkhaus am Rand der Innenstadt. Vom Eichion mit dem Fahrrad, das ich inzwischen vor dem Haus der dubiosen Ärztin abgeholt und repariert hatte, eine gute Stunde durch den Wald und über Feld- und Fahrradwege. Ich betrat den Fahrstuhl und drückte die Vier. Kaum war ich oben auf der Plattform angekommen, auf der eine ganze Menge Autos parkten, hörte ich schon den Sound einer Gitarre und das Gehämmer eines Schlagzeuges hinter der grauen Stahltür. Ich konnte mir gut vorstellen, dass der eine oder andere Parker schon mal stehenblieb und lauschte. Ob sich die Mucke gut oder schlecht anhörte, wollte ich nicht beurteilen, verharrte aber noch ein paar Minuten am Geländer und schaute runter auf die Passanten und den Verkehr. Sah alles ziemlich klein und hektisch aus. Gerade hatte ich meine Kippe ausgetreten, öffnete sich die Tür. Klemens trat aus einer blaugrauen Rauchwolke ins Freie.

„Hey“, rief er, „schön dich zu sehen.“

„Ist schon cool hier“, sagte ich.

„Ja, hat was. Guck dir die mächtigen alten Gebäude gegenüber an, alle um Achtzehnhundert gebaut. Die Kirche da schon um Vierzehnhundert. Gleich zweihundert Meter weiter zieht sich die Altstadt lang. Manchmal kommt es mir hier magisch vor. Wie ne Kraft.“

Clark kam hinterher und stellte sich zu uns.

„Hektor hat gerade angerufen, wartet schon auf den Fahrstuhl."

Zwei Minuten später stieg er aus. Großer schlanker Typ, dunkelhaarig, breite Schultern. Er drückte jedem die Hand. Der Übungsraum maß etwa 80 qm, hinten links in der Wand war ein Fenster, wo jedoch eine Styroporplatte vorstand.

„Wie heißt eure Band eigentlich?", fragte ich.

„So einfach wie unsere Musik – WAHN", sagte Klemens. Passte irgendwie. Der Raum war in zwei Hälften aufgeteilt. Links standen die Instrumente, das Mischpult, die Mikrofone und der ganze andere Kram von WAHN vor einem riesigen schwarzweißen Plakat mit den vier Buchstaben, rechts das ganze Equipment einer wohl anderen Band, die jedenfalls kein Plakat hängen hatte, um ihren Namen anzupreisen. Hinten in der Mitte luden Sofas und Sessel zum Relaxen ein. Durch die gedimmten bunten Lichter und dem Zigarettenqualm wirkte der Raum trotz seiner Größe ziemlich gemütlich. Eine silberfarbene Discokugel warf bunte Muster auf die dunklen Wände und auf den dunkelroten, fleckigen Teppichboden.

„Ist ganz schön laut da draußen, wenn ihr spielt", sagte ich.

„Müssen ja auch die Geister hörn", meinte Clark und lachte.

„Und wer ist die andere Band?"

„Alles Mädels, heiße Feger", sagte Hektor, der einen Joint zusammenklebte.

„Und dieser Raum gehört wirklich diesem Herrn Engel?", fragte ich.

Sie nickten und Clark sagte:

„Das ganze Parkhaus."

Der Rauch tat gut. Wir rauchten uns in eine angenehme Stimmung.

„Spielen wir Paul erst mal die älteren Sachen vor", meinte

Klemens. „Hast du dir schon die CD angehört?"

„Nee ... bin ich irgendwie noch nicht zu gekommen."

Klemens setzte sich hinters Schlagzeug. Clark und Hektor stimmten Gitarre und Bass aufeinander ein und begannen einen Blues zu zupfen. Pure Kiffermucke, aber schön zur Entspannung, nicht aufdringlich.

Irgendwann kam ein Typ rein, der was Verwegenes an sich hatte und den ganzen Raum einzunehmen schien. Er hatte lockiges Haar bis zu den Schultern, trug verwaschene, zerfetzte Jeans, abgetragene Turnschuhe und ein labbriges T-Shirt. Er nickte kurz, ging schnurstracks zum Mikroständer und sang. Seine Stimme klang rau, fast heiser, aber bestimmt nicht, weil er erkältet ist, dachte ich. Ich dachte an Whisky und Gitanes. Er sang auf Englisch. Ich fand die Musik ganz gut, aber auf Dauer ein bisschen zu eintönig und zu laut, ich hoffte auf eine Pause.

Nach einer halben Stunde setzten sie sich zu mir.

„Wie gefällt dir unser Sound?", fragte mich Clark.

„Tja, ich habe leider keine Ahnung von Sound und so was."

„Du bist also Paul der Dichter", sagte der Sänger mit seiner heiseren Stimme.

Ich selbst hätte mich niemals Dichter genannt, nickte aber.

„Wie habt ihr euch das denn vorgestellt?", fragte ich. „Soll ich euch einfach n paar Texte mitbringen? Oder soll ich neue Texte zu ganz bestimmten Liedern versuchen zu schreiben ..."

„Es kommt wie es kommt", sagte der Sänger, dessen Namen ich noch nicht gehört hatte.

„Ja, bring doch erst mal ein paar Texte vorbei", meinte Klemens. „Wir proben dreimal die Woche. Am besten, du schaust immer freitags rein, wenn es passt."

Ich nickte.

„Wie heißt du denn?", fragte ich jetzt den Sänger.

„Natz. Einfach Natz."

Um sechs klingelte der Wecker, ich war mit Herrn Eichel um sieben verabredet und hatte überhaupt keine Lust aufzustehen. Gestern hatten wir, außer Natz, bis zwei im Parkhaus gekifft und gesoffen wie Löcher, ich musste das Fahrrad stehen lassen und mit einem Taxi fahren, ich kam nicht mehr auf den Sattel. Dann wollte ich durchmachen, schaffte es bis fünf, döste aber noch mal für ne Stunde ein.

Das Seminar im Harz stand an. Und heute Morgen sollte ich endlich mein neues Auto bekommen. Eichel erwartete mich in seinem Büro. Er saß am PC und las etwas.

„Kommen Sie rein, Herr Sittich", sagte er überschwänglich. Wir begrüßten uns wie jeden Morgen mit einem herzlichen Handschlag. Ich erblickte gleich einen schwarzen Autoschlüssel auf dem Schreibtisch, dahinter das gerahmte Foto von Liebherr Guscho. Ich fühlte mich ihm hoch überlegen, als ich daran dachte, ihm mitten ins Gesicht gespritzt zu haben, und wenn man genau hinschaute, sah man auch noch ein paar Schmierer.

„Herr Sittich ...", begann er feierlich, „Ihre Augen leuchten ... sie strahlen mich an ... und ich weiß warum! Weil für Sie gerade ein NEUER Lebensabschnitt beginnt. Sie haben nun die ehrenvolle Aufgabe, im Namens des Sanatoriums Seelenheil, für das gesamte SSH, in den schönen Harz zu fahren. Mit IHREM neuen Auto! Ist das nicht WUNDERVOLL!? Professor Weiß ist wirklich ein außergewöhnlicher Herr, ihn kennenzulernen, ist ein riesengroßes Privileg. Ich GÖNNE es Ihnen!,

Herr Sittich! bei diesem einzigartigen Seminar dabei zu sein ... Wir haben ja noch ganz GROSSE gemeinsame Pläne, Ich und Sie ... Manchmal weiß ich Dinge ... ich will nicht sagen, dass ich ... weise bin ... Ha-ha-ha ... Und doch weiß ich, dass ich mehr weiß als viele andere ... Ich will nicht angeben, ich bin ja bescheiden, wie Sie wissen, sehr bescheiden sogar ... Wie dem auch sei ... Sie müssen nur noch diesen unwichtigen Vertrag unterschreiben, dann ist es endgültig IHR Wagen ..." Er wedelte mit dem Schlüsselanhänger vor meiner Nase rum. Mit der anderen Hand schob er mir ein paar beschriebene Blätter hin.

„Äh ... was steht denn da drin?", fragte ich. „Ich habe doch neulich schon was für den Wagen unterschrieben ..."

„Herr Sittich, Sie und ICH, WIR können uns WIRKLICH vertrauen! Nichts Besonderes steht in dem Vertrag ... Nur, dass Sie der Führer des Wagens sind ..." Er strahlte mich wie ein Goldregen an und reichte mir den Stift. Ich unterschrieb und er drückte mir den Schlüssel in die Hand.

„HERZLICHEN GLÜCKWUNSCH ZU IHREM ERSTEN EIGENEN AUTO!"

„Danke ..."

Wir gingen raus und um die Ecke zum Parkplatz. Da stand er, Nummernschild: SPR – EE 33. Nagelneu. Knallrot. Ein kleiner verschissener Dacia sonst was. Wie soll ich da jeden Morgen drei Leute reinkriegen?, fragte ich mich angepisst. Hinter mich konnte sich garantiert nicht mal ne platte Wanze reinquetschen. Ich hasste den Gedanken schon jetzt, morgens um sieben mit den durchgeknallten Psychos vom Wohnheim Goldesblatt in diesem kleinen Vehikel durch die Stadt zu kurven. Und nachmittags das Ganze noch mal.

„Vielen, vielen Dank ...", sagte ich.

Er nickte wohlwollend, gutmütig und spendabel.

„Das tue ich NUR für Sie!, Herr Sittich! Meinen Sie, mir ENTGEHEN die Blicke meiner Mitarbeiter? Jeder hier in meinem Betrieb ist sein eigener Herr, jeder hier in MEINEM Betrieb, im Sanatorium Seelenheil, ist selbständig ... Und Sie wissen ja, Herr Sittich, dass unsere Arbeit frei macht! Ja, sie macht frei! Wir arbeiten MIT MENSCHEN, MIT ihnen, nicht GEGEN sie! Und wenn Sie aus Braunlage zurück sind, möchte ich mich mit Ihnen unbedingt über einige Kollegen unterhalten. Ich weiß, Sie haben einen ganz besonderen Blick ... das kann ich in diesem besonderen Augenblick ... AUGENBLICK – sie verstehen? Ha-ha-ha ... an Ihren leuchtenden Augen erkennen! Herr Sittich – ich habe Sie VOLL in mein Herz geschlossen!"

Er kam einen Schritt auf mich zu und umarmte mich. Ich schaute auf seine schuppige Schulter. Der Gestank ging gerade noch, war nicht ganz so penetrant. Leicht legte ich meine Arme um seine Schultern.

Ich packte meine Sachen und freute mich so langsam auf die Autofahrt, auf die Landstraßen durchs Harzvorgebirge und die grünen satten Berge im Harz. Um neun sollte ich an Ort und Stelle sein, würde knapp werden, aber wenn Professor Weiß wirklich so ein guter Mensch war, wie von Eichel behauptet wurde, würde er mir schon nicht fürs Zuspätkommen den Kopf abreißen. Als alles in der Reisetasche verstaut war, steckte ich Gras und Kokain ein und ging runter.

Ich stellte Sitz und Spiegel ein und wollte das Radio einschalten. Radio? RADIO??? ES GAB KEINS!!! Ich schaute ins Handschuhfach. Nichts! Ich fluchte los. Keine Zentralverriegelung, schön und gut, keine Klimaanlage, meinetwegen – aber KEIN Radio! das ging in meiner Welt gar nicht. Das war Schikane! Nichts anderes! Ich hasste die Kiste! Ich hasste Eichel!

Nicht mit mir! Ich stieg aus und holte aus meinem Zimmer den alten Ghettoblaster und eine ganze Plastiktüte voll gebrannter Techno-CDs. Beim ersten Startversuch würgte ich die Karre ab. Dann klappte es. An der nächstbesten Tankstelle musste ich schon tanken und kaufte gleich sechs Batterien. Meine Laune besserte sich schlagartig, als aus dem alten Ding die ersten Songs dröhnten. Die Anlage stand auf dem Beifahrersitz, ich könnte also während der Fahrt jederzeit die CDs wechseln.

Die Schese war langsam, kroch dennoch anscheinend zuverlässig schon bald die Berge hinauf. Um halb zehn erreichte ich Braunlage und kurze Zeit später stand ich beim Professor vor dem Haus. Noch einmal in den Rückspiegel geschaut und zwei, drei Pickel am Kinn und auf der Stirn ausgequetscht und dann zur Eingangstür der weißen Villa.

Es dauerte eine Minute, bis vor mir ein alter Mann mit Vollbart und weißem Haar stand. Er sah freundlich aus und war mir auf den ersten Blick sympathisch. Das hatten die Guschoianer so an sich, auf den ersten Eindruck nett wirken. Sein Name passte zu ihm. Ich entschuldigte mich für die Verspätung, Professor Weiß nickte nichtssagend und führte mich durch einen hellen Saal in den Park. Da saßen schon die anderen – Frauen und Männer, genau, wie ich sie mir vorgestellt hatte. Wollkleider und Röcke, Schlabberhosen, Sandalen, ungeschminkt, schlicht und nett, aber auch eingebildet. Ja, irgendwie wirkten sie auf mich eingebildet, hochtrabend, so als wüssten sie mehr als alle anderen Menschen auf der Welt. Sie waren eine Klasse für sich. Hier war man unter sich, hier konnte man so sein, wie man war, aber natürlich nur dann, wenn man auch wirklich dazugehörte und sich an die Regeln hielt. Wenn man die gleichen Gedanken dachte wie alle anderen. Niemand wurde schief angeguckt oder verurteilt, denn im Innern, im Herzen, war man ja Guschoianer. Ich guckte mir allerdings alle ganz genau an und fand die meisten lächerlich in ihren Gewändern. Ich stand über ihnen, denn ich wusste nämlich auch was! Ich wusste zum Beispiel, dass ich völlig zugekokst war, weil ich unterwegs angehalten hatte, um mir ne Line zu gönnen, und ich wusste, dass es keiner von diesen Wesen merken würde, weil allesamt total weltfremd waren. Ich wusste sogar die Bundesligaergebnisse vom letzten Spieltag, die hier garantiert sonst keiner wusste.

„Nun sind wir vollzählig ...", sagte der Professor, nachdem ich allen Weichspülern die Hand gereicht und mich vorgestellt hatte. „Lassen Sie uns gleich in den Guschoriksaal gehen."

Frau Aumann, die Guschorikmeisterin, von der ich schon so viel gehört hatte, erhob sich leichtleibig. Sie wog höchstens fünfundvierzig, war im Gesicht hager und muskulös, etwa fünfzig musste sie sein, vielleicht täuschte ich mich auch, tiefe Linien durchzogen ihre harten Wangen, sie sprach nicht, hob allenfalls ihre Hände, die Handinnenflächen zeigten nach oben, wir standen im Kreis und folgten diesem Bewegungsablauf. Dann legten wir unsere Hände vor der Brust ineinander. Es waren ähnliche Übungen, wie sie die Olle im Sanatorium jeden Morgen vorgab, nur sah das hier alles fließender und professioneller aus. Und tatsächlich – nach zehn Minuten taten mir die Bewegungen gut. Meine Gelenke schienen geschmeidiger zu werden, die Muskeln weicher, bald konnte ich mich biegen und winden. Mit den Tönen und Lauten, die wir von uns geben sollten, hatte ich allerdings meine Probleme und ich weigerte mich, sie aus mir herausplatzen zu lassen. Die anderen machten: „UFF – BOOOHHHA – GNAAA ..." und so weiter. Frau Aumann war in ihrem Fach auf jeden Fall wirklich eine Meisterin, das merkte ich, sie wusste, was sie da tat, nicht so stümperhaft, wie es die steife Olle vormachte und nicht klar war, ob es einem wirklich guttat oder ob man Schaden nahm. Wir turnten etwa eine halbe Stunde lang rum, danach fühlte ich mich leicht und beschwingt. Ausschließlich alle hatten am Ende ein wissendes Lächeln auf den Lippen und selbst die fühlten sich nun weicher an. Das Einzige, was keine Entspannung fand und brannte wie Feuer, war meine verkrustete Nase, aber das gehörte nun mal bei dem neuen guten Stoff dazu.

Der Professor hielt eine Rede nach der anderen. Die ersten Minuten glaubte ich noch, einiges der guschoianischen Welt und Weisheit zu verstehen, doch mit jedem Satz verwirrte er mich mehr, er sprach auch so monoton, wie zu sich selbst, ja, es war ein einziger langer, träger Monolog. Ich verpasste die Zusammenhänge und nur ganz selten hatte ich so etwas wie einen Lichtblitz, dann glaubte ich zumindest, eine Kleinigkeit verstanden zu haben. Die Zeichnungen an der Tafel von Seele und Geist waren mir suspekt, da ein Pfeil, da ein Bogen, da ein Kreis oder Halbkreis. Er quasselte und quasselte, es nahm kein Ende. Anscheinend duldete er keine Zwischenfragen, jedenfalls waren alle stumm und wie gebannt. Ganze vier Stunden musste ich das Geplänkel über mich ergehen lassen. Mein Hintern tat weh, mein Rücken schmerzte, mein Nacken war steif, nichts von der Guschorik-Geschmeidigkeit war geblieben.

Endlich wurde zur Pause gegongt, endlich könnte ich eine rauchen und schaute in die Runde, ob ich noch einen Raucher ausmachen konnte, was natürlich zwecklos war. Ich wollte trotzdem und schlenderte durch den zum Teil gepflegten und zum Teil mit Absicht verwilderten Park. Ich ging bis ans andere Ende und versteckte mich hinter dem alten Baumbestand. Wenn ich schon dabei bin, dachte ich, brösele ich mir noch etwas Gras zum Tabak und beobachtete während des Bauens die anderen. Sie standen in kleinen Gruppen und trugen weiterhin ihr geheimnisvolles Lächeln im Gesicht, nur ganz selten hörte man ein etwas lauteres Lachen. Als ich wieder hinging, war ich schön abgedichtet und grinste wie alle anderen. Wir nahmen an der langen Tafel Platz, die mit Salaten, Suppe, Brot, Wurst, Käse und Wasser in Karaffen vollgestellt war.

„Sie kommen also vom SSH", sagte die Frau neben mir. Die anderen in meiner Nähe hoben aufmerksam die Köpfe.

„Genau", sagte ich.

„Ach, wie schön."

„Das ist ja wunderbar! Herr Eichel ist wirklich ein GANZ BESONDERER Mensch! So BEDEUTUNGSVOLL!"

„Ja, und Frau Darm erst! Eine ganz wundervolle Erscheinung. So voller Licht, Wärme und Wissen ..."

„Eine ganz einzigartige Einrichtung ist das SSH. Es dringt ja immer wieder nach außen, dass aus dem SSH schon so viele der Psychopathen als geheilt entlassen wurden."

„Ja, das SSH hat wirklich einen ganz hervorragenden Ruf in Deutschland."

„Nicht nur in Deutschland, Annabella ... inzwischen in ganz Europa! Ich war unten in Italien, selbst da ..."

„Vielleicht müssten wir es wirklich einmal besichtigen ..."

„Ja, es ist ganz toll", sagte ich.

„Grüßen Sie auf jeden Fall Herrn Eichel und Frau Darm von uns allen. Wir hoffen sehr, dass sie bald mal wieder dabei sein können. Herr Eichel ist immer so humorvoll."

„Ja, er hat wirklich immer einen lustigen Spruch auf den Lippen ... Ha-ha-ha ..."

„Ha-ha-ha …"

„HA-HA-HA …"

Die Fröhlichkeit steckte mich an, endlich kam etwas Stimmung auf. Alle grinsten, alle redeten miteinander und schmierten sich Honig ums Maul, jeder mochte jeden, ich dachte an eine Orgie mit Körperfarben und riesigen schwarzen Büschen über Mösen und Schwänzen und schweißigen, derben Gerüchen.

Nach dem Essen wurde wieder eine halbe Stunde lang Guschorik veranstaltet. Mein Körper entspannte sich ein zweites Mal, es musste also wirklich was dran und kein fauler Zauber sein. Und dann laberte der Professor bis sieben Uhr weiter. Meine Gedanken waren sonst wo, aber der vorherrschende Gedanke blieb beim Gruppensex hängen. Ich guckte mir die Frauen so lange an, bis meine Phantasie vollends überschwappte und ich mir ausmalte, mit welcher ich wohl besonders viel Spaß haben könnte. Vielleicht könnte man die eine oder andere auch an ein Gerüst hängen oder anketten, dachte ich, und welcher könnte man eine Kerze in die Möse stecken, wenn sie mit dem Kopf nach unten von der Decke hängt? Mein Schwanz beruhigte sich überhaupt nicht mehr, ich wollte die Orgie sofort, zumindest spann ich sie immer weiter durch, und wenn ich mich jetzt nicht ganz gewaltig täuschte, wurde ich beobachtet. Von einer jungen Frau! Keine Frage, meine Hose war ausgebeult, und wenn ich zu ihr hinschaute, guckte sie schnell weg, meiner Meinung nach wurde sie sogar rot, suchte aber trotzdem immer wieder meinen Blick.

Ein Mann entfachte das Feuer. Stühle und Bänke wurden um die Feuerstelle gestellt. Es war fast dunkel und der Abend mild. Ich wartete, bis die junge Frau saß und setzte mich neben sie. Ich hatte keine Hemmungen, sofort das Gespräch zu beginnen. Wo sie her sei, was sie mache, wie sie zur Guschoianik gekommen sei. Sie war freundlich und offen, erzählte aber auch gleich von ihrem Mann, der leider nicht mitkommen konnte. Ja! LEIDER! Kleine Fotze! Nachdem ich ausführlich vom Sanatorium berichtet hatte und sie müde geworden war, umarmten wir uns zur Gutenacht. Ich presste mich an ihre Titten. Sie roch nach nichts.

Wir schliefen in kleinen Zimmern in Etagenbetten. Frauen und Männer getrennt, klar. Ich lag oben und starrte an die Decke. Ich starrte die halbe Nacht an die Decke, doch als der Erste anfing zu schnarchen, stand ich auf, schnappte mir die dünne Matratze, die Bettdecke und das Kissen, schlich mich in den Garten und legte alles auf den Rasen vor den breiten Glutkreis. Ich staunte über die absolute Stille, kein Autogeräusch störte, ich betrachtete die weißen Sterne, sah den Großen Wagen, den Halbmond, rauchte einen und ließ die Gedanken laufen. Zwischendurch versuchte ich an nichts zu denken, was mir jedoch nicht gelingen wollte. Also stellte ich mir vor, dass gleich die junge schöne Frau rauskäme und sich zu mir legte. Mir war danach, mich nackt auszuziehen. Ich stellte mich vor die Glut und holte mir einen runter. Als ich abspritze, vernahm ich ein ganz leises Zischen, so ruhig war es hier. Und dann hörte ich es plötzlich hinter mir rascheln, ich hatte meinen Schwanz noch in der Hand. Ich drehte meinen Kopf um und sah sie wieder reingehen, die junge Frau. Ich grinste ihr hinterher, schüttelte mir ne halbe später noch einen im Liegen ab und schlief ein.

Der nächste Morgen begann mit Guschorik. Sie konnte mich nicht aus den Augen lassen, ich sie auch nicht. Im Anschluss beim Frühstück, erfuhr ich, dass Guschorik immer nur in total geschlossenen Räumen stattfinden sollte, weil sonst die freigesetzten Kräfte ins Universum entschwänden, was für das Universum nicht schlecht sei, aber dem Menschen nichts bringe. Auch die Seelenengel, die uns bei bestimmten Übungen verließen, bräuchten in jedem Fall Grenzen. Sie würden bei der Abschlussübung, durch die Künste des Guschorikmeisters mit freier Energie wieder in unsere Leiber fahren. Frau Aumann legte uns nahe, jeden Tag mehrere Male den Sonnenmond und die Mondsonne zu üben, um Herr über unser Ich zu werden. Viele von uns seien ja noch „Baby"-Guschoriker, sagte sie, und um überhaupt jemals ein von Gott erfülltes Leben führen zu können, müsse man die Guschorik in sich wie einen aufgehenden Sonnenstrahl fühlen. Ja! Ständige Übung und viel, viel Disziplin seien vonnöten.

Die meisten nickten, alle lächelten. Jetzt hatten sie es ganz und gar verstanden. Na endlich.

Professor Weiß philosophierte noch in einer dreistündigen Rede mit sich selbst über die seelische und geistige Strategie des freien Strategen und erntete am Ende einen kräftigen Applaus. Zum gemeinsamen Mittagessen gab es dünne Suppe mit Brot, dazu Salat und wieder das gute Harzer-Leitungswasser. Sie schienen alle nun auf jeden Fall noch bessere Menschen zu sein als vorher. Artig bedankten wir uns für dieses großartige Wochenende und fielen uns in die Arme. Die junge Frau reichte mir nur die Hand, aber ihr Blick war tief. Ich spürte, dass wir am liebsten übereinander herfallen würden.

Vielen, vielen Dank, Professor Weiß! Bis zum nächsten Mal. Hoffentlich schon bald.

Als ich um fünf Uhr am Nachmittag Hannover erreichte, wollte ich nicht gleich nach Hause. Clark hatte mir gesagt, dass sie manchmal auch sonntags üben würden. Ich fuhr hin. Und da waren sie, alle vier, sie standen vor der Stahltür, rauchten und unterhielten sich. Kaum hatte ich die Autotür zugeknallt, sagte Natz:

„Na, du musst ja Kohle haben."

„Firmenwagen, kann ich nichts zu", erklärte ich.

Wir gingen rein und rauchten den Joint auf.

„Rauchst du gar nicht?", fragte ich Natz.

„Nein", sagte er. „Vielleicht irgendwann mal wieder. Aber du ... Sag mal, kokst du?"

Ich spürte auf der Stelle pures Blut in meiner Fratze. Sah man es mir etwa an? Scheiße! Ich brachte nur ein Kopfschütteln zustande. Von diesem Augenblick an fühlte ich mich gar nicht mehr wohl bei ihnen. Ich wollte weg. Aber ich war ja gerade erst gekommen, wie sollte ich einen so plötzlichen Aufbruch erklären? Ich hatte geglaubt, allen vieren sei keine Droge fremd, war mir darüber jetzt aber gar nicht mehr im Klaren. Ich schämte mich. Ich nahm mir vor, nur noch die vier Grämmchen, die ich noch hatte, wegzuziehen und mir dann nichts mehr zu besorgen. So süchtig war ich ja nun auch nicht, dass ich nicht einfach darauf verzichten könnte. Ha! Ich war ja nicht abhängig, nur Spaßkokser, nichts Ernstes. Udo hatte da schon eher ein Problemchen, der war ja jeden Tag drauf. Mit diesem Gedanken besserte sich meine Laune und ich freute mich auf den nächsten Joint.

Herr Engel kam reingeschlurft, als die Band gerade loslegen wollte. Er stellte seine drei oder vier zerrissenen Plastiktüten neben der Tür ab und humpelte auf uns zu. Ohne etwas zu sagen, setzte er sich. Der saure Gestank nach Pisse und so was zog mir in die Nase.

„Träumen ist erlaubt ...“, sagte er mit seinen zusammengekniffenen Augen. „Handeln ist genauso wichtig, sonst wird das nichts ...“ Er stoppte.

„Geht’s Ihnen gut, Herr Engel?“, fragte Klemens.

„Wenn du mir sagst, was gut ist ...“

„Ich meine, Sie humpeln schon so lange so doll ... Waren Sie mal bei einem Arzt?“

„Ich bin selbst mein Arzt. Mein Körper sagt mir: mach langsamer ...“ Er stand auf. „Unter uns ist ein Träumer, der mehr sieht als alle anderen ... Aber wenn er nicht handelt ...“ Mit diesen Worten verschwand er wieder. Komischer Auftritt, dachte ich.

„Er ist ein Meister“, sagte Natz.

„Ein Wissender“, fügte Clark hinzu.

„Aber warum muss er so stinken?“, fragte Hektor. „Man könnte auch mal duschen und ein Stück Seife benutzen.“

„Trotzdem ...“, meinte Natz „... Herr Engel ist ein Meister ...“

Sie gingen an ihre Instrumente und donnerten los. Ich hatte das Gefühl, der Sound drücke mich an die Wand. Ich freute mich darauf, ihnen nächste Woche meine überarbeiteten Texte zu zeigen. Ich glaubte, das könnte was werden, die Texte könnten passen.

Gegen neun Uhr am Abend klopfte es an meine Tür. Konnte nur Eichel sein. Ich war gerade nach Hause gekommen und wollte duschen. Ich drückte die Klinke runter. Er stand im Flur und strahlte mich an. Ich ihn ebenso.

„Oh, Sie riechen aber nach Rauch!“, sagte er.

„Ja ... ich war gerade bei ein paar Freunden, die Musik machen. Die wollen meine Texte vertonen.“

„Was sind das denn für TEXTE? Sauftexte?“ Er musterte

mich aufmerksam. Sein Grinsen war ihm vergangen.

„Äh ... nee ... nee, eben Texte ... so von früher und so ..." Er hatte mich durcheinandergebracht.

„Herr Sittich ..." Seine Stimme wirkte gedrungen. Er setzte ein unechtes Lächeln auf. „... Sie wissen, dass das SSH etwas Einmaliges ist. Jedem das Seine, sage ich. Das heißt, Sie sind ein fester Bestandteil des Sanatoriums Seelenheil geworden ... und jetzt auch noch ein festes Glied des Eichion ... Wissen Sie, ich, wir ... schaffen hier etwas, das auch noch in fünfhundert Jahren für unseren guten Namen stehen wird ... Das SSH verändert die Welt! Unsere Welt und die Welt unserer Nachkommen ..." Er glotzte zu mir hinauf. Ich glaubte, er hätte jetzt gern seinen Schemel gehabt. „Herr Sittich ... bitte verstehen Sie mich nicht falsch ... Ich glaube auch nicht, dass Ihre Texte und Gedichte primitiv sind ... Sie schreiben ja hoffentlich in deutscher Sprache ... Ha-ha-ha ... Nicht wahr ... Wie dem auch sei ... Sicherlich könnte ich Ihnen ein paar wertvolle Ratschläge mit auf den Weg geben ..."

Ich verstand ihn genau.

„Denken Sie darüber nach, Herr Sittich, ob Sie mir Ihre Texte vielleicht zum Lesen geben wollen! Das SSH steht für einen tadellosen Ruf ... Wir sind eine Einheit, wie Sie wissen ..." Plötzlich trat er einen Schritt auf mich zu und umarmte mich. Unsicher legte auch ich meine Arme um ihn, fühlte mich aber unwohl. Rasch ließen wir uns wieder los und gafften uns in die Augen.

„Herr Sittich ... ich LIEBE Sie! wie Sie wissen ... Das sage ich nicht zu JEDEM! Und in den nächsten Tagen sprechen wir darüber, was Sie bei Professor Weiß gelernt haben. Bestimmt können Sie ein Referat halten ..." Er drehte sich um und ging.

Zum ersten Mal dachte ich über ihn: BLÖDER WICH-

SER! Aber mehr wollte ich auch nicht über ihn denken, stattdessen klappte ich den Laptop auf. Ich hatte Lust, einen Anfang zu schreiben. Einen Anfang für einen neuen Text. Vielleicht sogar für ein ganzes neues Buch? Der alte Roman lag eh auf Eis. Ich kam nicht weiter. Und so begann ich das erste Kapitel.

Miriam war schon seit einer Woche krankgeschrieben. Hinter ihrem Rücken wurde offen gelästert, mit einer Erkältung könne man ja wohl arbeiten, so hart sei ihre Arbeit ja nun wirklich nicht. Eichel und die Olle waren bei der Lästerei mitten drin, sie führten sie sogar an. Keine Frage, sie wollten sie loswerden, denn immer mehr psychisch Kranke gingen zu ihr, um sich ein paar aufbauende oder tröstende Worte abzuholen. Sie war beliebter als alle anderen, vor allem beliebter als Eichel und die Olle, und das ging auf gar keinen Fall. Jeden Tag fragte jemand nach ihr.

Wir saßen in der Teamsitzung beisammen und Eichel verkündete, er habe mitnichten festgestellt, dass Miriam ihre Familie wichtiger nähme als das SSH. Er forderte uns auf, darüber nachzudenken, was uns im Leben am Wertvollsten sei. Bis zur nächsten Teamsitzung sollten wir unsere Prioritäten von 1 bis 3 in einem Briefumschlag in den Briefkasten werfen. Anonym versteht sich.

Als wir um kurz vor elf endlich durch waren, schaute ich noch einmal in meinen wunderschönen Papiersaal. Alles roch nach frischem Holz und nach Öl. Ich streichelte über den glatten Arbeitstisch, über die Papiere, über die Maschinen, und als ich am Schreibtisch ankam, sah ich einen neuen weißen

Briefumschlag mitten drauf liegen, was ja wohl ganz sicher bedeutete, dass mir jemand aus dem Sanatorium diese seltsamen Liebesbriefe zukommen ließ. Wo sollten sie auch sonst herkommen! Im Kopf ging ich noch einmal alle Patientinnen durch, die eventuell in Frage kamen, kam aber zu keinem Schluss.

Mein lieber, lieber Paul,

Du bist der Eine!
Keinen anderen will ich - nur Dich, Dich, Dich!
Du bist in mir!

In unendlicher Liebe

Ich lag im Bett und dachte an Raja. Mir fiel auf, dass ich in letzter Zeit, zumindest tagsüber, immer weniger an sie gedacht hatte. Nachts, wenn ich mit offenen Augen im Bett lag, war sie oft noch ganz präsent, aber während des Tages spielte sie nur noch selten eine Rolle. Ich hatte nicht mehr das Verlangen, sie ständig anrufen zu müssen und ich respektierte, dass sie es war, die sich melden wollte. Sie liebte ihren Hassan, das hatte sie mir mehrere Male klar und deutlich zu verstehen gegeben. Sie hatte mir einen nie zu vergessenen wundervollen Nachmittag am FFK geschenkt, ich hatte mit ihr schlafen dürfen, das würde ich bis zum Tod nicht vergessen, und auf mehr durfte ich einfach nicht hoffen.

Heute war ich mit Ulrike verabredet. Ich zog mir in jeden Nasenflügel eine rein und fuhr mit dem Wagen und offenem Schiebedach zu ihrem neuen Haus. Sah nicht schlecht aus – ein weißer Bungalow aus den Siebzigern, mit Vorgarten und

Garten einmal drum rum.

Ulrike war reich. Ihre Eltern waren vor ein paar Jahren bei einem Autounfall gestorben und seitdem verjubelte sie das Erbe. In zwei Jahren war sie dreimal umgezogen, bei zwei Umzügen hatte ich ihr geholfen, beim letzten Mal nicht. Jetzt wohnte sie direkt am Stadtrand in einer der gefragtesten Gegenden. Ihr quietschegelber Benz stand vor der Garage.

Ich klingelte. Von hinten hörte ich sie rufen:

„Komm rum! Ich bin im Garten!"

Die Terrasse und der Garten waren durch die hohen Büsche und Bäume von keiner Seite einzusehen, sie lag auf einem Liegestuhl. Nackt! Ihre Beine waren lang und braun und über Kreuz, sie hielt einen Drink in der Hand. Die Sonnenbrille stand ihr gut, die roten Lippen, die lackierten Finger- und Fußnägel auch, und plötzlich fand ich sie wieder attraktiv. Ich fand sie geil. Ich wurde geil! Das tat sie mit Absicht! War zuletzt nicht mehr so gewesen, da hatte mich alles an ihr nur noch angekotzt. Ich setzte mich auf einen Holzliegestuhl unter den Sonnenschirm und betrachtete sie eingehend, bis ich fragte:

„Was gibt's denn?"

„Muss es immer was geben?" Sie trank aus dem grünen Strohhalm.

„Ich kenn dich. Würde es nichts geben, hättest du mich nicht eingeladen."

„Ich möchte mich bei dir entschuldigen ..." Sie klimperte mit den Augen und sah dabei selten bescheuert aus.

„Für die Ohrfeige? Schon vergessen ..." Ich zog mein Gras aus der Hosentasche und baute einen.

„Ich wollte dich fragen, ob du mir Koks besorgen kannst", sagte sie.

„Ich? Nee. Wie kommst du darauf? Für wen überhaupt?"

„Für mich ... und meinen neuen Freund! Ich habe ihm von unseren Orgien erzählt. Er ist ziemlich neidisch geworden ...“ Sie strahlte mich an und nahm im selben Moment das Bein vom anderen.

„Hast du auch ne neue Freundin?“, fragte sie.

„Nee ... zurzeit nicht. Aber man weiß ja nie, was kommt ...“

„Schön. Dann darfst du mich mit Sonnenmilch einreiben ...“ Sie hob die Flasche auf und hielt sie mir entgegen. Klar war, was jetzt passieren würde. Nichts mit cool bleiben, so wie ich es mir vorgenommen hatte – sie hatte mich in der Mangel. Und sie war zu schön und zu pervers, um sie achtlos liegenzulassen, und außerdem hatte sie ja einen Freund. Angeblich.

Wir leckten und vögelten uns durch den ganzen Garten. Als wir fertig waren, gingen wir in die Küche, zogen uns Koks rein und machten auf dem Küchentisch weiter. Wenn wir kaputt waren und nicht mehr konnten, lagen wir auf den Liegestühlen, soffen eine Flasche Champagner nach den anderen und quatschten über unsere herrlichen Sexausbrüche von früher, bis wir wieder geil waren. So ging es bis tief in die Nacht. Als sie sagte, sie gehe jetzt ins Bett, machte ich mich auf den Heimweg. Ich hätte nie neben ihr einschlafen können, und noch weniger wollte ich neben ihr aufwachen. Pünktlich zum Morgenkreis stand ich im Sanatorium. Die Peters hielten nach wie vor dicht.

Nach dem Mittagessen fielen mir die Augen aus dem Gesicht. Da war sie schon wieder! Ulrike! Im SSH! Ich ging sofort auf sie zu.

„Was machst du denn hier?“

„Hab ich dir doch gesagt. Ich stelle mich heute bei Frau Darm und Herrn Eichel vor!“

„Du hast mir gar nichts gesagt!“, regte ich mich auf.

„Tss ... dann muss ich es eben vergessen haben."

„Und was willst du hier für einen Job machen?"

„Bleib doch mal locker! Du spinnst ja total rum ..."

„Wieso willst DU in einer GUSCHOIANISCHEN Psychiatrie arbeiten? Du bist Millionärin! Du weißt von Guschoianik gar nichts!"

„Aber du, oder was?"

„Ach, leck mich ..."

„Nee, gerade nicht!"

Von hinten kamen Eichel und die Olle angeschwebt. Sie sahen zusammen wirklich vollkommen gaga aus. Sie mit ihrem grauen Dutt und dem roten Cordrock und er mit seinem weißen Bart und den grünen Schlabberhosen. Ich hasste sie plötzlich aus tiefster Seele. Ich verabscheute das ganze Sanatorium, samt den Patienten und den Ärzten und Pflegern. Ich hasste Ulrike wieder bis in die Untiefen des dunkelsten Abgrunds. Bevor die beiden bei uns ankamen, machte ich mich aus dem Staub. Die Wut wollte überhaupt nicht vergehen und kurz überlegte ich, in den Gummiraum zu gehen, um dort ungestört die ganze Scheiße rauszuschreien. Ich stapfte zu mir aufs Zimmer, schnappte mir das Koks und eine Handvoll Gras, stopfte das Zeug in die Hosentasche, setzte den Helm auf und schwang mich auf die Vespa. Mit Vollgas donnerte ich vom Klinikgelände. Mir war scheißegal, wer die durchgeknallten Patienten wieder ins Wohnheim Goldesblatt nach Langenhagen brachte, die ganze Fahrerei durch den Berufsverkehr ging mir sowieso voll auf die Eier, sobald ich einen Plan hätte, würde ich den Dacia ohne mit der Wimper zu zucken wieder zurückgeben.

Bei Udo lief der Fernseher ohne Ton. Eigentlich war der Ton immer an.

„Was ist los?“, fragte ich ihn.

„Paul, ich hör auf mit der Scheiße ...“

„Aha ...“

„Ich krieg jetzt sogar schon auf Köken Paras. Gestern hab ich zehn Gramm im Klo weggespült. Ich dachte echt, meine Wohnung ist verwanzt. Bert Brecht ist auch ganz mies drauf. Ständig sülzt er mich voll, ich soll für ihn was abbunkern. Hat der ne Macke, oder was? Hundert Gramm oder mehr ... Weißt du, was passiert, wenn ich hundert Gramm hier habe?““ Er sah mich an. Natürlich wusste ich es. Keiner war draufer. Ich nickte. Er auch, dann starrte er wieder zur Matschscheibe.

Er sagte:

„Aber was soll das Leben ohne Drogen? Was hat man dann noch vom Leben?“ Er war jetzt echt verzweifelt.

„Dann trink eben nur noch Alkohol“, riet ich ihm, was ich mir für mich selbst aber auch nicht vorstellen konnte.

„Tja ...“, meinte er.

„Mach doch einfach mal ne Pause ... Vielleicht vier Wochen oder so.“

„Hm ... Ja ... das wäre vielleicht ne Idee ...“

„Ich mach mit“, sagte ich leider völlig bescheuert ganz spontan.

„Hast du was dabei?“

„Klar ...“

„Viel?“

„n paar Gramm ...“

„Hack‘s auf. Wir versprechen es uns gegenseitig in die Hand – vier Wochen keine Drogen!“

„Kein Koks“, verbesserte ich ihn.

Er hielt mir die rechte Hand hin. Ich tat es für ihn.

Kaum hatten wir von dem Zeug was in den Flügeln, hellte

sich unsere Stimmung auf.

„Ich hab ne Flamme!“, eröffnete mir Udo bestens gelaunt.

„So?“

„Ja ... Sie heißt Sandra! Gestern hatten wir Sex! GUTEN Sex! Sie ist ne Granate. Total brutal! Ne Freundin von Bert, zehn Jahre älter als ich. Aber echt ne Bombe im Bett. Vielleicht sollte ich doch für Bert was abbunkern ...“

„Ist ja der Hammer, mit Sandra ... Ich hab Ulrike mal wieder gevögelt. Oder sie mich ... kommt drauf an ...“

„Nicht dein Ernst.“

Wir grölten total ab, klatschten unsere Hände aneinander.

„Soll ich dir noch was sagen?“, fragte er.

„Alles.“

„Ich bin da vorgestern so reingeschneit ... Mehr zufällig. Ganz spontan. In Lollis Halle. Weißte, was da abgeht?“

„Nee, nichts Genaues.“

„So was hab ich noch nicht gesehen! Echt jetzt.“

„Was denn?“ Ich war neugierig.

„Ich muss da schon die ganze Zeit dran denken. Irgendwas hat's mit mir gemacht. Keine Ahnung ... Abgefahrene Sache ... Die sind da alle total ausgerastet ...“

„Schlägerei?“

„Ach, weit entfernt davon. Kurz vor Gruppensex, kurz vor ner Massenorgie. Ich dacht, ich bin im Zoo. Wie Affen. Auf irgendwas drauf. Die hatten vergessen die Tür abzuschließen ... So n Typ kam dann an und schloss hinter mir zu. Der dachte, ich will mitmachen, Alter. Hab mich aber einfach an den Tresen gepflanzt. Voll drauf. Ich war ja so was von hackedicht ... Puh ... Bässe aus den Boxen ... erst leise und langsam, dann immer lauter und schneller, zum Schluss rasend, ohrenbetäubend. Komme fast auf Panik. Der Fußboden und die Wände vibrieren. Dann dazu diese Schreie! Wie Wilde haben die gebrüllt ... Neandertaler. Gorillas. Ehrlich, da kriegste Schiss. Die waren alle voll im Flow oder sowas. Du hättest es sehen müssen! Ehrlich! Mir hat's die Sprache verschlagen. Wenn ich nur dran denke ... Diese Grimassen, dieses Gebölke, diese unverständlichen Wortfetzen. Aufstampfen, Arme kreisen, sich wie n Kreisel drehn, immer schneller, bis man nur noch wankt. Arme fliegen sonst wohin. Die Beine sind wie Gummi. Sie lassen sich fallen, einfach fallen, wo sie gerade sind ... schmeißen sich auf die Matten und Kissen, umarmen sich ... Echt, Paul, das war ganz dicht vor ner Massenorgie ... Die lagen alle in ihrem eigenen stinkenden Schweiß und grinsten wie Idioten. Die waren beseelt oder so was. Erleuchtet oder so. Irgendwas ist da passiert. Auch mit mir ..." Er stoppte.

„Meinst du, dass ist echt ne Sekte?", fragte ich.

„Nee, glaube nicht ... Aber der Anführer, dieser Oberguru, war kein Deutscher. War Mexikaner oder so ... Sprach etwas Englisch. Irgendwie sah er indianisch aus. Als alle auf dem Boden hingen, hat er was von Sternen und Planeten erzählt. Der Geist kann über den Rand des Universums hinausschießen und so was. Und er sagte, die Meditation halte einem den Spiegel vor. Ich hab kaum was verstanden davon ..." Er zündete sich eine an und starrte weiter zur Glotze.

„Das ist doch alles Scheiße, was da läuft", sagte er dann. „Alles Verarschung. Volksverblödung. Die halten dich für total beschränkt. Die denken, alle sind total bescheuert ..."

„Dann mach das Ding doch endlich mal aus!"

„Muss mich langsam runterdosieren. Erst mal ohne Ton, dann mach ich immer dunkler, bis alles schwarz ist. Die Kiste läuft seit einem Jahr durch. Die Dinger halten bei mir ja auch nie viel länger. Aber ehrlich, Paul ... ich glaube ernsthaft, wenn der den Geist aufgibt, kaufe ich mir keinen mehr ... Sandra ... Ich hoffe, es wird mehr draus ..."

„Wollen wir sie besuchen?", fragte ich spontan.

„Meinst du?" Er überlegte. „Ich könnte sie anrufen ..."

„Mach mal."

„Sie ist echt ne Rakete. Nicht nur im Bett. Ne richtige Frau, vierunddreißig. Der Hammer, sag ich dir." Er drückte auf der Handytastatur rum.

„Hey, Sandra ... ja ... super ... Echt? Ja, ja ... klar ... Haste was dagegen, wenn Paul mitkommt? – Cool. Dann sind wir in ner halben Stunde im Biergarten. Alles klar. Freu mich ..."

Wir hauten unsere Pranken zusammen.

„Nimmt sie auch Drogen?", wollte ich wissen.

„Hm ... Weiß nicht genau. Aber ich würde sagen, das hat sie hinter sich. Nee, ich glaube nicht. Hoffentlich ..."

Wir stellten unsere Biere auf den Tisch. Bevor wir losgefahren waren, hatten wir uns noch zwei kräftige Lines gegönnt. Udo hatte vorgeschlagen, den Rest ins Klo zu schütten, was ich aber für total beschissen gehalten und mich durchgesetzt hatte. Die letzte Nase irgendwann heut Abend unterwegs, hatte ich vorgeschlagen, und dann für vier Wochen Schluss! Ernsthaft! Ohne einzubrechen! Voll durchziehen!

Aufgedonnert bis zum geht nicht mehr, blond gefärbtes langes Haar, weiße dünne Stoffhose, darunter n String. Geiler Arsch. Leider viel zu viel Pampe im Gesicht, sonst ganz hübsch. Überall Goldkettchen und Ohrringe und schlechte Tätowierungen – unten am Knöchel ein Delfin, auf dem Oberarm ein Einhorn, und ich tippte garantiert auch auf ein Arschgeweih. Nichts war besonders gut gestochen, die Farben schon ausgeblichen. Linker Flügel, Nasenstecker. So eine, die alles macht, dachte ich. Aber vielleicht ist sie ja nett. Mit diesem Gedanken fand ich mich ab. Klar war, sie wusste, dass Udo reich war. Das sah man ihm an und er hielt damit auch nicht hinterm Berg. Vielleicht hatte sie ihm die Augen und den Schwanz berechnend verdreht. Tja, aber man kann ja nie wissen, dachte ich. Hatte mich schon öfter in Menschen getäuscht. Ich versuchte cool zu bleiben.

Sie küssten sich. Mir reichte sie die Hand. Violette Fingernägel, Fußnägel auch. Fingernägel aus Plastik. Zähne auch.

„Was möchtest du trinken?", fragte Udo.

„Ach, ich muss ja noch fahren. Erst mal ne Cola."

„Ich hol schon", sagte ich.

Mir ging es wirklich bestens. Ich fühlte mich klarer und leichter denn je. Das Einzige, was mich beim Koksen nach wie vor nervte, waren ab und zu diese ätzenden Kieferzuckungen und das krasse Zusammenbeißen der Zähne. Aber sonst war alles schön. Ich freute mich schon auf den Joint am Abend, der dem ganzen noch die Krone aufsetzen würde.

Plötzlich stand Udo neben mir in der Schlange. Er sprach leise: „Paul, meinst du ... sie könnte n Zivi sein? BKA oder so was?"

„Quatsch! Die auf keinen Fall!"

„Nee, nä?"

„Nee, die ist viel zu cool. Echt jetzt!

„Danke, hast mir weitergeholfen ..." Er ging wieder zu ihr. Sie lächelte ihn an.

Das Schweigen war mir etwas unangenehm. Eben hatten wir noch ohne Ende drauf los gequasselt und jetzt totale Funkstille. Ich fühlte mich überflüssig, ganz komische Stimmung auf einmal. Udo guckte immer von rechts nach links, öfter drehte er seinen Kopf ganz rum zu den anderen Gästen.

„Suchst du wen?", fragte Sandra schließlich.

„Wer?", fragte Udo.

„Na, du."

„Nee, eigentlich nicht ..." Ihm quoll ein so dermaßen falscher Grinser über die Lippen, dass es mir unangenehm war. Und er machte weiter, pulte an seinen Fingernägeln rum, tippelte mit dem Fuß, wie ich damals in der Klapse auf Haldol. Sein Verhalten schien immer unkontrollierter zu werden, er war nicht mehr hier, bei uns. Ich musste was tun und fragte, wie seine Spanienreise gewesen war.

„Hä?"

„Wie ist Pamplona? Udo war nämlich dieses Jahr für ein paar Tage beim Stierkampf! Er ist sogar vor den Viechern hergerannt!"

„Ehrlich?" Sandra versprühte Begeisterung.

„Klar", sagte ich.

„Ich hab nichts gegen den Stierkampf", sagte sie. „Gegen Massentierhaltung habe ich was. Ich hab was dagegen, wie Tiere gequält und abgeschlachtet werden. Der Stier stirbt beim Stierkampf wenigstens in Würde."

Was? Ich hatte mit dem vollen Gegenteil, mit: Igitt, das ist doch total pervers ... das finden doch nur ekelhafte Männer geil ... – gerechnet. Aber nee, ich nahm ihr ihre Worte voll ab, auch wenn sie bestimmt nachgeplappert waren.

„Weißt du was", sagte sie zu mir, weil Udos Bewegungen immer hektischer wurden und er sich mit jeder Minute unwohler zu fühlen schien, „ich nehm den Udo jetzt mit zu mir nach Hause ... Ist das okay für dich?", fragte sie jetzt ihn.

Er brachte ein Nicken zustande und stand auf.

„Fährst du meinen Wagen nach Haus?", fragte er und warf den Schlüssel auf den Tisch.

Ich trank meinen Halben aus, trank noch zwei, und auf die Schnelle einen Jägermeister. Ich bejubelte innerlich durchweg meine klaren Gedanken. Ich freute mich auf zu Hause, dachte an meinen neu geschriebenen Anfang und hatte schon die Idee, wie ich weitermachen würde.

420 PS! Perlweiß! Tiefergelegt! Breite, flache Reifen auf schwarzen Alufelgen. Sound. Spitzengeschwindigkeit über 300! Bose-Boxen. Udo war ne Ecke kleiner als ich, also stellte ich alles ein, startete, gab ein bisschen Gas. Drrrnnn ... Ich hatte Lust zu schocken. Ich hatte Lust, Eichel und die Olle zu ärgern. Er hasste Typen, die solche Autos fuhren. Mich interessierte es überhaupt nicht, jetzt mit 300 Sachen über die Autobahn knallen zu können, nein. Stattdessen röhrend, mit schön viel Zwischengas, fuhr ich vor das Eichion und parkte direkt neben der schlanken Eiche. Ich ging auf mein Zimmer und hackte die letzte Line auf. Vier Wochen Pause ... Eigentlich hatte ich keine Lust dazu. Überhaupt keine! So ein Schwachsinn! Ich redete es mir schön: Vielleicht würde es ja meiner Haut guttun ... Die fetten Pickel waren nicht mehr zu zählen, vor allem auf dem Rücken, wo ich nicht rankam, wucherten weißgelbe Eiterköpfe.

Ich schrieb drauflos. Es flutschte. Keine Ahnung, ob es gut war. Darüber wollte ich mir aber jetzt auch keine Gedanken machen. Es dauerte etwa eine Stunde, da war dieses zaghafte Klopfen an der Tür. Das Eichel-Klopfen. Dieses leise, scheinheilige *KlongKlong* ...

„Herein“, rief ich und schrieb weiter.

Er klopfte noch einmal zurückhaltend gegen den Rahmen. Ich drehte mich mit dem Schreibtischstuhl zu ihm um.

„Oh, Sie sind allein?“, fragte er.

„Mhm.“

„Weil da unten dieses Rennauto steht.“

„Ja, hab ich mir für ein paar Tage ausgeliehen, gehört meinem besten Freund ..."

„Aber muss das denn hier auf dem Gelände stehen?"

„Nee, ich fahr ja gleich wieder weg."

„Schreiben Sie Gedichte?"

„Nee, n Roman oder so was ..."

„Worum geht's denn?"

„Ach, ich bin erst am Anfang ..."

„Hm ... Ich wollte Sie fragen, ob Sie mit dem einundzwanzigsten einverstanden sind?"

„Äh ... wofür denn?"

„Für Ihr Referat natürlich."

„Äh .. ja ... ja klar ... warum nicht ..."

„Sehr schön, Herr Sittich. Was halten Sie davon, wenn Sie ein paar Gedichte zur Papiersaal-Eröffnung lesen und ich dazu etwas Bratsche spiele?"

„Oh, find ich super."

„Dann reichen Sie mir doch bitte so sieben bis zehn Gedichte ins Büro, damit ich einen Blick draufwerfen kann ..."

„Okay ... mach ich ..." Ich guckte ihn so an, wie man Leute anguckt, die man sofort loswerden will. Von mir zu ihm hatte sich eine Mauer aufgebaut, seitdem er Ulrike zu dem Vorstellungsgespräch eingeladen hatte. Ich hoffte, dass er die Steine spürte.

„Einen schönen Abend noch ...", sagte er.

„Ja, wünsche ich Ihnen auch ..."

Und dann kam es knüppeldick:

„Ach, Ulrike Schneider ist ja wirklich eine ganz reizende Person ... Sie fängt in zwei Wochen im Nähsaal an. Sie haben doch nichts dagegen?"

„Nein ... ist doch schön ... Ich mag sie ... Sie ist immer so freundlich ..." Ihr seid alles Fotzen!

Eichel war mit den Gedichten einverstanden, er behauptete sogar, er fände sie lesens- und hörenswert. Natürlich hatte ich die zehn spirituell Angehauchten rausgesucht, von denen ich annahm, dass sie ihm am meisten zusagten.

„Herr Sittich! Sie sind wirklich auf dem besten Weg, ein wahrer Guschoianer zu werden", lobte er mich.

Die unsichtbare Mauer war seit ein paar Tagen wieder etwas gebröckelt. Vielleicht hatte es damit zu tun, dass ich ziemlich müde war und nicht mehr so schnell und klar denken konnte seitdem ich nicht mehr kokste. Die einzigen Gedanken, die mich penetrant störten, waren aber die an Koks. Ich hielt es kaum aus, nicht daran zu denken. Ständig. Tag und Nacht. Nach Feierabend zog ich mir zwei Dosen Bier rein, oder auch härtere Sachen, und abends kiffte ich, aber jetzt tatsächlich erst nach dem Schreiben, bevor ich zu Bett ging.

Als ich im Parkhaus ankam, war nur Natz da. Er saß am Klavier der anderen Band und klimperte jazzige Töne. Hörte sich ziemlich gekonnt an. Ich wollte ihn nicht erschrecken und rief schon in der Tür: „Hi!"

Er drehte sich während des Spielens um, nickte und lächelte. Er ließ sich nicht stören, und ich genoss diese wundervollen Klänge. Ich saß im roten Sessel, rauchte eine und war neidisch auf ihn. Clark hatte mir gesagt, Natz könne jedes Instrument spielen, gib ihm irgendein Instrument und schließ ihn eine Woche damit ein ...

Er spielte eine halbe Stunde weiter, dann kam er selbstbewusst auf mich zu. Er sah so gottverdammt gut aus! So verwegen, ein Frauen- und Männerschwarm. Ich reichte ihm eine der vier Mappen, die ich mit meinen Texten zusammengestellt hatte. Er las den ersten, dann den zweiten und dritten, wobei ich seine Gesichtszüge beobachtete, die feinen Fältchen bewegten sich aber nur ganz lasch, sie verrieten mir gar nichts, weder Freude noch Ablehnung oder Aha. Sogar die Augen blieben ausdruckslos. Nach dem dritten Text blätterte er weiter nach hinten durch. Dann klappte er die Mappe zu und legte sie zu den anderen. Ich wartete auf einen Kommentar, doch stattdessen sagte er:

„Du solltest meditieren."

„Ich? Wieso?"

„Kennst du Osho?"

„Osho? Meinst du den Bhagwan-Typ?"

Natz nickte und sagte:

„Ich war da ... in Indien ... in Puna ... und habe meinen Medi-Meister gemacht. Drei Monate ... Gute Sache ..."

Er wollte gerade ausholen, als die drei anderen reinkamen. Ich war nicht traurig drum, mir reichte es nämlich allmählich ganz gewaltig mit dem ganzen Esoterik-Zeug. Die Neue laberte mich ständig voll, im Sanatorium Eichel und die Olle und überhaupt fast alle, und jetzt auch noch Natz. Klemens, Clark und Hektor setzten sich zu uns und sahen die Mappen. Jeder, bis auf Natz, nahm sich eine. Sie blätterten drin rum.

Natz sagte plötzlich:

„Aus dem zweiten und dem siebten können wir vielleicht was machen ..."

Sie lasen weiter. Man hörte keinen Mucks. Hektor legte als erster die Mappe zurück auf den Tisch.

„Gute Mischung, glaube ich", meinte Klemens.

„Mhm", machte Clark.

„Ich brauch mehr Ruhe, um sie zu lesen", sagte Hektor.

Ich war ziemlich stolz.

„Ich versuche so gut wie jedes Wort zu singen", sagte Natz. „Vielleicht passt es manchmal nicht ganz, dann sprechen wir drüber."

„Ach, mach alles ganz locker", sagte ich und meinte es auch so.

„Ich denke, du legst auf jedes Wort wert. Solltest du jedenfalls. Also versuche auch ich mein Bestes." Er schien die Sache wirklich ernst zu nehmen.

„Wir wollen so schnell wie möglich mit den neuen Stücken auftreten", sagte Klemens zu mir.

„Also, auf gehts", sagte Natz, griff sich die obere Mappe und stolzierte zum Mikro. Hektor sah mich abwartend an. Ich verstand und verabschiedete mich.

Am Samstagmorgen um acht, ich war gerade aufgestanden und wollte zum Frühstück runtergehen, stand Eichel bei mir vor der Tür.

„Guten Morgen, mein Lieber Freund!", begrüßte er mich überschäumend. „Heute ist ein großer Tag in Ihrer jungen Geschichte, die natürlich gar nicht mehr ganz so jung ist ... Ha-ha-ha ... Darf ich kurz reinkommen?"

Ich warf die Klamotten, die über der einen Sessellehne hingen, aufs Bett. Das Fenster stand offen, es zog kühl ins Zimmer, aber die Sonne schien schon. Ich fühlte mich heut Morgen zum ersten Mal auch ohne Koks wieder hellwach und gutgelaunt und fragte mich, wie es wohl Udo ging.

„Ich habe Ihre Gedichte noch einmal ganz konzentriert studiert! Also wirklich ... ich muss schon sagen ... Wirklich, ich mag sie ... Sie natürlich auch ... Ha-ha-ha ...“

Ich lachte mit.

„Pünktlich um 17 Uhr beginnen wir und ich sage zwei drei Worte. Selbstverständlich nicht zu viel ... Sie kennen mich ja ... Ha-ha-ha ... Ich dachte mir, ich spiele ein paar Töne ... dann sind Sie mit einem Gedicht dran, und dann wieder ich ... Die Reihenfolge Ihrer Gedichte legen SIE fest! Ich werde ein ganz offenes Ohr haben. Und Sie wissen ja, Herr Sittich, nur der ist zur Kritik berechtigt, der eine Aufgabe besser lösen kann, nicht wahr ...“

Was? Ich nickte.

„Ich hoffe, Sie freuen sich genauso wie ich ...“

Damit standen wir auch schon wieder auf und er umarmte mich. Diesmal war es eine schöne Umarmung, ich spürte die Wärme seines Körpers und roch den frischen Schweiß.

Zu meiner Überraschung wollten die Neue und der Alte ins Sanatorium kommen, sie hatte von der Eröffnungsfeier in der Zeitung gelesen. Ich wunderte mich, denn eigentlich las sie keine Zeitung. Ich freute mich. Vor allem war es dem Alten gegenüber die reine Schadenfreude, da er psychisch Kranke und Behinderte ja nun mal gar nicht ausstehen konnte, es musste also voll auf ihren Mist gewachsen sein.

Nach dem Frühstück machte ich einen Spaziergang durch die Feldmark, einen Joint zwischen den Fingern und ein Liedchen auf den Lippen. Mir sprang die gute Laune voll aus dem Gesicht. Ich grinste wie einer, der zum ersten Mal merkt, wie geil Hasch sein kann. Ich lauschte den Vögeln und sah einen Hasen übers Stoppelfeld rennen, der Haken schlug. Was für ein Morgen!, stöhnte ich innerlich. Ich liebte das Leben. Ich liebte die Natur. Ich liebte mich. Ich liebte die ganze Welt an diesem Morgen. Auf der Bank am Wegesrand machte ich ne Pause und zog ne Dose Bier aus der Hosentasche. Ich hatte sie über Nacht hinterm Haus gelagert, sie war schön kalt, das Bier schäumte in meinem Mund. Was braucht der Mensch mehr!, dachte ich. Na ja, vielleicht eine ganz, ganz kleine Nase Kokain, nur so als I-Tüpfelchen.

Ich dachte über Natz nach, dann über Clark, Klemens und Hektor. Ich dachte an Lolli und Udo. An Rudi und Atze, die ich ewig nicht gesehen hatte. Auch dachte ich an Lutz und Rainer, die ich seit Monaten allein auf dem Spielplatz kiffen ließ, nicht einmal verabschiedet hatte ich mich, ich müsste mal wieder hinfahren.

Ich erkannte sie schon von weitem. Frau Darm. Die Olle. Die Hexe. Sie schwebte mir entgegen. Ich trank das Bier auf Ex und warf die Dose in den Mülleimer. Ich rülpste kräftig. Herrlich. Sie kam näher. Sie trug einen langen blauen Wollrock, eine weiße Bluse und eine graue gewebte Weste.

Sie strahlte.

„Naaanuuu ...", sagte sie, und: „Ach, ist das schön ..." Diesen Satz sagte sie mindestens zehn Mal am Tag. Für sie war alles schön, wenn man ihr Glauben schenken konnte. Sie las keine Zeitung, schaute kein fern, hörte kein Radio, kannte keine Musik, hatte keine Ahnung von Künstlern, las nur guschoianische Bücher und Informationsblätter, sie war mit Leib und Seele Guschoianerin, kriegte nicht viel von der Außenwelt mit, galt im Sanatorium unter den Patienten als absolut weltfremd, sorgenlos und überzogen. Manche der Patientinnen hassten sie geradezu. Ihre Art war auch wirklich oft unausstehlich. Erst vor ein paar Tagen hatte ich gehört, dass sie die Besitzerin des halben Sanatoriums war, ihr gehörten Wohnungen und Häuser, sie sollte auch gerade Dreihunderttausend ins Eichion gesteckt haben. Alles Erbgelder.

„Darf ich mich einen Augenblick zu Ihnen setzen?", fragte sie.

„Ja, natürlich ...“, antwortete ich und sah ihren schwarzen Kräuselbusch über ihrer Muschi vor mir.

„Frau Schneider kam mir sehr offen und aufgeschlossen vor ...“, begann sie gleich mit dem Thema, auf das ich jetzt am wenigsten Lust hatte.

„Ja, wie Sie wissen, war ich eine Zeit lang mit ihr zusammen ...“, sagte ich so gelassen wie möglich.

„Ja, das sagten Sie schon. Sie ist ganz bestimmt eine Bereicherung für das SSH ...“

Klar, du blöde Pottsau! Ich presste meine Lippen zusammen und mühte mir ein Lächeln ab. Sie lächelte mich auch voll an, wobei sie ihre Zähne zeigte.

„Herr Eichel setzt riesige Stücke auf Sie ...“, sagte sie. „Ich freue mich sehr auf heute Nachmittag ...“

„Ja, ich mich auch ...“

„Wirklich, Herr Eichel hat sehr von Ihren Gedichten geschwärmt ... Er sagt, Sie sind ja so weit für Ihr junges Leben ... und so begabt. Er sagt, wenn einer seiner Angestellten auf dem Weg zu einem wahren Guschoianer ist, dann Sie ...“ Sie stand auf und warf mir einen unglaublich gütigen Blick zu. Und schon schwebte sie wieder los. Während sie so dahin schritt, guckte ich ihr hinterher, holte meinen Schwanz raus und spielte dran rum.

Mein Handy klingelte, und als ich auf dem Display ihren Namen aufleuchten sah, wurde ich nervös. Ich ließ vier oder fünfmal klingeln, dann nahm ich das Gespräch entgegen.

„Hallo Raja“, sagte ich und spürte augenblicklich Schweiß in meinen Handflächen.

„Hallo Paul ... Wie geht‘s dir?“

„Mhm, danke, ganz gut. Wir weihen heute den Papiersaal ein ...“

„Um wie viel Uhr denn?"

„Um fünf."

„Oh, ich hätte Zeit ... Hast du was dagegen, wenn ich komme?"

Völlig überflüssig die Frage. Ich flippte fast aus, blieb aber ruhig.

„Das wär schön", sagte ich. Innerlich jubelte ich los wie ein Weltmeister, der gerade seinen ersten Titel gewonnen hat.

„Hast du dann auch ein paar Minuten für mich alleine Zeit?"

„Ja, klar, bestimmt sogar ..."

„Gut ... Bis dann!"

Ich riss die Faust nach oben und schrie über die Felder: „Jaaaaahhhh!!!"

Die Olle hatte den Schrei bestimmt gehört, schwebte aber mit dem Blick nach vorn gerichtet weiter.

Was für ein göttlicher Tag!

Ich machte mich schick, zog ein weißes Hemd und mein schwarzes Sakko an. Umso näher es auf fünf zuging, desto aufgeregter wurde ich. Meine erste Lesung. Um halb ging ich rüber. Eichel, die Olle und andere Therapeuten und Pfleger waren noch dabei, Stühle zu rücken, das Buffet vorzubereiten und Kaffee und Tee zu kochen. Ich sah sogar einen Psychologen und dessen Freundin, die hier Psychiaterin war. Eichel hatte darauf bestanden, dass man mich an diesem besonderen Tag verwöhne, ich solle weder einen Stuhl anfassen noch sonst was tun. Nur nachher die schönen Gedichte lesen. Herr Meier, der mich nicht mehr anguckte, war seit einer Woche krankgeschrieben. Ich konnte es verstehen.

Langsam trudelten ein paar Gäste ein. Die meisten waren Patienten. Auch der Alte und die Neue standen bereits unter ihnen. Die Maulfalten des Alten zogen sich bis zum Kinn runter, er zog ne Fresse, die man ihm besser mit ner Zombiemaske verdeckt hätte.

Und dann kam Raja!

Sie haute mich um!

Sie war schöner als alles andere auf der Welt!

Atemberaubend!

Ich war wieder sofort verhext.

Wir umarmten uns und es fiel mir schwer sie loszulassen. Ihr süßer Geruch betörte mich.

Eichel kam gleich zu uns und reichte ihr die Hand. Sie stellte sich vor, er sich auch. Und ich bekam noch den Spruch:

„Wer schreibt, der bleibt, Herr Sittich ..." Und darauf – klar – ein herzlicher Lacher von uns dreien. Ha-ha-ha ...

„Sie haben es hier wirklich schön", schmeichelte Raja ihn voll. „So große Fenster, so hell, so viel Licht, die Pflanzen, das freundliche Holz ..."

„Ja, wir wollen, dass die Menschen sich hier wohler als zu Hause fühlen ... Ha-ha-ha ... Nichts für ungut ... In zwanzig Minuten geht es los ..."

Von hinten spürte ich ein Schulterklopfen. Ich drehte mich um. Hätte ich ja eigentlich auch mit rechnen können – Ulrike.

„Willst du uns nicht vorstellen?"

„Klar. Ulrike, Raja – Raja, Ulrike ..."

Sie schüttelten sich die Hand.

„Ich bin seine Ex", posaunte Ulrike raus.

„Und ich die Jetzige", haute Raja zurück.

Ulrike war bis ins Mark getroffen. Ich sah sofort die Hass- und Angriffsfuge über ihrer Nase.

„Kommst du nachher wieder vorbei?", fragte sie mich.

Raja schmunzelte.

„Ich kenn ja die Gedichte von dir", sprach Ulrike gleich weiter. „Ich bin ja schon so darauf gespannt, welche du davon liest

…“ Kein einziges kennst du, du fiese Fotze, dachte ich!

„Ich gucke mich noch ein bisschen um“, sagte Raja und ließ uns allein.

„Wer ist DIE denn?? Leidest du an Geschmackverirrung? Die ist zehn Jahre älter als du! Und überhaupt, die sieht am Kopf aus wie ne Kupferkugel … Was war das denn mit uns neulich, hä!?“

In mir brodelte es wie wahnsinnig, zum Glück kam die Olle angedampft und sagte:

„Herr Sittich, kommen Sie, der Bürgermeister möchte Sie begrüßen …“

„Mich?“

Sie nickte. „Ja … Sie.“

Ich ging neben ihr zum Bürgermeister und stellte mich vor. Mein Alter beobachtete uns von der Seite. Die Neue streckte ihren Kopf aus, neben ihr stand eine Vitalin XJ 9–Papiertüte. Ich ahnte Böses. Der Bürgermeister schwärmte vom Papiersaal, den er noch nicht gesehen hatte, er lobte über alles Herrn Eichel und wie tadellos ihre Zusammenarbeite funktioniere, er sei jedes Mal sehr stolz, wenn er vom SSH in anderen Städten berichte, das SSH sei wirklich schon ganz berühmt.

Inzwischen war es gerammelt voll, alle Stühle waren besetzt, hinten an der Wand standen die Leute in zwei Reihen. Eichel hatte mir ein Stehpult hingestellt, darauf stand eine rote Rose, neben dem Stehpult stand sein Schemel, ich fragte mich, ob das wirklich sein Ernst war.

Raja stand hinten an der breiten Flügeltür, Ulrike saß in der zehnten oder elften Reihe ganz außen. Ich schwitzte, zog das Sakko aus und stopfte es in ein Regal.

Um Punkt 17 Uhr stellte sich Herr Eichel – tatsächlich – auf den Schemel und strich den Bogen über die Saiten. Allmählich wurde es ruhiger. Eichel hatte es nicht eilig, er ließ sich sein Lächeln nicht nehmen. Dann war es still. Ganz still. Eichel ließ die Stille wirken. Noch einen Strich über die Saiten. Einen ganz zarten. Er schloss die Augen für ein paar Augenblicke, dann begann er:

„Vielen, vielen Dank ... meine sehr verehrten Damen und Herren ... Vielen Dank, Herr Sittich! dass Sie dieses Fest ermöglichen ..."

Ich wurde knallrot. Er spielte einen kurzen Ton und sagte:

„Bitte, Herr Sittich, ein Gedicht ..."

Jetzt schon?, fragte ich mich, und las. Ich las viel zu schnell und wusste nicht, was ich da las. Ich las einfach und versteckte mich hinter der Rose. Eichel und ich wechselten uns ab, ich traute mich nicht ins Publikum zu schauen. So ging es weiter. Ich ratterte ein Gedicht runter und Eichel spielte darauf ein Lied oder ein paar improvisierte Töne. Nach einiger Zeit ließ das Schwitzen nach und ich hatte das Gefühl, etwas Rhythmus in die Stimme zu bekommen. Ich hatte jetzt sogar etwas Freude am Vorlesen. Während ich las, genoss ich die totale Ruhe, ich spürte, dass alle aufmerksam waren, und wenn jemand einen Text besonders gelungen fand, begann er zu applaudieren, und die anderen zogen nach. Viel zu rasch war alles vorbei, aber Eichel hatte ja noch seine Rede auf Lager.

„Vielen, vielen Dank ...", sagte er. „Ich bin ja eigentlich nicht so sehr für Applaus. Wirken lassen ist ja viel angenehmer ... Ich bitte Sie also, nach meiner Rede NICHT zu klatschen. Ha-ha-ha ... Wie Sie wissen, materialisieren sich Gedanken ... Denkt jemand an einen anderen, empfängt derjenige dieses Denken. Seien es gute oder eben schlechte Ströme ... sie kommen bei ihm an, zumindest im Unterbewusstsein, in seinen Träumen vielleicht ... Die Gedanken durchreisen das Universum und transformieren sich in gebündelter Form im Anderen. Das nennt man in einfacher Form Gedankenübertragung. Und meine Damen und Herren, lieber Herr Sittich ... ICH und Sie ... unsere Iche sprechen ganze Bände im Bewussten und im Unbewussten! Herr Sittich, meine Damen und Herren, ist dreißig Jahre jünger als ich ... in DIESEM Leben ... Ha-ha-ha ..." Er war wirklich heut zu Scherzen aufgelegt. Er fuhr fort: „Ich ... nein – WIR! haben das Sanatorium Seelenheil zum Kulturgut reifen lassen. Es wird immer weiter reifen, bis die Blüte an Pracht nicht mehr zu überbieten ist ... Aber sie wird nicht welken, meine Damen und Herren ... nicht welken. Die Pracht der Blüte bleibt bestehen für die Ewigkeit. Wir haben ein Denkmal in der Menschheit gesetzt! Alle Mitarbeiter leben zum Wohle des SSH. Dafür danke ich Ihnen! Diese ganzen Gedankenströme, die sich bei dieser besonderen Feier nun vereinen, kommen dem Sanatorium und ihren Mitmenschen zugute ... Aber nun genug. Nein, stopp, eins noch: Wir Mitarbeiter und Kollegen vom SSH ... ja, lassen Sie diese Worte wirken: Wir denken nicht nur mit unserem Gehirn, wir denken nicht nur mit unserem Geist, nein, wir denken auch mit unserem Herzen, mit unserem Blut ... Wir lieben das SSH!" Er drückte meine Hand, nahm die Rose aus der Vase, überreichte sie mir und sagte: „Meinen herzlichen Glückwunsch zu IHREM Papiersaal!"

Und jetzt gab es doch noch einen tüchtigen Applaus.

Mein Blick traf auf den von Raja. Sie schaute mich sonderbar an. Es dauerte noch einen Moment, dann löste sich die Menschenmenge auf, alle schlenderten in den Begegnungssaal, wo das Buffet angerichtet war.

Ich griff einfach Rajas Hand und zog sie mit nach draußen, hinters Eichion. Ich musste eine rauchen.

„Das bist du nicht!", war das Erste, was sie sagte. „Und überhaupt ... was ist denn der Eichel für ein schräger Vogel?"

„Wie meinst du das – das bin ich nicht?", fragte ich, obwohl ich genau wusste, was sie meinte.

„Ach, Paul ... sei lieber so, wie du wirklich bist. Nicht, wie man dich haben will. Sei du selbst ..."

Ich traute mich nicht, sie zu fragen, wie sie meine Gedichte fand. Bestimmt genauso abgehoben wie alles andere, was im SSH abging.

„Ich muss wieder rein", sagte ich. „Mein Alter und die Neue sind da."

„Ich bin schwanger ..."

„Wie bitte?"

Sie nickte und lächelte.

„Ich weiß es schon seit ein paar Wochen. Eigentlich wusste ich es schon am nächsten Tag ..."

„Ich rauche noch eine ..."

„Es ist am See passiert ..."

„Bist du sicher? Ich meine, bist du sicher, dass du von mir schwanger bist?"

Sie nickte wieder und lächelte immer noch.

„Ganz sicher. Jeder Zweifel ausgeschlossen."

Jetzt musste ich grinsen, einfach grinsen. Mich durchströmte eine schiere Welle des Glücks. Der laue Abendwind, neben mir die schönste Frau der Welt, die Zigarette in meiner Hand, der Kick in der Lunge ... Nie in meinem Leben ging es mir nüchtern besser. Ich konnte nicht weiterdenken als bis genau in diesen Augenblick hinein. Hier und Jetzt, das war alles, was ich wollte. Ich wollte stehenbleiben, diese Sekunden nie wieder hergeben. Raja schwieg. Ich schwieg. Wir waren eins. Wir schauten uns an, jetzt ernst und lange. Ich liebte sie über alles. Sie nahm meine Hände, ich ließ die Kippe fallen, und hielt sie ganz fest. Ich drückte einen Hauch zu. Nur nicht loslassen, dachte ich.

Sie ließ nur eine Hand los, die linke, die rechte blieb in der ihrigen liegen. So gingen wir zurück ins Sanatorium. Zusammen. Gemeinsam. Seele in Seele. Verbunden.

Man lobte mich, sagte mir, wie schön meine Gedichte wären. Ich solle dranbleiben, weiterschreiben. Ich sagte Danke und lächelte. Raja war zur Toilette verschwunden. Ulrike konnte ich zum Glück nirgends sehen. Ich ging zu der Neuen und zum Alten. Sie stand mit ihrer Vitalin XJ 9–Papiertüte da und sah ziemlich verloren aus. Sie war nervös. Dann sagte sie:

„Möchtest du mich nicht mal Frau Darm und Herrn Eichel vorstellen?"

„Ja ... doch ... klar, kann ich machen ..."

Die beiden waren gerade mit dem Bürgermeister im Gespräch. Wir pirschten uns ran, mein Alter trabte hinter uns her. Zum Glück erblickte mich die Olle und sagte gleich:

„Herr Sittich, das war wirklich ganz, ganz wunderbar ..."

„Ja, das muss ich auch sagen", meinte der Bürgermeister.

„Darf ich Ihnen meinen Vater und seine Frau vorstellen?" Alle reichten sich die Hände.

„Ich will mich ja gar nicht aufdrängen ...", sagte die Neue zu allen dreien. „Sie haben ja bestimmt schon über Paul von Vitalin XJ 9 gehört ... Ich habe Ihnen ganz UNVERBINDLICH eine Probetüte zusammengestellt ..." Sie reichte die Tüte der Ollen. Und dann ging es los. Sie ließ die totale Ernährungswissenschaftlerin raushängen, sie war die Einzige, die redete. Dem Alten sah ich seinen ganzen Stolz an, er verehrte diese Frau mit Haut und Haar. Sie hörte nicht mehr auf. Eichel wandte sich als erster ab, die Olle und der Bürgermeister waren zu freundlich. Eichel gab mir einen

Klaps auf den Rücken und entschuldigte sich, rasch war er außer Sichtweite. Die Olle war die Nächste, die verduftete, allerdings mit der Tüte in der Hand. Der Bürgermeister war voll mit eingestiegen, sie sprachen über Umweltprobleme, Genmanipulation, Ökofleisch und Mülltrennung, es nahm kein Ende. Der fette Bürgermeister, um sechzig, mit Fetthaar und Schuppen auf den Schultern seines dunkellauen Sakkos, machte ihr schöne Augen. Ihr Haar lag gewollt. Sie hatte eine jugendliche Jeans an und sie versprach ihm, ihn im Rathaus zu besuchen, um ihm einige Prospekte und Produkte persönlich vorbeizubringen. PERSÖNLICH!, betonte sie besonders.

Raja stand auf einmal neben mir. Sie griff gleich wieder meine Hand, so als wären wir jetzt wirklich ein Paar.

„Raja, das ist mein Vater und seine Frau." Mir wäre nie in den Sinn gekommen, sie Stiefmutter zu nennen.

„Angenehm", sagte Raja. Auch sie reichten sich die Hände.

„Wollen wir nicht noch gemeinsam einen Spaziergang machen?, schlug die Neue vor.

„Ich kann hier nicht weg", gab ich vor. „Esst doch noch was ..."

„Ja, ich habe wirklich riesigen Appetit", sagte die Neue. „Ganz nette Leute hier ... wirklich ganz nette Menschen ..."

Raja und ich verpieselten uns in eine Ruheecke, wovon es hier einige gab, wo ein paar Stühle und viele Pflanzen standen. Ich beobachtete, wie die Neue sich alles Mögliche auf ihren Teller ballerte. Das ganze Buffet war im Knast zubereitet worden, alles tot, labberig und unappetitlich. Aber wie es aussah, schmeckte es den beiden vorzüglich. Sie hatten gerade Frau Peters am Schlawittchen.

„Ich fahr jetzt nach Hause", sagte Raja. „Aber ich melde mich bald wieder ..." Sie drückte mir einen Kuss auf die Wange und ging.

Mir war danach, für mich allein zu sein, denn wenn schon Raja nicht bei mir war, dann sollte es gar keiner. Es war nicht die feine englische Art, aber ich machte den Polnischen.

Die letzten Nächte hatte ich nur wenig geschlafen, ständig kreisten meine Gedanken um sie. Aber ich respektierte es mal wieder, dass sie diejenige war, die sich melden wollte.

Im Papiersaal arbeitete ich vorerst mit zwei schwer depressiven Frauen zusammen, die eine überall fett und speckig, die andere groß und dürr, beide waren sehr still. Wir experimentierten und probierten vieles mit den schönen bunten Papieren und Pappen aus und schon am Ende der ersten Woche bestaunten wir unsere ersten Schächtelchen und ein paar kleine Fotoalben und Mappen, noch nicht perfekt in der Verarbeitung und geeignet für den Verkauf, aber auf jeden Fall vorzeigbar. Die Arbeit bereitete mir Freude, nur wenn Eichel reinkam und sich zu uns setzte, verkrampften sich die beiden und konzentrierten sich ganz auf ihr Schaffen. Trinken und Essen war während der Arbeit verboten, Eichel meinte, es würde von der bewussten „Arbeitsgestik", die unbedingt vonnöten sei, ablenken. Aber ich hatte immer eine Flasche Mineralwasser und drei Gläser hinter dem Leimeimer stehen. Wenn er verschwunden war, tranken wir ein paar Schlucke. Eichels Besuche nervten uns, er redete die ganze Zeit von hochtrabenden guschoianischen Dingen und erklärte uns, wie wichtig es sei, schweigen zu können, dabei sagten die beiden sowieso immer nur das Allernötigste.

Heute Morgen hatte der Umschlag auf dem Arbeitstisch gelegen. Als beide vertieft in ihre Arbeit waren, öffnete ich ihn und las:

Lieber Paul,

weißt du noch immer nicht, wer dir
diese Briefe schreibt?
Denk immer daran, dass ich dich liebe!
Jeden Tag spüre ich dich!

Zum Feierabend ging ich auf mein Zimmer und hackte auf die Tasten. Der Text begann mit meinem Zusammenbruch – mit meiner Psychose – mit meiner paranoiden Schizophrenie –, so jedenfalls die Diagnose damals. Ich schrieb über den Aufenthalt in der Klinik, schrieb über Lollis Besuche und die Gespräche mit ihm, schrieb auch über meinen Alten und die Neue, meine Beziehung zu ihnen, versuchte aber einen ordentlichen Anteil Ironie mit in die Sätze fließen zu lassen. Das gelang mir beim nächsten Thema nicht mehr so gut. Als Nächstes sollte mich der Text nämlich zum Sanatorium führen, und während des Schreibens merkte ich immer deutlicher, wie sauer ich eigentlich im tiefsten Herzen auf Eichel war. Ich war sauer auf seine radikale Art und darauf, wie er mit den Patienten umging, die so krank waren, dass sie sich den ganzen philosophischen Scheiß der Guschoianik anhörten und sich dem nicht entziehen konnten. Denn gerade die Jüngeren pickte er sich liebend gern heraus, diejenigen, die sowieso noch keine richtige Meinung vom Leben hatten. Mir wurde plötzlich klar, dass er alle Menschen in seinem Umfeld zu manipulieren versuchte und diejenigen, die sich auflehnten, waren ein paar Tage später nirgends mehr zu sehen. Egal ob Mitarbeiter oder Patienten, es wurde um Gottes willen nicht mehr über diese Menschen gesprochen, sie wurden meiner Meinung nach völlig gefühlskalt wegradiert.

Raja hatte sich die ganze Woche nicht gemeldet, sie hatte mich in der Hand. Oder wartete sie etwa doch darauf, dass ich sie anrief? Ihre Aussage war ziemlich klar gewesen. Oder nicht?

Damit ich mich nicht noch verrückter machte, fuhr ich zum Parkhaus, ich musste mich ablenken. Zu meiner riesigen Freude saß Lolli in einem der Sessel. Alle anderen waren auch da.

„Kommt Leute", sagte Natz gleich, „jetzt spielen wir den beiden was Cooles vor."

Es drückte mich wortwörtlich ins Sofa. Der Sound war gewaltig. Natz´ Stimme klang wie ein Inferno. Meine Texte! Lolli und ich grinsten uns an. Alles andere war vergessen – da war nur noch die Musik und Natz´ Gesang. Die vier waren die totale Einheit, waren hoch konzentriert, beherrschten bis ins Kleinste ihre Instrumente, es schienen Körperteile von ihnen zu sein. Ich spürte nichts als Glück in diesen Minuten. Und ich konnte es kaum glauben, dass ich die Texte zu dieser Musik geschrieben hatte – ich fand sie wirklich passend. Lolli und ich klatschten begeistert Beifall.

Als alle wieder saßen, baute Klemens einen Joint. Es rauchten aber nur er, Clark und Hektor. Ich hatte in den letzten Wochen festgestellt, dass ich am liebsten kiffte, wenn ich für mich allein war. Mir fiel es zugedröhnt schwer, an Gesprächen teilzunehmen, verpasste Zusammenhänge, konnte nicht folgen und driftete irgendwo anders hin. Für mich war es am schönsten, mir abends hinterm Eichion einen kleinen Stick zu genehmigen und mich dann ins Bett zu legen, vielleicht noch mit netter Musik aus den Kopfhörern oder einem Hörbuch.

„Wir haben drei Stücke so gut wie fertig", sagte Hektor stolz.

„Perfekt sind sie noch lange nicht", meinte Natz.

„Für den Auftritt im Stern wird's auf jeden Fall reichen",

sagte Lolli zufrieden.

„Ja, Ecken und Kanten ...“, sagte Clark „... Das ist Rock n Roll. Ich finde, die Mucke darf nicht zu glatt sein ... Die Gitarre muss klar klingen und gleichzeitig kreischen ...“

Sie sprachen über die Stücke, faselten über das Gesamtprojekt, redeten über den ersten Auftritt im Stern. Alle versprühten gute Laune, alle waren euphorisiert, sie waren die Band WAHN.

Plötzlich sagte Natz:

„Alles wird einen Sinn ergeben. Ich hatte heut Nacht einen Traum. Da war irgendein Ding, ich kann nicht sagen, was es gewesen ist. Krallen oder Hände, oder ein Kran ... Jedenfalls zog mich das Ding von irgendwas weg. Und jetzt kommt's: Ich sah mich von oben über Felder und Wiesen laufen. Es war hell. Aber der Himmel leuchtete rot. Und dann war da diese Mauer ... Ich kenn so ähnliche Bilder aus der Meditation ... Klar ... Aber ich wusste, du darfst auf keinen Fall hinter die Mauer blicken ... Hab ich aber trotzdem getan ...“

„Und was war da?“, fragte Clark ganz schnell.

„Schwärze ... Nichts als endlose Schwärze. Sie zog mich an. Ich stand auf der Mauer und wollte springen ... Es ging nicht ... mein Fuß hing wie festgeklebt an der Mauer fest. Meine Arme schwangen in die Schwärze. Schwerelos ... Ich hatte Schiss ... Und dann bin ich durch meinen eigenen Schrei aufgewacht ...“

„Echt abgefahrn“, sagte Hektor.

„Wenn ich bewusst in solche Sphären reise, ist alles klar“, fuhr Natz fort“, aber das war keine Absicht. Ich war völlig fertig ...“

Das Wochenende schrieb ich durch. Ich vergaß sogar das Zigarettenrauchen.

Aber immer mehr beschäftigte mich der Gedanke – vor allem seitdem Raja mir gesagt hatte, dass ich nicht ich selbst sei –, dass ich hier im Sanatorium ungewollt und ungefragt in eine esoterische Sache reingeraten war. Ich verstand mich überhaupt nicht als Esoteriker und mit Spiritualität wollte ich auch nichts weiter am Hut haben. Ja, richtig, ich hatte vielleicht ein paar spirituelle Gedichte geschrieben, Gedichte über meine Vorstellung über den Tod, oder besser gesagt, über das Leben danach, über die Unsterblichkeit der Seele. Aber ganz ehrlich – dieser ganze esoterische Kram aus dem SSH und dieses dogmatische Gequatsche von Eichel und der Ollen ging mir langsam aber sicher voll auf die Nüsse. Aber klar fragte ich mich auch: Wer bist du eigentlich wirklich? Was willst du? Die eine Antwort war: Du willst auf jeden Fall schreiben, so viel wie möglich. Alles, was dir gerade in den Sinn kommt möchtest du festhalten wie auf einem Foto. Aber würde ich eines Tages von der Schreiberei leben können? Dafür war es noch viel, viel zu wenig. Und ob ich gut war, wusste ich auch nicht. Solche Gedanken deprimierten mich, ich war ein Suchender, der überhaupt keine Vorstellung von der Zukunft hatte. Das Erste, was ich beruflich richtig ernst genommen hatte, war diese Stelle als Zivi im SSH. Und jetzt das!

Montag kam dann der Hammer. Ulrike stand im Morgenkreis, neben Miriam, im Rock. Ich hatte sie noch nie im Rock gesehen, sie sah total scheiße aus. Kurzerhand dachte ich, ich kann euch auch beide zusammen vögeln, vielleicht würde ja was gehen. Ulrike schielte zu mir rüber und ich hatte das Gefühl, sie guckte so, als ob sie ein Anrecht auf mich habe. Ich stellte mir vor, wie sie beide vor mir auf den Knien hockten, doch dann sagte ich mir: Hör auf mit diesen Gedanken! Vergiss beide! Warum dreht sich im Leben eigentlich alles um

Sex und Liebe? Warum macht man es sich so schwer? Prompt kam die Antwort: Weil man einen Schwanz und Phantasie hat! Weil man als Mann ficken will – und weil Frauen gefickt werden wollen! so einfach ist das!

Nachdem alle schön gesungen hatten und der Morgenkreis zu Ende gebracht war, zog Ulrike hinter der Ollen her. Miriam zwinkerte mir zu und verschwand raus in den Gemüsegarten. Ich hätte dieses Zwinkern als Aufforderung deuten können, doch was machte ich? Ich ging zu Eichel.

„Herr Eichel ...“, begann ich. „Ich weiß, es ist vielleicht der falsche Moment ...“

„Was haben Sie auf dem Herzen, Herr Sittich?“, sprach er wohlwollend.

„Der Papiersaal ... Es geht ja jetzt gerade richtig los ...“

„So ist es! Aber sagen Sie schon, Herr Sittich – ich bin mir sicher, wir finden eine Lösung ...“

„Mir geht's momentan nicht so gut ... Ich meine, gedanklich ...“

„Hat es was mit Ulrike Schneider zu tun?“

„Nein ... ich glaube nicht ... nein, wirklich nicht ... Ich habe das Gefühl ... na ja, ich habe das Gefühl, dass ich zurzeit lieber schreiben würde ...“

Schlagfertig sagte er:

„Ich mache Ihnen einen Vorschlag, Herr Sittich. Fangen Sie erst um zehn Uhr im Papiersaal an, davor schreiben Sie ...“

„Ja, das ist nett gemeint ... Aber ich glaube, ich brauche den ganzen Tag ...“

Er stutze und überlegte.

„Ich denke darüber nach“, sagte er schließlich. „Ich mache Ihnen vorerst den Vorschlag, dass Sie zwei Wochen frei haben können ... Sie wissen, ich schätze Ihre Anwesenheit sehr. Und Sie wissen ja, dass ich der Meinung bin, UNSERE Arbeit macht frei ... Und ich möchte der Erste sein, der liest, was sie dann am Ende geschrieben haben ..."

Lieber nicht, dachte ich.

„Zwei Wochen wären auf jeden Fall erst mal gut", antwortete ich.

Er reichte mir die Hand.

„Machen Sie was draus! Gehen Sie und schreiben Sie. Ich vertraue Ihnen!"

Einige Tage später war ich beim Alten und der Neuen eingeladen. Diesmal nicht zum Essen, sondern zu einer WICHTIGEN Besprechung. Ich saß gerade zehn Sekunden, da plärrte sie los. Ohne Kaffee, ohne Wasser, ohne Tee.

„Paul ... wirklich, das muss ich jetzt mal loswerden! Ich bin wirklich, WIRKLICH enttäuscht von dir! Warum bist du nur so?"

„Er war schon immer so", mischte sich mein Alter ein.

„Lass gut sein, Ernst", sagte sie mit Tränen in den Augen, die sie sich mit einer gelben Serviette wegwischte. Dann schnaubte sie rein. „Ich hatte dich gebeten, im Sanatorium das Sortiment von Vitalin XJ 9 anzupreisen ... Frau Darm und Herr Eichel hatten bis zu deiner Eröffnungsfeier davon noch nicht einmal den Namen gehört ..."

„Ja, tut mir leid ..."

„Wirklich ... eine ganz unangenehme Situation entstand für MICH! Und gerade nachdem ich mit dem Bürgermeister gesprochen habe, kam diese impertinente Frau namens Peters und sagte, Vitalin XJ 9 müsse man ja nun wirklich nicht unterstützen, diesen Industriekonzern ... Paul, Vitalin XJ 9 ist das Beste, was der Menschheit je passieren konnte. Das BESTE! Und gerade die psychisch Kranken müssen es wissen. Es gleicht einer Körperverletzung, ja, KÖRPERVERLETZUNG! wenn man diese armen Menschen im Dunkeln lässt. Depressionen, posttraumatische Belastungsstörungen, Angststörungen, Burn-Out, sogar Psychosen können geheilt werden, um nur einige Krankheiten zu nennen. Dein Vater möchte jetzt Referent werden, ja, REFERENT! oder sogar Dozent von Vitlalin XJ 9 bei der Bundeswehr ... Nicht wahr, Ernst?"

Er nickte. Ich musste mir das Lachen verkneifen. Sie las meine Gedanken. Hatte ja vergessen, dass sie HOCH-sensibel ist.

„Paul!", herrschte sie mich an, sie war kurz davor, die Kontrolle zu verlieren. „Ich dachte, wir sind eine FAMILIE! Da hält man zusammen! Ich fühle mich SO VERLETZT von dir! Das ist ein richtiger Stich ins Herz ..."

Der Alte legte seine Hand auf ihren Schenkel und tätschelte ihn. Ich fragte mich mal wieder, ob sie überall rasiert war.

„Und außerdem", machte sie weiter, „bist du nicht zum Seminar gekommen! Ich habe mich so auf dich verlassen. Frau Kolbe ist extra aus Dortmund angereist, mit ganz, ganz neuen Produkten. Kaum jemand war da. Drei Leute, mit deinem Vater und Frau Kolbe ... Schrecklich ..."

„Hm ...", machte ich. Und „Mhm ..."

„Du brauchst gar nichts zu sagen ... Uuähh ..." Jetzt heulte sie richtig. Die Blicke des Alten wollten mich massakrieren. Ich guckte nach unten. Sie schniefte in die Serviette.

„Es ist wirklich so unglaublich schwer ... Uuähh ... von Vitalin ... hgggg ... XJ 9 zu leben ... Wir haben ja soooo viele Ausgaben ... Das ganze Geld deines Vaters geht für Märkte, Seminare und Messen drauf ..."

„Ja, Paul hat ja ALLES von Opa GEERBT!", warf mein Alter ein. „Ich war ja sowieso immer nur das dritte Rad am Wagen!

Aber den roten Mercedes von Oma KRIEGE ICH! Da sprechen wir noch drüber, sag ich dir!"

„Oma lebt noch", gab ich zu bedenken.

Der Alte hatte keine Ahnung, dass Oma und Opa mir den alten Benz schon vor fünf Jahren für einen Euro verkauft hatten. Ich nickte ihm zu und holte mir in Gedanken einen runter.

„ICH BIN Vitalin XJ 9!", sagte die Neue. „Warum werden die Menschen nicht klüger? Ach, wenn ich nur weniger wüsste, was wäre das für eine Erleichterung! Und meine eigene Tochter nimmt es nicht einmal, nicht mal sie ... Alle lassen mich im Stich ... ICH BIN Ernährungsberaterin! Die Ausbildung war eine harte Schule! Es geht um die Zukunft aller Menschen auf der Welt!"

Sie laberte weiter, immer weiter, aber ich hörte nicht mehr hin. Ich dachte an Raja, an ihre Schwangerschaft und ob es wohl ein Mädchen oder ein Junge würde.

„Sag doch auch mal was, Ernst ..."

„Jawoll", sagte er „... Er hat sich mein Erbe ERSCHLICHEN!"

„Ach, das meine ich jetzt gar nicht! Du stehst doch auch voll hinter Vitalin XJ 9!"

„Ja, na klar, voll und ganz! Zu tausend Prozent!"

„Wenn ich fünf Millionen, ach vier würden ja schon reichen, gewinnen würde ... als erstes würde ich meine Familie unterstützen ... Auch du würdest was kriegen, Paul ... Und dann würde ich SEHR, SEHR viel spenden ..."

Jetzt ging der Scheiß wieder los. Ich hasste dieses Gelaber. 6er im Lotto. JEDEN würde sie unterstützen. Das schlechte Gewissen entlassen, jetzt schon auf spendabel machen, damit der göttliche Funke vom Herrn über sie auf den Lottoschein überspringt, den der Alte jede Woche bezahlt. Ihr Vitalin XJ 9-Schneeballsystem verschluckte Tausende von Euro. Jetzt klopfte er ihr auf die Schulter. Er zeigte Gefühl. Mir gefielen ihre kleinen Titten.

Sie fragte mich direkt:

„Warum unterstützt du mich nicht, Paul?"

„Ich kenne mich einfach noch zu wenig aus ..."

„Das Sanatorium könnte so ein wertvoller Kunde von mir sein. Es geht mir ja nicht um Geld, geht es mir nie! Mir geht es um LEBEN! Es tut mir weh, so weh, wenn ich diese armen, kranken Menschen sehe, denen es so gut gehen könnte. Ihr esst doch auch diese guschoianische gesunde Vollwertkost, die so voller Vitamine ist ... Ich hab's ja bei deiner Eröffnungsfeier selbst gesehen und probiert. Was für ein Buffet! Was sind denn da noch sechsundneunzig Cent am Tag für zwei Pillen! Wenn man was auf Vitalin XJ 9 hält, hat man das Geld übrig. Jeder! Und die Cremes ... und der Saft ... und bald gibt es SOGAR ein hochkonzentriertes Vitalin XJ 9-Mundspray, das sofort über die Schleimhäute im ganzen Organismus aufgenommen wird. Besser und direkter kann man keine Vitamine, fünfundvierzig Obst- und Gemüsesorten, zu sich nehmen ..."

Mir qualmte der Kopf, aber sie machte weiter:

„Ich bin ja keine Missionarin und kein Moralapostel, aber es MUSS sich etwas ÄNDERN ..."

Ich konnte nicht mehr.

„Ich muss aufs Klo ...", sagte ich.

„... Der Stuhlgang deines Vaters ist seit zwei Jahren eine einzige schöne Masse, nicht wahr, Ernst ... Bei unserer letzten Darmkur ..."

Er nickte stolz.

Ich pisste im Stehen und wischte die Tropfen auf dem weißen Klorand mit der Hand weg.

Zum Abschied drückte ich sie ihnen herzvoll.

Ab und zu kokste ich wieder. Ich hatte es auch wieder ein paar Mal während des Schreibens versucht, doch dann rasten meine Gedanken so rasant los, dass ich mit den Worten und geschweige denn mit ganzen Sätzen nicht nachkam. Meine Finger waren zu langsam. Und oft vergaß ich, was ich drei Seiten vorher geschrieben hatte, weil meine Ideen nur nach vorn preschten und keinen Zusammenhang mit dem Vorherigen herstellen konnten. Udo hatte mir zwar diesmal noch ein paar Gramm besorgt, aber er selbst hielt immer noch eisern durch, und eigentlich hatte es nur mit ihm zusammen so richtig Spaß gemacht. Das Zeug war nicht ganz sauber, es war mit irgendwas Beschissenem gestreckt, wahrscheinlich mit Speed. Wenn die Wirkung nachließ, fing ich an zu heulen und hatte Zwangsgedanken. Ich dachte stundenlang darüber nach, dass es mein Recht sei, mir das Leben zu nehmen, denn es war ja schließlich mein Leben, ich konnte damit machen, was ich wollte. Wenn mir was gehört, dann mein Leben, dachte ich. Wenn sich meine Gedanken dann wieder etwas erholten, dachte ich an Raja, ihre Schwangerschaft und meine Liebe zu ihr. Wie ging es ihr? Wusste ihr Freund schon Bescheid? Wollte er das Kind jetzt doch? Die derben Gedanken und das schlechte Koks machten mich langsam groggy. Dennoch brachte ich es nicht, das Zeug im Klo runterzuspülen oder es zu verschenken. Am besten kam ich mit dem Schreiben voran, wenn ich über Tage hinweg gar keine Drogen anrührte, nicht mal Alkohol trank, was natürlich auf Dauer gesehen ein Witz war. Ein so trostloses Leben wollte ich nicht führen.

Vielleicht solltest du verreisen, dachte ich. Aber würde ich meine finsteren Gedanken nicht mitnehmen? Ich konnte sie ja nicht einfach wegschmeißen wie faules Brot. Selbst Udo hatte sich bei unserem letzten Deal für eine Zeitlang Abstand erbeten, er sagte, er wolle mit seiner Freundin ein neues Leben beginnen, ein Leben ohne Drogen und Paranoia, sie dachten sogar über ein Kind nach. Lolli konnte ich auch nicht mehr in Anspruch nehmen, er war ganz und gar in sein Projekt „Stern“ vertieft. Clark, Klemens, Hektor und Natz waren eine eingeschworene Einheit, da gehörte ich nicht wirklich zu.

Meistens hatten mich die Drogen gut draufgebracht, aber wenn es nur noch schlechtes Koks gab ... Es musste was Anderes her.

Da mich meine Gedanken völlig annervten, trank ich ein paar Flaschen Bier und fuhr auf der Vespa zum Parkhaus. Keiner war da. Das wurmte mich. Ich wollte nicht allein sein. Ich fuhr auf gut Glück zu Lollis neuer Wohnung. Aber da war auch keiner. Eigentlich wollte ich nicht, ich hatte keine Lust zur Halle zu fahren, weil ich keine Lust auf irgendwelche fremden Leute hatte, denn irgendwer außer Lolli war anscheinend immer da. Trotzdem machte ich mich auf den Weg, besser als ganz allein sein, dachte ich. Bevor ich aber hinfuhr, guckte ich noch auf dem Spielplatz nach Lutz und Rainer, was eigentlich Schwachsinn war, denn es hatte schon vor einer halben Stunde angefangen zu gallern.

Als ich schließlich am Stern ankam, goss es in Strömen. Ich stieg ab, bockte die Vespa auf und drückte die Tür auf. Hätte mich nicht auf der Stelle Clark erspäht, wäre ich trotz des Regens wieder abgehauen. Die Halle war voller Menschen. Vierzig, fünfzig oder sogar sechzig. Es hätten sicherlich auch zweihundert Platz gehabt, aber ich fand diese Ansammlung schon äußerst beachtlich. Ich stellte meinen Helm neben die Tür und trat auf Clark zu. Er hatte gerade mit einer Frau geredet.

„Was ist denn hier los?“, fragte ich.

„Weißt du es wirklich nicht?“

Ich schüttelte den Kopf.

„Komisch, dass du es nicht mitgekriegt hast ..."

Ich wusste nicht, was er meinte, aber nach Party sah es irgendwie nicht aus.

„Wir meditieren heute alle zusammen", eröffnete er mir. „Bill Mulford ist hier, ein ganz großer Medi-Meister aus den USA. Natz hat ihn in Indien kennengelernt."

„Aha ..."

Ich wollte gerade die Leute etwas genauer unter die Lupe nehmen, als ein warmer, dumpfer Gongschlag ertönte. Kurz darauf wurde es still und alle machten sich auf zu den roten und grünen Matten, die überall rumlagen. Die meisten hatten bequeme Hosen an, sie waren barfuß oder in diesen komischen schwarzen oder weißen Balettschühchen. Also schlüpfte auch ich aus meinen Schuhen und stellte mich neben Clark und der Frau auf eine blaue Matte. Drei Minuten tat sich gar nichts, man hörte nur den Atem einiger Leute, ich war nervös. Mulford, der Medi-Meister, ein kleiner dürrer Mann mit Glatze und Vollbart und gelber Kleidung, schritt auf das Podium, blieb stehen und hielt seine Arme verschränkt vor der Brust, die Augen fest verschlossen. Alle anderen standen nun genauso. Ich war einer der wenigen Beobachter, der zwar auch die Arme verschränkt, aber die Augen geöffnet hatte.

Ein leises Trommeln erklang aus den Lautsprechern. Die ersten Leute begannen leicht mitzuwippen. Mulford stand nach wie vor starr wie ein Turm. Die Trommeln wurden etwas lauter und Mulfords Oberkörper begann sich aus der Hüfte heraus zu bewegen, er schwankte in alle Richtungen, seine Füße blieben aber fest und steif mit dem Boden verankert. Ich kam mir ziemlich blöd vor, wippte aber auch im Takt. Das Getrommele nahm nun mehr Geschwindigkeit auf. Und mit jeder Minute wurde es lauter. Mulfords ausgestreckten Arme begannen zu rudern und zu kreisen, auch sein Kopf bewegte sich im Kreis und fiel in den Nacken, alles im Rhythmus, der obere Teil seines Körpers dehnte und bog sich wie ein Schlangenkörper, darauf wabbelte er richtig. Die Leute fingen an, wilder zu tanzen. Zum Glück war zwischen den Matten genügend Platz, so dass keiner die Arme und Hände des Nachbarn abbekam. Die meisten Leute hatten noch immer die Augen zu, anscheinend wussten sie, was zu tun war. Und plötzlich wurde auch ich vom Rhythmus gepackt. Ich ließ die Lider fallen und gab mich hin. Das Trommeln wurde lauter, immer lauter, schneller und immer schneller. Mir war heiß. Ich spürte Schweiß. Erst auf der Stirn und im Nacken, dann im ganzen Gesicht und auf dem Oberkörper. Ich vergaß den Schweiß, tanzte weiter, war Rhythmus, war Trommel. Ich weiß nicht, wie lange das ging, aber auf einmal war es mucksmäuschenstill. Mein Körper bewegte sich noch kurz weiter, ich öffnete die Augen und erfasste warmes schummriges Licht. Einige Leute saßen oder lagen bereits auf den Matten. Auch ich setzte mich bequem hin. Im nächsten Augenblick war die Halle schwarz. Bunte Lichter schwirrten trotzdem überall rum. Mir war schwindelig.

„Es ist gut ...“, hörte ich eine leise zarte Männerstimme aus den Lautsprechern ertönen. „Legt euch auf den Rücken ... und atmet ... atmet tiefe lange Züge ...“

Ich hörte meinem Atem zu, ich spürte mein Herz pochen. Der Schwindel verflog, ich beruhigte mich, fühlte mich leer und leicht. Dann schlief ich ein. Oder? Als der Gong erneut ertönte, musste ich mich strecken. Das Licht war gedimmt. Ich setzte mich auf und guckte mich um. Auch andere streckten ihre Glieder, die meisten saßen im Schneidersitz. Bill Mulford stand vorn, seine Handinnenflächen vor dem Gesicht fest zusammengedrückt und aufrechtstehend. Vielleicht fünf Minuten. Dann verneigte er sich dezent und lächelte sanft. Die ersten erhoben sich, Getuschel erfüllte die heiße Luft. Ich stand auch auf und stellte mich dicht neben Clark.

„Kommt, wir gehen zum Tresen ...", sagte er zu mir und der Frau. Dort trafen wir auf Klemens, Hektor und Natz. Mulford war nirgends mehr zu sehen. Alle schienen ein geheimnisvolles Lächeln im ganzen Gesicht zu tragen. Einerseits fühlte ich mich wie berauscht, wie auf irgendeiner Droge, die ich noch nicht kannte, anderseits war ich glasklar.

„Wie lange ging das?", fragte ich in die Runde.

„In der Stille etwa vierzig Minuten", sagte Klemens.

„Mir kam es vor wie fünf Minuten", meinte Clark.

Natz sagte:

„Da, wo wir waren, gibt es keine Zeit. Macht euch keine Gedanken darüber."

„Ach, Paul", sagte jetzt Hektor, „wir haben übrigens schon den fünften Song fertig." Mit diesem Satz brachte er mich wieder auf den Boden zurück. Ich freute mich. Er fügte hinzu:

„Wenn es so weitergeht, können wir bald ne Demo-CD aufnehmen."

„Dafür sind die Songs noch nicht gut genug", sagte Natz. „Ich will sie makellos."

„Rock n Roll ist nie makellos", gab Hektor an. Warum auch immer, schien er irgendwie genervt und nicht so ausgeglichen wie alle anderen.

Ich arbeitete wieder und hätte liebend gern Eichel von dem wundersamen Meditationsabend berichtet. Ich hatte wirklich das Gefühl gehabt, seelenruhig durchs Leben zu schweben, noch Stunden danach. Nichts konnte mich erschüttern. Aber ich wusste, dass es für ihn viel zu viele Scharaltane gab. Fast alle anderen esoterischen Gruppierungen waren seiner Meinung nach Sekten und Seelenfänger oder sogar Teufelsanbeter. Liebherr Guscho, er war das Maß aller Dinge, nichts ging drüber, nichts war wahrer, nichts heiliger. Für mich blieb die Guschoianik diffus. Es gab keine praktischen Übungen, mit denen man zum Beispiel in so einen tranceartigen Zustand, wie ich ihn nun kennengelernt hatte, gelangen konnte, und die massenhaften guschoianischen Themen wollten für mich nicht greifbar werden. Auch mit den Körperübungen der Guschorik konnte ich nichts anfangen, im Gegensatz zu der Meditation mit Bill Mulford kam mir die gesamte Guschoianik jetzt wie ein Kindertheater vor. Wir hingen schon seit acht Monaten an demselben Buch rum und Eichel hatte es so gut wie allein besprochen. Er sagte oft: „Ist es nicht herrlich! Ist es nicht herrlich und ein riesiges Geschenk, dass wir hier in diesem wundervollen Begegnungssaal zusammensitzen und über Liebherr Guschos Themen philosophieren dürfen!? Was wollen wir mehr!? Das ist Glück, meine Damen und Herren! Wahres Glück! So ernten wir wahres Wissen!"

Alle blieben ruhig, die meisten lächelten, die Olle nickte andauernd und himmelte ihn vollends an.

Es kam der Montag, an dem ich den ersten betreuten jungen Mann im Papiersaal aufnahm. Er war neunzehn, hieß Jonas und war gerade mit der Schule fertig. Ein aufgeweckter Junge, aber geistig nicht ganz auf der Höhe. Ich hatte den Eindruck gewonnen, dass Eichel genau nach solchen Patienten suchte. Jung, unselbständig, etwas behindert und dazu auch noch mit psychischen Einschränkungen. Von diesen jungen Leuten, ob

Mädchen oder Jungs, gab es in den Werkstätten jetzt schon etwa zehn bis zwölf. Und genau diese bezogen die Zimmer in den drei Häusern des Eichion. Zwei Häuser sollten noch im nächsten Viertel Jahr dazukommen.

Eichel holte sich genau diese jungen Leute für seine Lieder. Er brachte ihnen das Singen zur Bratsche bei. Und Frau Darm forderte sie zu ihrer völlig hirnlosen Guschorik auf. Die Armen, die wissen doch gar nicht, was sie da tun, dachte ich, wenn ich sie zusammengepfercht im Begegnungsaal sah. Sie wussten garantiert nicht, wozu das alles gut sein sollte. Die schweren deutschen Texte, die ihnen Eichel vorleierte, verstanden sie sowieso nicht, aus dem einfachen Grund, weil sie keiner verstand, ich wette, nicht mal Eichel selbst. Und dann jeden Morgen diese eigenartigen Bewegungen, die die Olle vormachte, wobei sie ihre skurrilen Geräusche ausstieß, waren mehr als mysteriös. Die jungen Leute konnten sich dem nicht entziehen, müpfte jemand auf, wurde mit ihm oder ihr ein ernstes Wort gesprochen. Ich fand, sie wurden regelrecht eingeschüchtert und verbogen.

Mein neuer Mitarbeiter schien ein glücklicher Typ zu sein. Feinmotorisch hatte er aber gar nichts drauf. Sollte er die Pinselborsten in Leim eintauchen, so war der halbe Stiel des Pinsels versaut. Stattdessen sang er die ganze Zeit Udo Lindenberg-Lieder und lachte. Ich freute mich sehr über ihn. Aber schon am zweiten Tag kam Eichel reingeplatzt und sagte streng: „Singen können Sie die Lieder, die ich hier vorgebe! Das ist doch dieser Grölemeyer!“ Mit diesen Worten schloss er wieder die Tür, und das nicht gerade zaghaft. Jonas war mit einem Schlag traurig. Er tat mir leid. Von da an summte er nur noch. Wenn Eichel reinkam, verstummte er ganz. Aber immerhin sang er fleißig und hingebungsvoll zu den Bratschentönen mit. Es schien ihm zu gefallen, dass er überhaupt singen durfte.

Scheiß drauf!, sagte ich mir endlich und rief am Nachmittag Raja an. Sie ging gleich ran und behauptete, sie freue sich, mich zu hören.

„Ich hab's nicht mehr ausgehalten", gab ich zu.

„Ja, ich hätte dich schon längst anrufen sollen ... Aber mein Freund hat zurzeit durchgehend Nachtschicht und ist tagsüber zu Hause. Und abends, bevor er ins Krankenhaus fährt, essen wir gemeinsam ..." Bla, bla, bla ... Mit jedem Wort verletzte sie mich mehr. Also sagte ich prompt:

„Wenn ich dich öfter sehen könnte, würde es mir bessergehen. Wie geht es dir denn?"

„Gut ... Es tut mir leid, Paul. Ich halte dich ab jetzt auf dem Laufenden, versprochen ..." Es entstand eine Pause, dann sagte sie in veränderter Stimmlage: „Ich hab total Heißhunger auf Alles. Ich glaube, ich hab schon zwei oder drei Kilo zugenommen. Hoffentlich werde ich nicht ganz so fett ..." Sie lachte. Ich konnte nicht mitlachen. Wieso bekam dieser Scheiß-Hassan ihre Schwangerschaft hautnah präsentiert und ich nicht!?

„Weiß er inzwischen was?", fragte ich.

„Nein, noch nicht."

„Und wie willst du es ihm verheimlichen, wenn du jetzt schon dicker wirst? Wann willst du es ihm denn überhaupt sagen?"

„Ich brauch noch etwas Zeit." Auch ihr war jetzt das Lachen vergangen. Ich war nicht traurig drum. „Aber ich sag's ihm in den nächsten Wochen ..."

„Und was?"

„Na, was schon ... Natürlich künstliche Befruchtung!"

„Und das glaubt er dir?“

„Er hat mir gestern einen Heiratsantrag gemacht ...“

„Aha ...“

„Paul, ich liebe ihn ... ich ...“

„Und ICH LIEBE DICH! VERDAMMTE SCHEISSE!“ Ich schmetterte das Handy gegen die Zimmerwand. Wieder eins hinüber. „Du Fotze!“, schrie ich durchs Zimmer. „Du verschissene Schlampe!“

Ich musste einen kiffen, hatte aber nichts mehr. Es war acht Uhr. Es war ein warmer Tag, vielleicht hätte ich Glück und Rainer und Lutz wären auf dem Spielplatz. Wie ein Besenkter röhrte ich durch den Verkehr. Natürlich waren sie nicht da. Das Leben war ungerecht. Ich hasste es. Also raste ich weiter zum Parkhaus. Es drang auch wirklich Musik aus dem Raum, aber ein ganz fremder Sound. Neugierig zog ich die Stahltür auf. Auf den ersten Blick machte ich sechs junge Frauen aus. Sie sahen mich an und ließen eine nach der anderen ihre Instrumente verstummen.

„Hallo ...“, sagte ich.

„Können wir dir helfen?“, fragte eines der Mädchen. Im Grunde waren es noch Mädchen. Ich schätze sie alle auf etwa zwanzig.

„Ähm ... eigentlich dachte ich ... dass vielleicht die Jungs von Wahn hier sind.“

„Dienstags und donnerstags sind unsere Tage“, sagte dieselbe. „Aber du kannst gern die Tür von innen schließen und dich setzen.“

Allein durch diesen Satz besserte sich meine Laune. Ich setzte mich aufs Sofa und hörte ihnen zu. Etwas jazzig, nicht so laut und gewaltig wie WAHN, sehr gefühlvoll, fand ich, mit der wundervollen Stimme derjenigen, die mich soeben eingeladen hatte. Besonders sprach mich das Saxophon an. Die Musik berührte mich, ich bekam eine Gänsehaut nach der anderen. Stundenlang hätte ich nur dasitzen und zuhören und zuschauen können, eine war schöner als die andere. Schließlich läutete die Sängerin eine Pause ein.

Sie setzten sich zu mir. Keine steckte sich eine Zigarette an, alle tranken Wasser oder Schorle oder so was. Ich hatte den Eindruck, sie sahen irgendwie rein aus. Nicht übermäßig geschminkt, keine abgefahrenen Klamotten, keine Parfümwolke, ganz natürlich wirkten sie auf mich. Ich wusste nicht, in welche ich mich zuerst verknallen sollte. Doch die Sängerin fand ich unglaublich schön. Und als sie mich mit ihrem Blick zu durchdringen schien, begann mein Herz schneller zu schlagen.

Sie sagte:

„Also, ich bin Samira. Und wie heißt du?"

„Ich heiße Paul." Ich lächelte sie voll an.

„Ich bin Daria ...", holte mich das Mädchen, das so wundervoll Saxophon gespielt hatte, zurück in diese Welt.

„Kassandra", sagte die Trommlerin.

„Ich bin die Bona", stellte sich die Gitarristin vor.

„Bona?", fragte ich, von Neugier erweckt, weil ich diesen Namen noch nie gehört hatte.

„Kommt aus dem Lateinischen. Kommt hier nicht so oft vor."

„Ich heiße Stella und spiele Bass", sagte die nächste.

„Ich bin Irene und versuche mich am Klavier", sagte die Letzte.

Noch nie hatte ich so viel Schönheit geballt auf einem Haufen gesehen. Da saßen vor mir sechs Mädchen, so natürlich und schön, dass ich nicht mehr klar denken konnte.

„Ähm ... ich geh dann mal und lass euch weitermachen ...", sagte ich, weil ich das Gefühl hatte, irgendetwas sagen zu müssen.

„Ich muss auch los“, sagte Samira, die Sängerin. „Die Klausur morgen um acht lässt sich leider nicht verschieben. Ich hab noch nichts dafür getan.“

Gemeinsam verließen wir den Übungsraum, ließen den Fahrstuhl links liegen, um die Treppe hinunterzusteigen.

„Machst du auch Musik?“, fragte sie.

„Nee, ich hab nur ein paar Texte für WAHN geschrieben.“

„Ach, du schreibst ... Toll. Du bist jung für einen Schriftsteller.“

„Findest du?“

Sie nickte und strahlte mich an.

„Na ja“, sagte ich, „ich würde mich noch lange nicht Schriftsteller nennen.“

„Wer sind denn für dich Schriftsteller?“

„Ach, da gibt's ne ganze Menge.“

„Zum Beispiel?“

„Ach, egal, wahrscheinlich nur die Üblichen ...“

„Wenn du meinst ... Schreibst du auch noch was anderes, außer Texte für Bands?“

„Ich versuche mich gerade an einem Roman ...“ Ich traute mich nicht zu sagen, dass es eine Autobiografie war.

Sie fragte:

„Denkst du dir deine Geschichten alle selbst aus?“

„Na ja, man lässt sich ja von allem Möglichen beeinflussen. Hemingway sagte, er schreibe nur Sachen, die wahr sein könnten ...“

Inzwischen standen wir vor dem Parkhaus.

„Also, mir fällt es schwer, Texte zu schreiben. Außerdem nehmen wir jeden Text hundertmal auseinander. Manchmal diskutieren wir einen Satz eine Stunde lang, und einen ganzen Text eine ganze Nacht. Anstrengend ... Schau doch mal wieder vorbei, wenn du in der Nähe bist. Würde mich freuen. Kann aber sein, dass dann noch mehr Gäste da sind.“

Samira hatte mich total geflasht. Ich war wie besoffen. Sowieso hatte ich während der einen Stunde im Übungsraum nicht ein einziges Mal mehr an einen Joint gedacht. Ich setzte den Helm auf und wollte die Vespa starten, doch sie sprang, wie so oft, nicht an. Plötzlich stand ein anderes der Mädchen, die Schlagzeugerin, vor mir. Ich hatte ihren Namen vergessen.

Sie sagte gerade heraus:

„Lass dich bloß nicht von ihr einlullen." Sie guckte mich scharf an.

„Wie bitte?"

„Lass dich nicht von ihr einlullen."

„Ähm ... "

„Sie spielt nur. Ich sag's ja nur. Aber wie ich sehe, hat sie dich schon um den kleinen Finger gewickelt ..."

„Wie kommst du auf so was?", fragte ich etwas genervt über ihre plumpe Anmache. „Wir haben uns nur von oben bis unten unterhalten ..."

„Aha, von oben bis unten ..."

„Witzig."

Statt darauf noch etwas zu erwidern, fragte sie:

„Hast du noch Zeit?"

Die Frage kam überraschend. Aber wenn ich bejahte, könnte ich vielleicht mehr über die Band erfahren, vor allem über Samira. Sie schlug vor, auf die gegenüberliegende Straßenseite zum Italiener zu gehen. Da der Abend noch ziemlich mild war, nahmen wir draußen Platz. Ich zündete das Teelicht im Glas an. Der Kellner trat heran und legte zwei Karten hin.

„Also, ich möchte nur was trinken", sagte sie.

„Ja, ich auch. Wie siehts mit ner Karaffe Rotwein aus?"

„Gerne."

Der Kellner nahm die Karten wieder mit und sie sagte es

noch einmal:

„Samira lullt alle ein. Sie spielt und spielt und spielt. Ich will dich nur warnen. Sie benutzt euch Jungs und lässt euch dann fallen. Ist ihr scheißegal, wie es euch hinterher geht."

„Entschuldige, aber ich habe deinen Namen vergessen", sagte ich.

„Kassandra."

„Und wieso erzählst du mir das, Kassandra? Weiß sie, wie du über sie denkst?"

„Die ganze Band denkt so über sie. Ich habe ihre Blicke gesehen. Glaubst du, sie schreibt morgen wirklich eine Klausur? Sie wollte dich nur nach unten begleiten, den ersten Schritt festigen. Bestimmt hat sie dich eingeladen, mal wieder vorbeizuschauen? So macht sie's mit jedem."

Ich fand Kassandra ziemlich scheiße, ich fand sie scheiße, weil ich Samira so unglaublich nett und schön fand. Und überhaupt, was verspricht sich Kassandra davon, sie so dermaßen schlecht zu machen? Da muss ganz schön was hinter stecken, dachte ich, also fragte ich:

„Wenn sie so doof ist, warum sucht ihr euch dann nicht eine andere Sängerin?"

„Wir beide haben die Band gegründet, sie ist meine Schwester ... Na ja – Halbschwester."

Jetzt, wo sie das sagte, fiel mir tatsächlich auf, dass sie sich ähnlich sahen. Kassandras Gesichtszüge wirkten etwas strenger, die Lippen etwas dünner und verkrampfter, aber die braunen Augen und die schwarzen gelockten Haare hatten beide.

„Hm ...", machte ich, weil mir nichts anderes einfiel. Doch dann sagte ich: „Habt ihr denselben Vater oder dieselbe Mutter?"

„Denselben Vater ... Spielst du auch bei Wahn mit?"

„Nee, dazu bin ich zu unmusikalisch."

„Jeder Mensch ist musikalisch."

Wir stießen unsere Weingläser leicht zusammen und nippten. Sie kam wieder zum alten Thema:

„Na ja, ich wollte dich wie gesagt nur warnen, falls du den Fehler machst und dich in sie verknallst."

„Das ist nett von dir. Aber ich glaube, ich kann selbst auf mich aufpassen." Ich wusste zwar nicht, ob das stimmte, aber ich fand, dass es sich erst mal gut, fast schon männlich, anhörte.

„Samira bricht Herzen", setzte sie noch einen obendrauf. „Alle!"

„Erzähl mir lieber was über dich", bemühte ich mich, das Thema umzuschwenken.

„Ich hab mal einen Jungen geliebt ... Wir waren fast ein Jahr zusammen ..." Sie brach ab und starrte zum Weinglas. Dann fuhr sie fort: „Es ging gut, bis sie mir dazwischengefunkt hat ..." Ich sagte nichts dazu, was auch? Dann fing sie zu erzählen an, dass sie seit ihrem achten Lebensjahr Schlagzeug spiele und Musik studieren wolle, am liebsten in Berlin. Samira habe einen Studienplatz in Hamburg, natürlich Psychologie, damit sie die Jungs noch verrückter machen könne.

„Würdest du mich noch nach Hause begleiten?" fragte sie schließlich.

„Wo wohnst du denn?"

„In Waldheim."

„Nette Gegend."

„Ja, kann sein. Ich bin da aufgewachsen."

„Ich bin mit der Vespa da. Ich hoffe, sie springt jetzt an."

„Ich bin mit dem Fahrrad hier ... Dann wirst du mich wohl leider nicht begleiten können. Aber wenn du willst, können wir uns ja in einer halben Stunde bei mir zu Hause treffen. Wenn die Vespa nicht anspringt, nimmst du drüben den Bus ..."

Ich hatte keine Ahnung, was das sollte. Mein Gefühl sagte mir: Mach das lieber nicht, das könnte in die Hose gehen. Aber ich war von Neugier zum Bersten geladen. Sie sagte mir die Straße, in der sie wohnte.

„Okay“, sagte ich.

Nach dem vierten oder fünften Startversuch sprang die Karre an, und auf dem Weg nach Waldheim dachte ich mehrere Male daran abzubiegen und nach Hause zu fahren. Stattdessen parkte ich vor einer fetten grauen Villa. Während ich eine rauchte, ging ich die ruhig gelegene Straße runter und bestaunte die schönen Villen samt Vorgärten. Etwas später kam sie angeradelt.

„Mit wie viel Leuten bewohnt man denn so ein Haus?“, fragte ich beeindruckt.

„Wir sind zu fünft. Mein Vater, meine Stiefmutter, mein kleiner Bruder, Samira und ich. Komm, ich zeig dir alles. Ist keiner da, wie immer.“

Wir betraten das Haus durch eine mächtige schwarze Stahltür. Ich fand den Geruch etwas eigenartig, vielleicht leicht muffig, aber so ist es wohl in manchen alten Häusern, dachte ich. Zuerst führte sie mich ins Wohnzimmer, wo ein schneeweißer Flügel mitten im Raum stand. Die Möbel waren stylisch, cremefarben, alles im Detail zueinander abgestimmt. An den Wänden hingen ein paar Bilder, die nicht unmodern aussahen.

„Was möchtest du trinken?“, fragte sie.

„Gern ein Glas Wein.“

Sie holte eine angebrochene Flasche aus einem anderen Zimmer und bot mir Platz auf dem Sofa an. Sie schenkte ein und sagte, sie gehe sich kurz umziehen, ich solle mich wie zu Hause fühlen. Witzig! Ich traute mich kaum zu trinken, weil ich Angst hatte, es könnte ein Tropfen aufs Sofa spritzen. Als sie nach fünf Minuten wiederkam, hatte sie ein weißes Top an, einen kurzen schlichten Rock und keine Socken und Schuhe. Aus dem Zopf war volles, langes, lockiges Haar geworden.

Sie setzte sich neben mich. Sie setzte sich ein Stück zu dicht neben mich, unsere Beine berührten sich. Als wir uns zuprosteten, sahen wir uns einen Augenblick zu lang in die Augen. Sie nahm mir mein Glas ab und stellte es auf den Tisch. Ohne weiter zu zögern, griff sie meine rechte Hand und führte sie unters Top. Sie trug keinen BH. Ihr Blick war sanft. Klar war, sie wollte es.

„Bist du sicher, dass du das willst?“, fragte ich trotzdem.
Sie blieb ernst, nickte und sagte:

„Ja sicher will ich ... aber nicht hier ...“

Sie zog mich die Treppe hinauf in ihr riesiges Zimmer. Wir ließen uns ins blaue Himmelbett fallen. Es war wundervoll. Alles was wir taten, kam mir natürlich vor, wir hatten keine Scheu voreinander. Selbst nachdem ich zum Abschuss gekommen war und sie nicht, schmiegte sie sich noch wie ein Kätzchen an mich. Eine viertel Stunde blieben wir liegen, dann sagte sie:

„Ich fand's schön ... Aber die kommen bald alle wieder. Von mir aus können wir uns wiedersehen.“

Diesmal lag der Briefumschlag auf dem Laptop. Es war also jemand im Zimmer gewesen! was ja eigentlich als Tabu gelten sollte. Aber Eichel nahm sich hier alle Freiheiten, die er sich nehmen wollte, offenkundig heraus. Und wenn ihm danach war, ein Zimmer zu betreten, tat er das.

Mein lieber, lieber Paul,

du bist mein Gedicht.
Du bist meine Sehnsucht.
Deine Seele ist mein Licht.
Und ich bin deine Schlucht.

In ewiger Liebe

Ich nahm mir vor, die Briefe nicht mehr ganz so ernst zu nehmen, bestimmt war es wirklich irgendeine verrückte Patientin, zum Beispiel die hoch manische Susi, die sich entweder tatsächlich einbildete, mich zu lieben oder die mich nur aus purem Spaß verarschte. Merkwürdig war nur, dass der erste Brief im Haus meines Alten gelandet war.

Am nächsten Morgen war ich ausgeruht und voller guter Laune. Ich muss schon sagen, dass ich etwas verknallt war in Kassandra. Ich wollte so schnell wie möglich wieder mit ihr vögeln. Ich hatte Lust sie zu benutzen, ich wünschte mir eine Affäre mit ihr. Und ich fand, auch bei einem Techtelmechtel darf man verknallt sein. Das macht die ganze Sache doch viel liebenswerter, geiler und schöner, dachte ich.

Ich war in meine Arbeit vertieft, als es am Türrahmen klopfte. Die beiden Frauen klebten Pappen für Schachteln zusammen und Jonas übte sich im Schönschreiben – ein Auftrag von Eichel.

„Guten Tag“, sagte die Frau, „sind Sie Herr Sittich?“

„Ja, Guten Morgen.“

„Ich bin Frau Jakob, ich soll mich heute für eine Stelle in der Papierwerkstatt vorstellen.“

„Oh ja, kommen Sie doch rein und setzen Sie sich. Ich sage

Herrn Eichel Bescheid."

„Ist das schön hier", schwärmte sie. „Diese Helligkeit ... und die herrlichen Orchideen ..."

Ich fand sie nett. Was ihr vor allem sofort einen dicken Pluspunkt bescherte, war, dass sie keinen Rock, keine Wollsocken, keine Sandalen und keine Leinenweste trug. Sie hatte Jeans, Stoffschuhe und ein schlichtes T-Shirt an. Und – OH NEIN! ihr Haar war gefärbt! und dann auch noch blond! Ich lächelte freundlich und ging zu Eichels Büro. Frau Darm war auch gerade da, also hatte ich sie beide am Hacken.

„Guten Morgen, Frau Jakob", sagte gleich die Olle. „Es ist ja so schön, dass Sie zu uns gefunden haben. Die Wege sind doch unergründlich, nicht wahr ..." Sie reichte ihr die Hand und legte die linke sofort auf ihre rechte. Eine wirklich warmherzige Begrüßung.

Auch Eichel reichte ihr die Hand.

„Gehen wir in die Ruhezone", schlug er vor.

Frau Darm sagte, sie hole noch Tee und Kuchen aus der Küche. War natürlich alles von ihr vorbereitet worden. Bei Vorstellungsgesprächen oder auch wenn wichtige Damen oder Herren aus Behörden auftauchten, gab es selbstgebackenen Kuchen und Tee, Bestechung auf guschoinasche Art und Weise. Eichel hatte die Angewohnheit, die sowieso schon zu kleinen Tassen, nur zu zwei Dritteln zu füllen, nicht unbedingt aus Geiz, dabei, wer weiß, aber ich glaubte eher, weil er es vornehmend fand. Aber beim Nippen schlürfte er dann jedes Mal wie ne Klospülung.

„Also, Frau Jakob", riss er das Gespräch an sich. „Wie Sie sicher wissen, sind wir ein guschoianisches Unternehmen ... das heißt, wir sollen in einigen Tagen im Guschoianischen Deutschen Verband aufgenommen werden. Die Aufnahme zieht sich bereits seit vier Jahren hin. Immer wieder wurden wir von Leitern anderer guschoianischen Einrichtungen in Augenschein genommen. Es ist also gar nicht so leicht, sich diesen wunderbaren Titel zu erwerben ... Wie dem auch sei, ich freue mich sehr, Sie in diesem Hause begrüßen zu dürfen." Er nahm seine Tasse und schlürfte. Dann langte er mit der Gabel zum Kuchen. Er fraß mit offenem Mund.

„Ja, danke", sagte Frau Jakob. „Ich freue mich auch."

Eichel zupfte sich am Kinnbart. Die Olle grinste im Kreis.

„Das ist doch alles ganz, ganz wunderbar", sagte sie. „Wirklich, GANZ, GANZ wunderbar!"

„Also", fuhr Eichel fort, „wahrscheinlich wissen Sie nicht, was ein Labyrinth ist."

„Doch", erwiderte Frau Jakob direkt, „na sicher weiß ich, was ein Labyrinth ist!" Er hatte sie auf dem falschen Fuß erwischt. Doof sah sie wirklich nicht aus. Ich musste grinsen.

„Ja, das glauben viele Menschen zu wissen, meine liebe Frau Jakob. Nur ein ganz und gar freier Geist kann die Verirrungen eines wahren, wirklich verworrenen Lebenslabyrinths durchforsten und dessen Ziel finden. Denn es gibt IMMER ein Ziel! Die moralischen Empfindungen aber, liebe Frau Jakob, sind in einem Labyrinth nicht ganz ausgeschlossen, auch dort gibt es sie. Man muss sie unbedingt beachten, verstehen Sie?" Jetzt lachte er: Ha-ha-ha, und die Olle auch: Ha-ha-ha ...

„Die Guschoianik", machte er weiter, „lebt man oder lebt man nicht. Ich bin zu der Ansicht gekommen, dass mein verehrter Mitarbeiter, Herr Sittich, zu einem hervorragenden Guschoianer heranreift. Und deswegen sage ich es Ihnen frei heraus, liebe Frau Jakob: Sie MÜSSEN zu ihm passen!" Er wartete.

„Ja", sagte Frau Jakob. Ihr reichte es, das sah ich. Sie verstand sicherlich nicht, was das eine mit dem anderen zu tun hatte, ich im Übrigen auch nicht, aber diese skurrilen Verschachtelungen seiner seltsamen Ausführungen kannte ich ja jetzt schon einige Monate.

„Ihr Gehalt sind vierhundert Euro", redete er weiter. „Hier bekommt jeder das Gleiche. Soll natürlich heißen, dass die Vollbeschäftigten ein viel höheres Gehalt bekommen ... Alle Werkstattmitarbeiter verdienen hier tausendzweihundert Euro brutto, ich eingeschlossen ..." Er schaute, wie diese Zahl auf sie wirkte. Sie verzog keine Miene. Ich schon. Ich wusste nämlich inzwischen eine ganze Menge. Zum Beispiel, dass Eichel und die Olle ungefähr zwölf Mal im Jahr nach Braunlage fuhren, mit Hotel und allem Drum und Dran, Schlösser in ganz Deutschland besichtigten, Kirchen auch. Ich wusste, dass sie für sechs Wochen im Jahr in Österreich und in der Schweiz waren, natürlich alles dienstlich, wie er immer betonte. Sie fuhren mit dem ICE oder dem Dienstwagen. Sie gingen in Restaurants und in Cafés ein und aus. Besuchten klassische Konzerte. Und er behauptete ständig, dass er mit vierhundert Euro im Monat auskäme, er verstehe gar nicht, warum und wofür ein Mensch mehr Geld bräuchte. Bescheidenheit sei die wichtigste aller Tugenden. Bezahlen tat er alles aus den Töpfen des Sanatoriums. Trinkgeld gab er nur, wenn überhaupt, in den niedrigsten Centbeträgen. Aus vierzehn vierzig, wurden vierzehn fünfzig.

Er stopfte sich weiterhin den Kuchen rein und merkte nicht, dass ihm was im Bart hing. Die Olle reichte ihm ein Taschentuch. Er hatte zwar ein eigenes, aber eines aus Stoff, das er wochenlang für alles Mögliche benutzte, unter anderem natürlich auch immer wieder für seine schnoddernde Knollnase.

„Was sagen Sie, Frau Jakob?", fragte er.

„Ich werde drüber nachdenken ...", sagte sie. Klar. Wenn sie eines tun wird, dachte ich, dann nicht mehr drüber nachdenken. Schade.

So ging es in den nächsten Tagen mit den Vorstellungsgesprächen weiter. Die beiden vergraulten sie alle. Ich verstand nicht so recht, warum, bis Eichel mich zur Seite nahm und sagte:

„Wissen Sie, Herr Sittich ... Der Papiersaal gehört Ihnen. Sie sind sozusagen der Eigentümer und ha-ha-ha ... der erste Vorsitzende! Herr Sittich, ich traue Ihnen zu, dass Sie den Papiersaal ganz allein führen ..."

Ich fand die Idee scheiße. Die Abmachung war eine andere gewesen. Was war, wenn ich mal ausfiel? Warum sollte ich mir überhaupt so viel Verantwortung aufhalsen? Ich hatte nicht mal eine pädagogische Ausbildung, war kein Ergotherapeut, kein gelernter Buchbinder, kein Krankenpfleger, gar nichts.

Ein paar Tage später schneite er morgens rein und sagte:

„Ich habe jetzt noch einmal ganz, ganz in Ruhe Ihre Gedichte gelesen ... Wundervoll. Wirklich ... Lange habe ich sie auf mich wirken lassen. Ich bin Ihnen WIRKLICH dankbar, dass Sie sie nicht so einer komischen Rockband zur Verfügung stellen. Sie wissen ja, wie gesagt, wer schreibt, der bleibt. Rockmusik ist keine Musik, Herr Sittich. Das ist Krach und Radau! Bum, bum, bum. Elektrische Gitarre, Keyboards oder was es da sonst noch gibt, alles über Lautsprecher, die alles verfälschen ... Wenn wir ehrlich sind, ist doch ein Klavier auch kein Instrument. Da hämmert man doch auch nur auf den Tasten rum. Herr Sittich, ganz ehrlich, bei solchem Kram werden meine Ohren vergewaltigt. Wissen Sie ... ha-ha-ha ... ich bin ja schon schwerbehindert, ich trage ja eine Brille, nicht wahr! Wie dem auch sei ... ich bin sehr, sehr stolz auf Sie! Machen Sie weiter so!" Er umarmte mich. Er stank wieder extrem. Ich verabscheute ihn in solchen Sekunden.

Dann kam er auf ein anderes Thema und sagte:

„Ich hoffe, dass schnell die letzten beiden Wohnhäuser für das Eichion einzugsbereit sind, aber die Ein-Euro-Arbeiter sind ja nicht die schnellsten, nicht wahr. Eigentlich müsste man die ganze Zeit hinter ihnen stehen. Die rauchen eine nach der anderen, das müssen Sie sich mal vorstellen! Drei musste ich in den letzten zwei Wochen wieder abgeben. Die verstehen nicht, dass unsere Arbeit im SSH frei macht. Aber das brauche ich Ihnen ja nicht zu erklären. Lassen wir es gut sein. Ich glaube an Sie, Herr Sittich!"

Damit ließ er mich stehen.

Kurz entschlossen, rief ich Lolli an. Er lud mich in seine neue Wohnung ein.

Jetzt wohnte er in dem einzigen Hochhaus im Ort. Zwölf Stockwerke, seine Wohnung war im zehnten. Er führte mich durch den großzügigen Flur ins Wohnzimmer. Der Ausblick durch die breite Fensterfront war fabelhaft, man konnte locker über Hannover hinwegschauen und ich stellte mir sofort meinen Schreibtisch vor der Fensterbank vor. Das tat ich immer, wenn ich in eine neue Wohnung kam, ich überlegte, wo ich am besten schreiben könnte.

Nichts erinnerte mehr an Lollis alte Bude, selbst die grüne Ledergarnitur war gegen ein graubezogenes Stoffsofa ausgetauscht worden, man saß bequem drauf, ich fühlte mich wohl, willkommen und völlig frei mit dem weiten Blick aus dem Fenster.

„Nicht schlecht, Lolli ...", lobte ich ihn und die Wohnung.

„Paul?"

„Ja?"

„Ich heiße nicht mehr Lolli ... Ich finde, ich muss diesen alten Spitznamen, den ich seit meiner Kindheit mit mir rumtrage, endlich ablegen. Ich weiß, das ist für meine Freunde und Kumpels eine Umgewöhnung, aber ich mag nicht mehr Lolli genannt werden."

„Kann ich verstehen. Willst du mit deinem richtigen Vornamen angesprochen werden?"

„Ja, warum nicht."

„Schön, dann bist du ab sofort nur noch Markus für mich. Ich finde, der Name passt zu dir. Dabei, Lolli hatte auch was ... Wie läuft es mit den Sternenspringern?"

„Sehr gut. Der Verein hat inzwischen sechzig Mitglieder. Alle wollen meditieren oder Yoga im Stern machen. Es haben sich sogar Kampfsportlehrer gemeldet. Der Stern boomt schon nach ein paar Wochen .... Wie sieht es eigentlich mit deinem neuen Buch aus?"

„Geht ganz gut voran."

„Sehr schön. Und wie geht es Raja?"

„Sie ist schwanger."

„Was? Von dir?"

Ich nickte.

„Wundervoll. Ich möchte auch ein oder zwei Kinder großziehen."

„Wirklich?"

„Ja. Für mich würde der größte Traum mit einem Kind in Erfüllung gehen. Keine Liebe kann größer und mächtiger sein, als die zu seinem eigenen Kind ..."

Es klingelte. Lolli sprach durch die Freisprechanlage und sagte dann, Rudi und Atze kämen gleich hoch. Augenblicklich freute ich mich auf sie. Und dann sagte er noch, er habe auch Udo eingeladen, eben die alte Truppe.

Rudi und Atze redeten so wie immer, das gefiel mir gut, sie waren einfach so geblieben wie ich sie kennengelernt hatte.

Als Udo kam, ging es mit dem Thema Fußball los, wovon ich keine Ahnung hatte. Lolli auch nicht. Es wurde ein rauschvoller, lustiger Abend. Nur Lolli hielt sich mit dem Biertrinken zurück, er hatte sich wirklich sehr verändert. Rudi und Atze rauchten zwei Joints, wir anderen lehnten ab, mir reichte heut der Alkohol. Um neun, als meine Kollegen vom SSH bei der Teamsitzung saßen, war ich voll wie ein Fass. Ich verabschiedete mich und fuhr nach Hause. Unterwegs fragte ich mich, in was für einer Welt ich eigentlich lebe. Ich fand sie merkwürdig. Wo würden mich die nächsten Monate hinführen? Ich hatte keine Vorstellung und fühlte mich ziemlich orientierungslos.

„Ich habe mit Hassan gesprochen ...“, sagte Raja leise durchs Telefon. Darauf war erst einmal ein paar Sekunden Stille. Es war ein Uhr nachts. Sie flüsterte: „Er will das Kind nicht ... Er sagt, ich soll abtreiben oder er verlässt mich ...“

Ich wusste nicht, was ich erwidern sollte. Alles wäre sicherlich falsch gewesen. Sie begann zu weinen. Sie tat mir wahnsinnig leid. Ja, aber bei mir hatte sich ja auch einiges getan. Ich hatte mit Kassandra coolen Sex gehabt, wir hatten uns seitdem zwar nicht mehr gesehen, aber das hieß ja nichts. Und außerdem musste ich ständig an ihre Schwester, an die schöne Samira, denken. Raja hatte ihr Leben einfach ohne mich weitergelebt, und ich eben meins in den letzten Wochen. Raja war zweiunddreißig, Kassandra und Samira um zwanzig. Raja war in meinen Augen eine vollkommene und reife Frau, die seit zig Jahren mit einem fast zwanzig Jahre älteren Mann zusammen war und sich bestimmt keinen Grünspan aufhalsen würde, Samira und Kassandra hingegen waren geile Mädels, mit denen man sicherlich viel Spaß haben konnte. Jedenfalls sollte es zwischen Kassandra und mir nicht bei einer Einmaligkeit bleiben, stellte ich mir immer noch vor und hoffte, sie sah das auch noch so.

„Können wir uns sehen?“, fragte Raja schließlich.

Wir verabredeten uns für den nächsten Abend in einem Café.

Als ich ankam, war sie schon da. Warum auch immer, ich fühlte mich ihr überlegen. Ich fühlte mich unbesiegbar. Jetzt hatte *ich* die Zügel in der Hand, sie hatte sie abgegeben. Sie stand auf und wir umarmten uns. Wie immer, nicht zu lang, nicht so lang, dass es für einen von uns unangenehm werden könnte. Sie hatte wieder ihren betörenden Duft vom FKK-See aufgelegt. Wir setzten uns und schauten uns an, wobei ich ein ganz zartes Lächeln auf den Lippen hatte. Es sollte Zuversicht signalisieren. Sie hingegen presste ihre Lippen aufeinander.

„Meint er das ernst, dass er dich verlassen will?“, fragte ich.

„Klar meint er das ernst! Hassan ist der ernsteste Typ, den ich kenne. Aber ist ja auch kein Wunder ... bei seiner Vergangenheit. Aber *wie* er es gesagt hat ...“

„Wie denn?“

„>Ist dein Kind nicht in zwei Wochen aus dem Buch, bin ich weg!< Dann hat er die Wohnung verlassen und ist seit zwei Tagen verschwunden.“

„Arschloch“, sagte ich.

„Was heißt, Arschloch? Er wollte mich heiraten!“

Die Bedienung fragte nach der Bestellung. Ich wollte jetzt lieber keinen Alkohol trinken und bestellte uns eine Flasche Mineralwasser und eine Kanne Tee.

„Paul, ich glaube, du bist wirklich ein ehrlicher Typ. Ich bin noch nicht mal in der zwölften Woche, es kann noch so viel schiefgehen ... Ich kann das Kind noch jederzeit verlieren ... Alles steht auf wackligen Füßen ... Was soll ich tun?"

„Das ist unfair", sagte ich. „Ich sag dir doch jetzt nicht, treib ab oder ... was weiß ich!"

„Nicht?"

„Bist du bescheuert? Nein, natürlich nicht. Du wünscht dir ein Kind über alles, du bist zweiunddreißig ... Denk an dich ..."

„Du bist nicht wie dreiundzwanzig", meinte sie. „Na ja, ich habe dich ja auch zum Vater auserwählt ..." Sie schmunzelte und wirkte jetzt etwas gelöster. Sie sagte: „Ich hab dir ja versprochen, dass du nichts mit dem Kind zu tun haben würdest, und jetzt sitzen wir hier zusammen und ich frage dich um Rat." Sie wartete ab.

Wie aus dem Nichts stand ein dunkelhäutiger Typ an unserem Tisch. Seine Augen und die Gesichtszüge waren voller Hass. Ich wusste sofort – das ist HASSAN!

Er zischte:

„Du hast also meine Frau gefickt!"

„Spionierst du mir nach?", sagte Raja wütend.

„Hast du oder hast du nicht?", wiederholte er.

Ich hatte Vorurteile. Ich dachte an ein Messer oder eine andere Waffe. Er stand über mir und schaute missbilligend auf mich runter. Mir war bange.

„Hassan", sagte Raja und griff nach seiner Hand. Er zog sie weg.

„Ihr Deutschen habt keine Würde", sagte er verachtend und herablassend. „Hattet ihr noch nie! Ihr habt schon immer alles zerstört." Er warf uns tötende Blicke zu. „Dann fick sie weiter! Ihr schmorrt alle im Feuer!" Damit ließ er uns sitzen.

Ich fühlte mich wie vor den Kopf geschlagen, Raja war verzweifelt. Ich sah, dass ihre Hände zitterten. Ich schnappte sie mir und legte sie in meine. Ich fühlte mit ihr, fühlte, wie allein und verlassen sie sich vorkommen musste. Aber ich konnte mich auch in Hassan reindenken. Er hatte ihr klipp und klar gesagt, er wolle kein Kind. Sie hat es übers Knie gebrochen, sie hat sein Vertrauen missbraucht, sie hätte wissen müssen, dass er austickt.

„Meinst du, es ist für ihn endgültig?“ fragte ich.

„Aah, dieser Wichser!“, herrschte sie auf einmal durch das ganze Café, was mich nicht die Spur störte. Sie hatte ja recht.

„Ja, ist er“, sagte ich.

„Bringst du mich noch ein Stück?“

„Bis vor deine Wohnung. Hast du Angst vor ihm?“

Sie schüttelte den Kopf. „Nein ... überhaupt nicht.“

Klar, ich hätte mit Lolli oder Udo über die Sache sprechen können, aber was würde mir das bringen, dachte ich, ich brauche jemanden mit Lebenserfahrung, redete ich mir weiter ein. Wahrscheinlich hätte ich damals auf meine Psychiaterin in der Klinik hören sollen, die mir nahegelegt hatte, im Anschluss an den Aufenthalt zu einem Therapeuten zu gehen.

Eichel war schon mal gar nicht der richtige Ansprechpartner für so ein „irdisches“ Problem, und Miriam war leider schon wieder krankgeschrieben. Dann fiel es mir wie Schuppen von den Augen: Frau Darm! Die Olle! Ehrlich? Vielleicht ... Warum nicht? Sie ist sensibel, dachte ich. Eventuell hat sie ja einen guten Rat auf Lager.

Schon am nächsten Morgen fing ich sie im Begegnungssaal ab und fragte, ob sie zehn Minuten Zeit für mich hätte.

„Ach, Herr Sittich“, sagte sie, „lassen Sie uns doch nach Feierabend auf der schönen Bank in der Feldmark treffen.“

Ich arbeitete den ganzen Vormittag allein im Papiersaal, meine drei Mitarbeiter übten mit anderen Patienten und Eichel ein Theaterstück ein. Zweimal in der Woche probten sie für zwei Stunden. Eine Mischung aus Bratsche, Gesang und Gedichte aufsagen. Nichts selbst Komponiertes oder Gedichtetes, alles aus der Feder Liebherr Guschos geflossen, der natürlich auch Bratsche gespielt hatte. Ich konnte mich nicht konzentrieren und ging jede halbe Stunde raus, um eine zu rauchen. Dafür, dass ich vor acht Monaten nur gekifft und noch gar keine Zigarette geraucht hatte, war ich doch in den letzten Monaten zum Kettenraucher geworden. Mittags machte ich Feierabend, ich sagte, ich habe Kopfschmerzen, meistens übernahm dann die Fahrt zum Wohnheim Goldesblatt Herr Peters, der sich darüber noch nie beschwert hatte, weil er, wie er sagte, gerne Auto fahre und nur so selten dazu käme. In meinem Zimmer kritzelte ich ein paar Zeilen hin, wobei ich mich fragte, wie ich mich bei solchen finsteren und doch auch schönen Gedanken auf das Buch konzentrieren sollte, also ließ ich das Schreiben lieber wieder bleiben.

Die Olle saß schon auf der Bank und strickte. Als ich mich neben sie setzte, legte sie das Zeugs auf den Schoß und lächelte. Nur mal den Finger ins Arschloch und ihr dabei ins Gesicht grinsen, dachte ich und fühlte mich richtig schön pervers. Sie trug wie fast immer ihren roten Rock aus Cord und die weiße Strumpfhose. Oder waren es nur lange Strümpfe?

„Ist das nicht ein herrlicher Tag?“, begann sie.

Ich nickte.

„Ach, was ist denn nur mit Ihnen, Herr Sittich? Sie gefallen uns zurzeit gar nicht. Ist es wegen Ulrike Schneider?“

„Nein ... das ist es nicht. Ich habe ein Problem mit einer anderen Frau ...“

„Oh ... Haben Sie schon mit Herrn Eichel darüber gesprochen?“ Sie blickte mich tiefgründig an.

„Ich werde Vater ...“

„Das ist ja WUNDERVOLL!!! Herr Sittich! Herzlichen Glückwunsch! Was ist daran denn schlecht? Herr Eichel wird sich riesig freuen ... Oder wollen Sie uns etwa deswegen verlassen?“

„Nein ... Nein, möchte ich nicht“, sagte ich schnell. War es ihnen etwa aufgefallen, dass mir so vieles in letzter Zeit missfallen hatte?

„Damit würden Sie Herrn Eichel auch das Herz brechen“, sagte sie.

„Finden Sie, man muss zusammenleben, wenn man gemeinsam ein Kind hat?“

„Sie wollen das Kind nicht?“

„Doch. Doch, ich will es unbedingt! Aber ich weiß nicht, ob die Frau mich will. Ich meine, so ganz und für immer.“

„Liebt sie Sie denn nicht?“

Ich zuckte mit den Schultern. „Ich glaube nicht.“

Ich merkte, dass die Olle jetzt schon überfordert war und nicht weiterwusste. Sie war ja selbst geschieden und ihre Kinder, drei an der Zahl, alle erwachsen, wollten nichts mit ihr zu tun haben, weil sie sie radikal guschoianisch erzogen hatte. Sie waren alle drei Hardcore-Christen geworden. Eichel hingegen war bereits sogar dreimal geschieden und hatte zwei Töchter. Auch zwischen ihnen gab es kaum noch Kontakte. Er sagte immer, sie seien über einundzwanzig und somit volljährig, sie müssten selbst für sich verantwortlich sein. Er hatte noch nie ein gutes Wort in meiner Gegenwart über sie verlauten lassen.

„Aber wenn Sie doch zusammen ziehen wollen ...“, sagte Frau Darm zuversichtlich, „dann macht Herr Eichel das für Sie beide bestimmt auf dem Gelände möglich ..."

„Danke, Frau Darm", sagte ich nur noch kurz angebunden.

„Ach, Herr Sittich ... Nun stecken Sie nicht den Kopf in den Sand. Es wird schon alles gut werden, Sie müssen nur dran glauben und positiv denken. Ich kann Ihnen eine wirklich wundervolle Guschorik-Übung zur Seelenberuhigung zeigen ... Ach so, ehe ich's vergesse – ich soll Ihnen diesen Brief von Herrn Eichel geben." Unter ihrem Strickzeug lag der weiße Umschlag.

„Wissen Sie, von wem der Brief gekommen ist?"

„Nein", sagte sie und reichte ihn mir.

Ich riss ihn sofort auf und las:

Mein lieber, lieber Paul,

ich träume von dir, ich träume von uns,
denn uns gehört die Zukunft.
Du bist meine Familie!
Ich liebe dich, ich liebe dich, ich liebe dich ...

In ewiger Verbundenheit

Ich gab die Zeilen der Ollen. Warum, wusste ich nicht. Sie las.

„Ein Liebesbrief ..." Sie schaute in die Ferne. „Da hat sich aber jemand sehr viel Mühe gegeben ..."

Auf dem Rückweg gingen wir langsam und gedankenversunken. Die Sonne hatten wir im Nacken, es war ein warmer windstiller Abend. Man hörte hier kein Auto, nur hin und wieder Vogelgezwitscher. Hier war die Welt außerhalb von mir noch in Ordnung.

„Ist das nicht HERRLICH!!!"

Die übliche Leier begann. Wie wundervoll es doch sei, dass jetzt alle zusammen, hier in diesem einzigartigen Begegnungsaal, im Stuhlkreis sitzen und über die Texte Liebherr Guschos philosophieren könnten. Eichel war euphorisch.

„Und meine Damen und Herren!", verkündete er feierlich, „ich habe letzte Nacht eine neue EINGEBUNG erhalten! Das wünsche ich Ihnen auch EINMAL in Ihrem Leben! eine EINGEBUNG! Stehen Sie jetzt bitte auf!"

Alle erhoben sich.

„Schließen Sie Ihre Augen und stellen Sie sich die Mitarbeiter innerlich bildlich vor, die Sie gerade möchten. Denken Sie an sie. Senden Sie ihnen gute Gedanken zu. Und dazu summen wir alle ein paar Töne, bis wir eins sind ... Hmmmmmmmmm .... Ahhhhhhhhhmmmmm .... Ommmmmm ...."

„Das ist die Freiheit des Geistes ...", flüsterte er nach ein paar Minuten. Alle öffneten die Augen. „Vielen, vielen Dank, dass Sie so offen für WIRKLICH GROSSE Ideen sind ..."

Ich hörte nicht mehr zu. Der Monolog über die geistige Freiheit begann um halb sieben und würde vor halb neun nicht enden. Er zitierte ständig Guscho, immer wieder schnellte sein Zeigefinger in die Luft, seine Arme wirbelten herum, Spuckebindfäden verbanden seine Lippen, manchmal spuckte er, kratzte sich in den Ohren oder zog die Nasenhaare noch ein Stück länger. Sein Schweißgestank verteilte sich im Saal.

Und genau in dieser Teamsitzung nahm ich mir vor, mich um eine eigene Wohnung zu kümmern. Ich merkte, dass ich Abstand brauchte.

Morgens stand ich an etlichen Ampeln in nervenaufreibenden Staus. Ich musste mitten durch die Stadt, um nach Langenhagen zum Wohnheim Goldesblatt zu kommen. Auf dem Rückweg hatte sich der Berufsverkehr noch immer nicht vollständig aufgelöst. Und nachmittags noch mal das Gleiche. Ich benötigte für diese vier Fahrten drei Stunden. Dafür hatte ich zwar den Dacia, aber bis November fuhr ich sowieso fast alle Strecken lieber mit der Vespa oder dem Fahrrad. Die Fahrerei kotzte mich mit jedem Tag mehr an. Und natürlich war das Auto viel, viel zu eng. Ich konnte kaum lenken, so weit musste ich den Sitz nach vorn schieben, damit hinter mir diese vollbekloppte Psychotante sitzen konnte, die immer sagte: „Ich bin's! Ich bin die Göttin der Liebe!" Meine Nase streifte fast die Windschutzscheibe und das Bedienen des Schaltknüppels wurde zur Herausforderung. Alle nervte es, dass es kein Radio gab. Aber für meinen Ghettoblaster war kein Platz mehr.

Freitag ging ich wieder zu Eichel ins Büro. Ich war sauer auf ihn. Eigentlich gab es keinen Grund, ich hätte immer die Freiheit gehabt, zu allem nein zu sagen. Ich hätte sogar ganz aufhören können im SSH. Aber ehrlich – das Herumwerken mit Papier, Pappen und Leim und die Buchbindemaschinen zu bedienen, brachte mir immer noch Freude. Wenn nur diese vielen extremen „Nebensächlichkeiten" nicht wären, wovon ich gestrichen die Schnauze voll hatte. Sie versauten mir ganze Tage.

„Herr Eichel", sagte ich. „Ich glaube, mir geht es psychisch gerade nicht so gut ... Ich werde wohl zu einem Psychiater gehen ..."

„PSYCHIATER??? Wäre doch gelacht, wenn ICH nicht hinkriegen könnte, was ein Psychiater hinkriegt! Nicht wahr .... Sie machen bei MIR eine Therapie, Herr Sittich! Wir legen wöchentlich für zwei Stunden einen Termin fest und arbeiten ein Buch von meinem Freund Liebherr durch. HA! Wäre doch gelacht ..."

Ich ließ ihn labern. Zum Glück hatte er einen Termin und verabschiedete sich nach zehn Minuten. Aber nicht, ohne mir vorher gesagt zu haben, dass das Referat vom Wochenende in Braunlage noch ausstand. Ich ging auf mein Zimmer und surfte nach Psychiatern. Ich fand eine Menge und rief an, aber auf die Schnelle war kein Termin zu bekommen. So fuhr ich zu meinem Hausarzt und erzählte ihm, wie überarbeitet ich sei. Ich könne nicht mehr. Ich sei am Ende aller Kräfte. Er kannte meine Vorgeschichte und schrieb mich mit einem Schlag sechs Wochen krank. Bourn-Out. Ich musste lachen, als ich mit dem gelben Zettel vor der Praxistür stand. Ich wusste nicht, ob aus schlechtem Gewissen oder vor Erleichterung. Eichel würde durchdrehen. Aber ich hatte keine Lust, ihm schon heute die Nachricht mitzuteilen. Ich würde bis Montag warten. Heute Nachmittag wollte ich ins Parkhaus zu Wahn und ihnen noch ein paar Texte geben. Fünf Songs hatten sie fertig, und wirklich, ich hatte ja keine Ahnung von Musik, aber sie gefielen mir. Aber auch hier hielt ich mich mit meiner Meinung besser zurück.

Als wir am Abend in den Sesseln und Sofas hingen, sagte ich:

„Ich war letzte Woche Dienstag hier im Parkhaus ... Da war die andere Band da ..."

„Ach, die verrückten Weiber", sagte Hektor. „Mir gefällt ja Irene am besten. Sie bläst so schön das Saxophon."

„Kassandra ist die Verrückteste", sagte Klemens und mir schoss sofort die volle Röte ins Gesicht.

Natz schaute mich skeptisch an, ich sah es genau. Meine Lippen zuckten etwas, ich fühlte mich wie auf frischer Tat ertappt. Er wusste es, und er wusste, dass ich wusste, dass er es wusste.

„Dein Pech", sagte er mit so etwas wie Niedertracht in der Stimme. „Samira hat mich ganz viel über dich gefragt ... Sie hatte Interesse ... Hat sich jetzt wohl erledigt ..."

„Scheiße", sagte ich. Was anderes fiel mir gerade nicht ein.

„Hast du wirklich?", fragte Hektor. Er grinste sich fast tot. „Würde ich auch", gab er zu. „Mich hat sie abblitzen lassen!"

„Ach, macht doch, was ihr wollt", fauchte Natz, stand auf und verschwand.

Ich war unsicher. Plötzlich herrschte ein bedrückendes Schweigen. Schließlich sagte Hektor:

„Natz ist immer noch in sie verschossen!"

SCHEISSEE!!! GANZ, GANZ GROSSE SCHEISSE!!!, dachte ich.

„Das Spiel ist vergeigt", sagte Clark und drehte den Joint weiter. Ich hielt die Spannung kaum noch aus. Warum hast du nicht einfach die Fresse gehalten!?, schalt ich mich.

„Entweder hat sie es Samira schon gesagt oder sie wartet auf die passende Gelegenheit", sagte Klemens. „Also, wenn Samira wirklich Interesse an dir hat, sag ihr lieber gleich die Wahrheit. Sie wird es eh erfahren."

„Lasst uns nach der Tüte aufbrechen", schlug Clark vor. „Ohne Natz bringt das heut Abend nichts mehr."

Ich konnte mir sparen, zu sagen, dass ich von Natz' und Kassandras Beziehung, oder was es auch immer war, nichts gewusst, nicht einmal etwas geahnt hatte.

Auf dem Rückweg fuhr ich beim Stern vorbei. Ich hatte das Bedürfnis, mit Lolli zu reden. Alles war dunkel. Also versuchte ich es bei ihm zu Hause. Er öffnete.

„Darf ich reinkommen?", fragte ich.

„Ist dir ne Laus über die Leber gelaufen?" Er trat einen Schritt zur Seite und schloss die Tür.

„Ach, ich hab Scheiße gebaut ..."

„Da ist ne Frau im Spiel ...", hörte ich eine Stimme aus dem Wohnzimmer. Auch das noch! Ich hatte die Stimme nicht erkannt und war erstaunt, als ich Herrn Engel sah. Und dann roch ich ihn auch schon.

„Nabend Herr Engel“, sagte ich und reichte ihm die Hand.

„Jaja, die Frauen“, sagte er schelmisch.

„Es sind sogar zwei ...“, sagte ich, weil ich keine Lust hatte auf Geheimniskrämerei.

„Soll ich dir was Erfreuliches erzählen?“, fragte Lolli und strahlte mich so an, dass ich gar nicht nein sagen konnte.

„Ich hab ne Freundin!“

„Ach was! Seit wann denn?“ Ich freute mich wirklich für ihn.

„Erst seit ein paar Tagen. Aber ich glaube, es ist was Ernstes.“

„Die Liebe ist immer ernst“, sagte Herr Engel. „Wer sie als Spaß betrachtet, hat nichts verstanden.“

„Wie heißt sie denn?“

„Gaby.“

„Schön. Und wo hast du sie kennen gelernt?“

„Beim Meditieren, im Stern. Sie ist so alt wie ich, sie ist Heilpraktikerin. Aber jetzt will ich mehr von dir wissen. Raus mit der Sprache!“

Ich war wegen Herrn Engel etwas verlegen. Er merkte es. Aber ich musste es jetzt loswerden.

„Es geht um zwei Mädels von der Band aus dem Parkhaus.“

„Daria hat die Macht“, sagte unaufgefordert Herr Engel. Ich staunte. Er kannte sie? Sogar beim Namen? Ich erinnerte mich an den Namen, hatte aber gerade kein Gesicht vor Augen.

„Daria?“, fragte ich überrascht.

„Ja, Daria ... Sie herrscht über die Träume ...“

„Kennen Sie die Mädchen von der Band gut?“, fragte ich ihn.

„Wen kennt man schon gut?“

„Hm ...“

„Ich setz uns mal Teewasser auf“, sagte Lolli.

Herr Engel schien mit seinen zusammengekniffenen Augen die Luft anzustarren. Ich wartete darauf, dass er mehr sagte. Das tat er auch:

„Die Liebe ist kein Spiel. Das Leben ist kein Spiel. Manch einer glaubt es aber. Man sollte seine Kraft nicht unnütz verschwenden. Haben Sie aber anscheinend getan, Herr Sittich ..."

Er kannte auch meinen Namen? Woher? Ich merkte voll, dass er einst ein vornehmer Mann gewesen sein muss. Trotz seines Gestanks und Aussehens hatte sein Ausdruck Stil. Ich wusste trotzdem nicht, was er mir sagen wollte. Er stand auf und sagte:

„Auf Wiedersehn."

„Tschüss, Herr Engel", sagte Lolli.

Ich lächelte falsch und sagte ebenfalls „Auf Wiedersehn." Er ging, ohne uns die Hand zu reichen.

„Geht's um Samira und Kassandra?", fragte Lolli, als er den Tee servierte.

Ich nickte. „Ihr scheint ja alle ne Menge über die beiden zu wissen."

„Nee, ich nicht. Aber alle, bis auf Natz, sagen, Kassandra ist falsch. Kann ich aber nicht beurteilen. Ich hatte nie was mit den Mädels zu tun."

Wir tranken den Tee und ich erzählte Lolli, was vorgefallen war. Er hielt sich mit seinen Äußerungen bedeckt. Als ich geendet hatte, überlegte er ein Weilchen, begann dann aber die Neuigkeiten vom Stern preiszugeben.

Mir war immer noch nicht danach, nach Hause zu fahren. Bei Udo brannte Licht. Ich überlegte einen Augenblick, weil er sich ja eine Kontaktpause eingeräumt hatte, dann klingelte ich – einmal kurz, zweimal lang, einmal ganz kurz – so wie immer, und nach kurzer Zeit betätigte er den Türsummer.

„Alter", sagte er freudestrahlend, „ich hab das beste Köken seit Jahren! Keine Paras, keine Depris beim Runterkommen, und überhaupt, völlig soft in der Nase. Sandra hat mich vor einer Woche verlassen, sie hält meine Psychoscheiße nicht mehr aus, sagt sie. Fotze!"

„Ich weiß nicht, Udo ..."

Aber scheiß natürlich was drauf! Und es war äußerst erfrischend, sich nach dem schlechten speedgstreckten Zeug wieder was richtig Gutes zu genehmigen. Ich fühlte mich fantastisch, ich fühlte mich wie Superman. Was ist schon passiert?, sagte ich mir. Der Sex mit Kassandra war Sahne, Samira ist ein hübsches Mädchen, aber wer sagt denn, dass es was mit uns werden könnte? Und liebe ich nicht noch immer Raja? Ja! JA! JAAAHHH!!! Ich fühlte ein Grinsen. Nach der zweiten Line wurde alles völlig klar, geordnet und sortiert. Samira und Kassandra und die ganze Mädchenband könnten mich gernhaben, mehr aber auch nicht. Ja, ich war Natz irgendwie wohl dazwischen gerauscht, aber so ist eben das Leben, sagte ich mir, es kommt immer anders als man denkt. Trotzdem, ich schwor mir in dieser Sekunde, sie nicht mehr anzurühren.

„Wollen wir n bisschen rumdüsen?", fragte Udo.

„Ach, nee, lass uns hier einfach sitzen, koksen und Mucke hören. Hier, schieb mal rein." Ich reichte ihm die CD von Wahn, die ich gerade erst geschenkt bekommen hatte. Udo fand die Mucke zum Kotzen.

Ich wusste, dass Eichel vor dem Morgenkreis immer schon im Büro arbeitete. Um sieben Uhr klopfte ich an.

„Herr Sittich!", sagte er hoch erfreut. „Schön, dass Sie schon so früh so ausgeschlafen sind!" Ich hatte die Nacht durchgemacht und mich selbst gefeiert, war hellwach und freute mich aufs Bett.

„Ein Kind", sagte er gerade heraus. „Nein anders, Herr Sittich ... Sie müssen sich immer überlegen, was an erster Stelle stehen soll in ihrem Leben, nicht wahr. Ist es die Familie? Ist es die Arbeit, die frei macht? Ist es die Guschoianik, die Geist und Seele belebt? Die Arbeit in einer guschoianischen Einrichtung, mein lieber Herr Sittich, behütet die Seele, ich hoffe, Ihnen ist das klar! Oder ist es bei Ihnen doch etwas anderes? Vielleicht Cola oder Alkohol?" Kurze Pause. Dann weiter: „Ich habe ja in meinem Leben nur ein einziges Mal dieses amerikanische Zeug getrunken ... Es hat mich ganz duselig gemacht ... Na ja, was soll schon aus Amerika kommen? An Kultur ist da ja nichts zu holen ... Herr Sittich, ich will Ihnen ja nicht das Colatrinken verbieten ... Ha-ha-ha ..." Ich dachte, nun komm doch endlich zum Punkt, du Arschloch, kam er aber nicht. „Herr Sittich! Wie Sie wissen, ist mir Geld nicht wichtig! Aber ich schiebe gerne große Summen hin und her ... Damit habe ich kein Problem. Sie wissen ja alle, dass ich sehr, sehr bescheiden bin, nicht wahr. Der bescheidenste Mensch, den ich kenne. Ha-ha-ha ..." Riesige Lacher von beiden Seiten, wobei ich meine Fresse aber nicht aufbekam. „Sie wissen auch, dass das Eichion zum größten Teil durch Spenden aufgebaut werden konnte. Dass die Spendengelder ein wenig verschoben wurden, das habe allein ich zu verantworten. Wir alle aber tragen die vollste Verantwortung für das gesamte SSH. Die Langzeitpatienten zahlen fünfzig Euro im Monat von ihrem Taschengeld, das die meisten vom Sozialamt erhalten. Es ist KEINE Pflicht! Aber schauen Sie doch mal, wie gut es ihnen hier bei uns geht. Und jetzt stellen Sie sich mal vor: Da hat sich doch wirklich aus

Haus B jemand drüber beschwert. Er schrie rum, er melde das dem Sozialamt, das sei nicht rechtens ... Mit so etwas KLEINGEISTIGEM, Herr Sittich! muss man sich auch noch auseinandersetzen! Darum geht es hier aber nicht. Worauf ich hinauswill, ist, dass auch jeder Betreuer einen Beitrag für das Eichion leisten sollte. Was sagen Sie dazu? Ich vertraue ganz auf Ihre Meinung ... Sie brauchen nur diesen Vertrag zu unterschreiben ..." Er schob mir ein paar bedruckte Blätter über den Tisch.

„Was ist das für ein Vertrag?", fragte ich. Ich war gereizt.

„Ein klitzekleiner Darlehnsvertrag. Es geht um nur fünftausend Euro. Und es sind im Monat nur fünfzig Euro Abtrag. Ich brauche nur zehn Mitarbeiter, die unterschreiben, dann bekommt das Eichion Fünfzigtausend. Ein großartiges Angebot der Liebherr-Gusch-Bank. Sie dürfen der Erste sein, Herr Sittich!" Er hielt mir den Kuli hin. „Es ist doch immer wundervoll, der Pionier eines großartigen Projektes sein zu dürfen, nicht wahr!"

Ich war platt.

„Wissen Sie", fuhr er ungerührt fort, „in den primitiven Kulturen gibt es manchmal auch eingeschworene Gemeinschaften, wo die Armen den Reichen geben. Die Reichen verwalten das Leben der Armen, sie sorgen für sie ... Wir sind ja nicht reich, Herr Sittich ... Verstehen Sie mich? Was sagen Sie dazu?"

Ich zuckte die Achseln.

„Denken Sie ein, zwei Stunden darüber nach, Herr Sittich. Ich setze keinen Menschen unter Druck. Es gibt ja so viele Arbeitgeber, die keine Rücksicht nehmen. Schlimm. Und wissen Sie was noch schlimmer ist? Es gibt ja so viele Dogmatiker auf der Welt, diese Menschen sind unmenschlich ... ach, lassen wir das ... Wissen Sie, Herr Sittich, in manchen Ländern haben die Regierenden das Glück, dass die Menschen nicht denken ... Ha-ha-ha ... Ich hoffe, Sie verstehen mich. Ich komme nachher in den Papiersaal und dann können wir noch etwas weiterreden ..."

„Herr Eichel?"

„Sprechen Sie, Herr Sittich. Sprechen Sie. Sie können mir ALLES anvertrauen!"

„Ich bin sechs Wochen krankgeschrieben."

Sein Kopf senkte sich zur Brust, er machte sofort auf enttäuscht. Dann nickte er, ohne mich anzuschauen.

„Sie waren bei einem Psychiater?"

„Herr Eichel, es tut mir leid, aber ich brauche eine Pause ..."

„Aber doch NICHT vom Sanatorium, HERR Sittich! Das hat doch GANZ ANDERE Gründe!"

„Ja, vielleicht ..."

„Machen Sie sich Gedanken darüber, was Ihnen im Leben am wichtigsten ist. Ich muss jetzt zu einer Sitzung ..."

Nachdem ich bis zum späten Nachmittag geschlafen hatte, schaute ich aufs Handy. Eine SMS von Raja. Sie wolle sich mit mir treffen.

Es war windig und regnerisch, ungemütlich, fast schon kalt, der erste Tag also, der den Herbst so richtig ankündigte. Wir fielen uns wortwörtlich in die Arme und ich fragte mich, warum es nicht immer so einfach sein konnte. Dies war bisher eindeutig die längste und warmherzigste Begrüßung gewesen. Wir betraten das Café und bestellten ein Kännchen Tee.

„Fass mal an", sagte sie, nahm meine Hand und legte sie auf die Wölbung über ihrem Shirt.

„Das ist unser Kind ...", Sie ließ meine Hand nicht los. Was war in sie gefahren? Sie guckte mich auch die ganze Zeit so verliebt an. Oder bildete ich mir das nur ein? Nee. Irgendetwas war geschehen seit dem letzten Treffen. Klammerte sie sich jetzt an mich? Weil ihr beschissener Hassan sie in den

Arsch getreten hat? Unsere Hände lösten sich voneinander. Das wäre jetzt auch zu viel des Guten gewesen.

„Paul, kannst du dir vorstellen, mit mir in so eine Art WG zu ziehen?"

Mir sprang ein zartes, aber wahres Lächeln auf die Lippen. Und ein sofortiges Nicken aus dem Nacken. Ich ließ sie nicht aus den Augen. Da ich nicht sprechen konnte, sagte sie:

„Eine Freundin von mir zieht zum Ende des Monats aus. Hassan hat mich rausgeschmissen, ich übernachte schon in der neuen Wohnung. Sie ist herrlich ... Jeder hätte sein eigenes Zimmer ... und ein Wohnzimmer ... und ein Kinderzimmer gibt es auch noch ..."

„Ach, ich hätte auch nichts gegen ein gemeinsames Schlafzimmer ...", gab ich zu. Sie lachte tatsächlich. Sie war gut drauf. „Gibt es einen Balkon?"

„Gibt es. Nach Westen raus. Die Wohnung wird dir gefallen ... Aber keine Eifersuchtsdramen", meinte sie auf einmal.

Was soll das denn jetzt heißen?, fragte ich mich fleißig nickend. Hatte sie etwa mit einem anderen als mit Hassan oder mir Sex? Natürlich war ich sofort eifersüchtig.

„Dann gucken wir uns jetzt die Wohnung an", bestimmte sie.

Sie war riesig. Große, hohe Räume in einem Altbau in Linden, ein Arbeiterviertel, wo aber immer mehr Künstler und junge Familien hinzogen. Mir gefiel das Zimmer mit dem Erker am besten, wo ich sofort meinen Schreibtisch stehen sah. Ich wollte das Zimmer gar nicht mehr verlassen.

„Ich sehe schon, du hast dich entschieden", sagte Raja. „Du kannst es haben ..."

In den nächsten Tagen kam ich hervorragend mit meinem Buch voran, von Eichel und der Ollen hatte ich glücklicherweise nichts mehr gehört. Voller Freude und Zuversicht blickte ich zwischen den Zeilen nach draußen über die geernteten Felder und lächelte in mich hinein. Montagmittag klopfte es dann aber.

„Herein!“

Ulrike stand verheult im Rahmen. Sie schloss die Tür und bölkte los:

„Diese alte scheiß verschrobene Hexe! Ich kann mit der verschissenen Schachtel einfach nicht! Und wie die unterm Rock riecht – Pah!“

„Red nicht drüber.“

„Die ist total bescheuert, die Alte! Das ist ne Sekte da drüben! Guschorik! Guscho! Fickt euch alle!“

Ich lag auf dem Bett und guckte sie entgeistert an. Sie ballte die Flossen.

„Wie kannst du da nur arbeiten?“, schrie sie. „Mich haben die da heute zum letzten Mal gesehen! Nähsaal! Ich scheiß drauf!“

„Ich versteh dich.“

Sie schaute mich schief an und war still für einen Augenblick.

„Was?“

„Ja, ich versteh dich.“

„Das ist totaler Psycho, was die da drüben machen. Ehrlich! Da wird man krank gemacht, nicht gesund.“

„Hier auch, im Eichion.“

„Und wieso bist du so gelassen? Was gibt es da so saubescheuert zu grinsen?“

Ich rutschte zur Seite und klopfte aufs Bettdeck. Sie legte sich neben mich. Ich legte meine Hand auf ihre Hose. Sie machte die Beine ein Stück breiter. Sie drehte sich auf die Seite, zog meinen Reißverschluss runter und glitt hinein. Ruckzuck waren wir nackt. Mich machte es an, dass die Tür nicht abgeschlossen war.

Gerade begann ich den Auspuff an der Vespa auszutauschen, als sich Eichel neben mich stellte.

„Herr Sittich ... aber zur Teamsitzung heute Abend kommen Sie doch, nicht wahr?"

Er ging mir auf den Sack.

„Ja, klar", sagte ich aber, weil ich ein Nein jetzt gerade nicht rausbrachte.

„Was für ein bedeutungsvoller Tag für das Eichion", begann er, als wir vollzählig im Begegnungssaal saßen. „Nicht nur für das Eichion! Für das ganze Sanatorium Seelenheil! Und für die ganze Welt!"

Stille. Er machte es spannend, stand auf, öffnete den Bratschenkoffer, der auf dem Stuhl neben ihm lag, nahm das Instrument und den Bogen heraus und spielte ein Stück bei geschlossenen Augen. Die Olle hatte ihre Augen auch geschlossen. Sie faltete die Hände wie zum Gebet. Sie war ganz angespannt und verkrampft. Nachdem Eichel seiner Bratsche den letzten Ton entlockt hatte, sagte er:

„Heute vor hundertfünf Jahren ... verstarb mein guter Freund ... Sie wissen schon ... Mein guter Freund, Liebherr Guscho! Auch wir starben schon einige Male ..."

Pause. Wirken lassen.

„Manche Wahrheit liegt direkt vor uns ... wir können sie oft nicht sehen, aber unsere Seele, sollte sie geschult sein, durch die Guschoianik! ich habe lange gebraucht ... Ha-ha-ha ... aber heut kann ich die längst vergangenen Begebenheiten tief in mir fühlen ... Die Seele fühlt. Der Geist denkt. Unser Körper handelt. Aber ist es nicht so, dass das Ich ... dort draußen ist? Außerhalb unseres Körpers? Wir vom Sanatorium sind auf dem richtigen Weg. Meine Damen und Herren! wir wurden zur Feier des Tages ... im Verband der guschoianischen Einrichtungen in Deutschland aufgenommen!" Die Olle flennte vor Rührung. „Sie, meine Damen und Herren! nehmen an diesem großen Glück teil! Es ist Teil IHRES wertvollen Lebens. Ist das nicht herrlich! SIE, meine Damen und Herren! danken und gedenken Sie meinem guten Freund Liebherr jetzt in einem stillen Gebet. Fühlen Sie seine Kraft! Fühlen Sie seine Liebe, seinen Geist ..."

Jetzt kam es. Die Olle rutschte vom Stuhl auf die Knie. Eichel legte die Bratsche in den Koffer und kniete sich ebenfalls hin. Sie knutschten den Fußboden. Jetzt wusste ich genau, was mit Fremdschämen gemeint ist.

„Danke ...", sagte Eichel nach ein paar Minuten und die beiden erhoben sich. „Es ist jetzt halb sieben. Alle Guschoianer auf der Welt sollten in diesen Minuten zu Liebherr gebetet haben. Ich bin Ihnen so dankbar, dass Sie mit mir diesen Weg gehen ..." Die Olle heulte jetzt richtig und nickte immerzu. „Seien Sie auch dankbar, seien Sie dankbar für diese Kostbarkeit, hier sein zu dürfen! Schauen Sie sich dieses Foto an!" Er hielt das gerahmte Foto hoch, das unter seinem Stuhl gestanden hatte. Das Glas glänzte. Ich dachte an Miriams Zunge.

„Wenn Sie nichts dagegen haben", fuhr er fort, „wollen wir heute über die Psychopathen, die im Holzsaal arbeiten, sprechen. Auch Liebherr hatte mit vielen Psychopathen zu tun. Er konnte in ihre Seelen schauen. Er war ein Heiler! Und das MÜSSEN wir auch können! IN SEELEN SCHAUEN! Und wie können SIE das erreichen?" Er schaute in die Runde.

„Mit LIEBE!" sagte die Olle ganz ernst und mit Falten im Gesicht.

„Die Liebe ...", sinnierte Eichel laut. „Ja, ja, die Liebe ... Psychopathen mit Liebe heilen ... Das ist das, was wir wollen. Deswegen liebe ich auch Sie so, Herr Sittich ..."

WAS? WAAAS??? Alle glotzten mich an. Ich wusste jetzt gerade überhaupt nicht, was los war. Ich guckte runter.

„Seelische und geistige Entgleisungen können nur geschehen, wenn man auf dem falschen Pfad geht. Auf dem Weg der Guschoianik geht man nicht, man schreitet. Man wandelt. Wir brauchen heutzutage Vorbilder ..." Er fand kein Ende, aber ich konnte und wollte nicht zuhören. Ich merkte nur, dass er mich zwischendurch immer wieder angaffte. Endlich, nach einer endlosen Zeit läutete ein Mitarbeiter das Glöckchen. Ich ging rüber auf mein Zimmer und stiefelte hin und her, immer hin und her. Ich fand nicht zur Ruhe. Es klopfte. Ich dachte, es wären Herr oder Frau Peters. Aber es war tatsächlich die Olle.

„Ich habe Sie rübergehen sehen", sagte sie. Knie dich hin! Du kannst mir einen blasen, dachte ich. Ich wichs dir ins Gesicht. „Ich wollte Ihnen nur sagen, dass wir eine unglaubliche Tiefe in Ihnen wahrnehmen. Und das in Ihren jungen Jahren! Herr Eichel und ich würden gern nach der Sitzung noch ein paar Minuten mit Ihnen sprechen. Wäre das möglich?"

„Ja, klar."

„Mein lieber Herr Sittich", sagte Eichel, als wir zu dritt waren. „Herr Sittich ... ach, lassen wir das ... Paul ..." Er stand auf, kam auf mich zu und reichte mir die Hand. „Ich bin der Erich!"

„Ähm ... ich glaube ... das wird mir ... schwerfallen", stammelte ich.

Und dann stand auch sie auf.

„Und ich bin die Dagmar!“ Auch sie hielt mir ihre zarten Fingerchen hin.

„Wir sind doch gleich“, sagte Eichel.

„Ich weiß wirklich nicht ... ob ich das hinkriege“, gab ich zu. Vor allem siezten doch ALLE Mitarbeiter die beiden! Was sollte der Scheiß? Was wollten die von mir?

„Ich ...“, begann er, „... nein, WIR ... Paul ...“

„Ach, ist das nicht schön!“, meinte die Olle. Sie strahlte.

„Wir danken dir! Wir danken dir, dass du bei uns bist! Wir danken dir, dass du dich so sehr für das Sanatorium Seelenheil aufopferst. Ich spüre deine Zukunft in unserem Unternehmen wie bei keinem Zweiten. Deine gute Laune ... man bekommt schon gute Laune, wenn man morgens deine leuchtenden Augen sieht ... Dein Lächeln ...“

„Ja!“, sagte die Olle.

„Wie du weißt, gehen wir stark auf die sechzig zu ...“

Er wartete. Ich nickte. Er machte weiter:

„Wir haben schon vor einem Jahr ein Haus in Österreich gekauft ...“

Wieder eine Pause. Ich verstand nicht, was er wollte. Er sagte es nun:

„Dagmar und ich können uns vorstellen, dass ... DU ... das gesamte Eichion in drei bis vier Jahren weiterführst ...“

Beide kamen aus ihrer Verstrahlung nicht mehr raus.

„... Ähm ...“

„Ich arbeite dich ein, Paul ... Du brauchst dir deswegen keine unnötigen Sorgen zu machen ... Und das mit der sechswöchigen Krankschreibung ... das vergessen wir jetzt mal ganz schnell, nicht wahr! Die brauchen wir nicht!“

„Ach, Erich ...“, sagte die Olle und wischte sich zwei Tränen weg.

„Ich ... Nein ... WIR! schenken dir deine Lebensaufgabe! Ich habe bereits einen Plan für deine freie Arbeit erstellt ... Paul, sind wir doch mal ganz, ganz ehrlich: Wer Macht besitzt, bekommt auch noch sein Recht! Hier aber soll JEDER sein Recht bekommen! Was ich sagen will, Paul: Dagmar und ich, WIR LIEBEN dich!"

Sie standen auf. Ich auch. Erst umarmte er mich. Dann sie. Er stank schlimmer als schlechter Käse. Sie roch nach frischem Schweiß. Er bückte sich, griff unter seinen Stuhl und überreichte mir einen weißen Briefumschlag. Ich sagte lieber nichts. Sein Gesichtsausdruck verbarg tiefe Geheimnisse.

„Geh nun in Frieden ...", sagte die Olle.

Mein Kopf war übervoll. Klar war, dass Erich Eichel für mich Herr Eichel und Dagmar Darm Frau Darm bleiben würden. Innerlich nannte ich ihn ja sowieso schon lange Zwergnase oder Rumpelstilzchen, so wie die meisten Patienten, die sich über ihn lustig machten. Rumpelstilzchen und die Hexe! Ich rief Raja an und erzählte ihr, was da eben abgelaufen war.

„Du musst da weg!", sagte sie geschockt.

„Ja, am besten ganz schnell. Hast du Zeit?"

„Klar, komm vorbei."

Die Vespa sprang seit ein paar Tagen gar nicht mehr an, in den Dacia würde ich mich von nun an nicht mehr reinsetzen, also bestellte ich mir ein Taxi. Als ich unten wartete, kam natürlich Eichel gerade des Weges.

„Na", sagte er, „wartest du auf wen?"

„Ja, ich fahr noch mal zu meinem Vater."

Das Taxi stoppte direkt vor meinen Füßen. Mehr als ein Abschiedsnicken gelang mir nicht.

„Das hättest du hören und erleben müssen“, sagte ich zu Raja. „Die sind so was von durch. Die wollen mich zu einem seelischen Krüppel machen, habe ich das Gefühl.“

„Oder meinen die es wirklich alles nur gut?“, fragte Raja. „Ich kann das kaum glauben, dass die ... Komisch ... Warum reden so viele über ne Sekte, wenn sie aufs Sanatorium zu sprechen kommen? Überhaupt schon dieser Name: SSH.“

„Ja, ich weiß“, sagte ich. „Kann genauso gut Hitlers SS bedeuten ...“ Erschüttert sah mich Raja an. Ich hatte eine Gänsehaut. Ständig diese Sprüche, die unter die Gürtellinie gingen. Türken mochte er nicht, alle Muslime waren ihm unheimlich und vertraten den falschen Glauben, die Amerikaner konnte er nicht ausstehen, Farbige waren Neger, so habe er es in der Schule gelernt, und als einmal eine Patientin sagte, ihre Oma habe den Hitlergruß in der Schule lernen müssen und wende ihn trotzdem heute nicht an, war sie danach nie wieder gesehen. Nach Asien würde er sowieso niemals reisen. Das Einzige was zählte, war Europa. Ganz vorn stand Deutschland, der Harz, Braunlage, und natürlich Österreich.

„Ich bräuchte jetzt n Wein“, sagte ich.

„Ich gucke mal, ob ich was finden kann.“

Wir saßen in der Küche am rustikalen Eichentisch. Raja stand auf, öffnete einen Schrank und stellte eine schwere dunkle Flasche Roten auf den Tisch. Sie hielt mir den Korkenzieher hin. Guter Tropfen, dachte ich. Nach einer Stunde war nichts mehr da und mir ging es besser. Raja sagte, von ihr aus könne ich heut Nacht bei ihr schlafen, ihre Mitbewohnerin sei in München.

Ich konnte aber nicht schlafen. Ich lag in Rajas Bett, sie in dem ihrer Freundin. Totaler Schwachsinn. Alles roch nach ihr. Ich konnte gar nicht genug davon bekommen. Als es hell wurde, stand ich auf. Ich hatte gerade keinen Ständer. Ich ging aufs Klo.

„Paul ...“, hörte ich sie leise rufen.

Ihre Tür war nur angelehnt.

„Wir gehen heute zusammen zu Frau Darm und Herrn Eichel“, sagte sie. „Ich weiß, man sollte nie etwas überstürzen. Aber du musst da weg. Ich habe die ganze Nacht nachgedacht.“

„Ich auch“, sagte ich.

Sie erzählte mir ihren Plan und ich war einverstanden.

Ich vereinbarte einen Termin mit Eichel und der Ollen um eins, in der Mittagspause. Ich wusste, dass Eichel um halb zwei mit den Psychos sein vollbescheuertes Theaterstück probte, also wäre die Länge des Gesprächs eingegrenzt. Mir schlotterten trotzdem die Knie.

Wir fuhren mit Rajas Cabrio. Das Verdeck ließen wir geschlossen, es war kühl.

Das Treffen fand in einer der Ruhezonen unter hohen sattgrünen Bambusgewächsen statt, und wie immer stand Kuchen auf dem Tisch, diesmal allerdings kein Selbstgebackener. Dazu gab es wie immer Kräutertee aus winzigen Tässchen. Ich hatte weder Lust auf das eine noch auf das andere, nur auf ne Line könnte ich jetzt, dachte ich. Wir begrüßten uns alle per Handschlag, ich war froh, dass ich keiner Umarmung ausgeliefert war.

„Sie sind also die Schwangere“, meinte die Olle gleich, und ich fand den Unterton ziemlich unhöflich.

„Genau.“

„Was können wir denn für Sie tun?“, frage Eichel. Er wandte sich zu Raja: „Suchen Sie Arbeit bei uns im Sanatorium?“

„Nein, eher nicht“, sagte sie nett.

Ich begann vorsichtig:

„Ich habe etwas auf dem Herzen ..." Alle drei schauten mich abwartend an, also sagte ich es direkt: „Raja und ich wollen zusammenziehen. Wir haben schon eine schöne Wohnung."

Sofort senkte sich Eichels Kinn wieder auf die Brust, das war diese beschissene Marotte von ihm, wenn er sich verletzt fühlte. Die Olle machte den Mund auf, erstaunt, aber absichtlich.

„Sie wissen, dass Haus D in zwei Wochen fertig ist?" Die Olle fand als erstes ihre Stimme wieder. Fragend schauten wir sie an. „Ja, das wäre doch wundervoll! Ein Zimmer für euch gemeinsam ... und ein Kinderzimmer ..."

„Die Wohnung ist in Hannover", sagte Raja.

„Ich werde meinen Zivildienst bei Ihnen abbrechen", brachte ich hervor, und es war mir nicht mal sehr schwergefallen, es auszusprechen. Eichels Augen starrten weiter nach unten. Das Lächeln der Ollen war zu Eis erstarrt.

„Also", sagte Eichel schließlich, wobei er endlich den Kopf ein Stück hob. „Ich nehme das nicht einfach so hin. Ich möchte unter sechs Augen mit dir sprechen!" Sein Blick traf Raja. „Wenn Sie uns bitte entschuldigen würden ..."

„Ich möchte gerne Frau März bei jedem Gespräch von nun an dabeihaben." Nach außen blieb ich hart, innerlich wütete ich.

„Dann ist die Sitzung hiermit beendet! Wir brauchen den Autoschlüssel."

Ich zog ihn aus der Jeanstasche und legte ihn auf den Tisch neben mein Kuchenstück.

„Sie brechen uns das Herz", musste die Olle jetzt natürlich noch raushaun.

Es prallte an mir ab.

„Wie kommen Sie überhaupt so plötzlich dazu?" Sie siezte mich wieder. „Ist Ihnen gar nicht klar, was Herr Eichel Ihnen gestern angeboten hat!" Ihre Falten wurden tief wie Schluchten.

Von da an sagte keiner mehr was. Raja und ich standen gleichzeitig auf und würgten ein Auf Wiedersehn heraus.

„Zwei Wochen musst du noch aushalten", sagte sie, als wir auf meinem Zimmer waren.

„Nee", sagte ich. „Keine Nacht mehr. Ich nehm mir ein Hotelzimmer."

„Ja, das ist wahrscheinlich die bessere Entscheidung ..."

„Fährst du mich zum Maschsee?"

Sie nickte.

Ich hatte ein paar Ikeatüten gesammelt und schmiss alles, was mir wichtig erschien, da hinein. Auf den Rest konnte ich auch scheißen. Ich hing sowieso an nichts. Ein paar Klamotten, Laptop, das Gramm Köken, das ich noch hatte, Stifte, Schreibblock und Kleinkram. Ich wusste, ich würde nicht wiederkommen. Es klopfte. Eichel öffnete die Tür ohne auf ein Herein gewartet zu haben.

„Ich wollte dich nur noch mal an den Vertrag erinnern!"

„Den Arbeitsvertrag?" Ich hatte keine Ahnung mehr, was da drinstand.

„Nein, den Autovertrag."

„Ähm, was ist denn damit?"

„Du hast jeden Monat die Rate von hundertfünfundsiebzig Euro vierundachtzig zu überweisen. Und wie ich eben festgestellt habe, fehlt immer noch die erste Rate."

Er wartete. Ich verstand nicht, was er meinte.

„Aber das Auto gehört doch dem Sanatorium ..."

„Ja, aber du hast unterschrieben, dass du es dem SSH im Laufe der nächsten fünf Jahre spendest!"

„Wie bitte?" Ich war auf 180.

„Du weißt ja wohl, was du unterschrieben hast."

„Nee, weiß ich leider nicht."

„Dann lies dir den Vertrag bitte ordentlich durch."

„Aber das war doch eine Vertrauenssache", sagte ich verletzt und gereizt.

„Das war eine VERTRAGSSACHE!", war alles, was er noch sagte. Dann ging er und ließ die Tür weit offenstehen.

„Ist das ein Arschloch", sagte Raja. Vielleicht hatte er es noch gehört. „Die sind echt krank", meinte sie. Ich nickte.

Ich checkte im Courtyard-Hotel ein. Nettes Zimmer, mit Blick auf den Maschsee. Aber ich konnte jetzt unmöglich allein sein. Raja war verabredet und bot mir an, mich noch irgendwo hinzufahren. Ich rief Udo an.

Als ich bei ihm war, fragte ich ihn, ob er nicht noch irgendwo Gras rumfliegen hätte, stattdessen stellte er eine Flasche Jack Daniel's auf den Tisch.

„Alkohol bekommt mir am besten", sagte er.

Ich erzählte ihm von den letzten zwei Tagen und er sagte, er habe schon längst gewusst, dass Eichel die totale Gehirnwäsche veranstaltete. Er hätte nie verstanden, wie ich es da so lange aushalten konnte. Und Lolli fahre auch eine ganz komische Schiene, fügte er hinzu.

„Ich war wohl völlig blind", sagte ich.

Wir tranken die Flasche aus und guckten ne deutsche Komödie. Der Film lenkte mich einigermaßen ab. Um Viertel vor eins machte ich mich auf den Rückweg, zu Fuß. Ich hatte Lust zu gehen, war zwar kurz vorm Wanken, aber das störte mich nicht. Leider konnte man keinen Stern sehen, es war diesig. Auf den Straßen war nichts los, Hannover wirkte wie ausgestorben. Hier und da mal ein Taxi, aber keine Leute, die, wie ich, zu Fuß gingen. Ich sehnte mich nach Rajas Nähe, so gern hätte ich jetzt neben ihr gelegen. Ob ich sie noch anrufen konnte? Bestimmt schlief sie schon. Oder klönte noch mit ihrer Freundin. Dabei, jetzt fiel mir auf, dass sie gar nicht gesagt hatte, ob sie sich mit einer Frau oder einem Mann treffen wollte. Vielleicht mit Hassan? Ich zog eine Grimasse und spuckte auf die Straße. Hassan ... Also rief ich sie doch an. Ich wollte gleich nach dem ersten Tuten wieder auflegen, besann mich dann aber anders.

„Hallo?"

Sie hörte sich verschlafen an.

„Oh ... Habe ich dich geweckt?"

„Ach, Paul ... Ja ... aber du kannst mich immer wecken ... Geht's dir gut?"

„Geht. Nee, eigentlich nicht."

„Bist du unterwegs?"

„Ja, ich gehe gerade zum Hotel."

„Versuch zu schlafen. Das tut gut. Denk dran, was in zwei Wochen ist ... Es wird wundervoll ..."

Hoffentlich, dachte ich.

„Okay. Schlaf gut."

„Ja. Du auch." Sie legte auf.

Wie automatisch guckte ich nach oben in die vierte Etage. Die Styroporplatte war beiseitegeschoben, im Übungsraum brannte Licht. Mir war egal, wer jetzt da oben war, ich hatte weder Bock auf die Mädels noch auf Wahn. Mir kam der Gedanke, dass es mir am liebsten wäre, mit Raja in eine andere Stadt zu ziehen. Oder zumindest für ein paar Wochen zu verreisen. Das war es! Warum nicht. Eine Reise. Und wenn es nur ein Kurztrip ist, dachte ich und bekam bessere Laune. Nach Mallorca oder so was. Raja hätte bestimmt Lust. Fast hätte ich sie noch mal angerufen, um ihr diese hervorragende Idee mitzuteilen. Ich dachte mir aber, vielleicht ist es ja doch zu überstürzt und nahm mir vor, auf den passenden Zeitpunkt zu warten.

Im Hotel zog ich mich aus und haute mich ins Bett. Erst lag ich auf der linken Seite, dann auf der rechten, dann auf dem Rücken. Von die Augen offen, geschlossen, über halb offen und wieder zu. Ich fand nicht zur Ruhe. Die Idee an eine Reise mit Raja brachte meine Gedanken zum Erblühen. Es war, als habe mein Hirn frisches Blut bekommen. Ich konnte an nichts anderes mehr denken. Wollte ich auch nicht. Raja musste einfach zusagen. Was spräche auch dagegen? Ihre Schwangerschaft schien gut zu verlaufen, bis auf ihre Fressattacken hatte sie keine Probleme, so hatte sie es mir jedenfalls bis jetzt weisgemacht.

Plötzlich summte mein Handy. Eine SMS. Eine SMS von Lolli, der mir noch nie geschrieben hatte. Er schrieb: „Hallo Paul, ich habe einen Brief für dich." WAS??? Lolli hatte einen Brief für mich? Etwa einen von diesen mysteriösen Liebesbriefen? Ja, wahrscheinlich. Mir fiel ein, dass ich den letzten Brief noch gar nicht gelesen hatte und kramte ihn aus dem Rucksack.

Liebster!

Ich kann und werde ohne dich nicht leben!
Das ist ein Versprechen!

In ewiger Leidenschaft

Ich las die Zeilen mindestens fünfmal hintereinander. Mir wurde flau im Magen, denn plötzlich war mir der wahrscheinliche Ernst, der hinter diesen ganzen Briefen steckte, bewusst.

Keine Frage, das musste in jedem Fall eine Durchgeknallte, eine Kranke sein. Aber die große Frage war jetzt: Wie kam der Brief zu Lolli? Und kam er zu ihm in die Halle, in den Stern, oder zu ihm in die neue Wohnung?

Es war sechs Uhr morgens, Lolli war also schon wach. Ich rief ihn an, hatte aber keine Lust, mit ihm am Telefon über die Sache zu sprechen, wir verabredeten uns im Stern zum Frühstück, ich sollte nur Brötchen mitbringen, den Rest habe er da. Da mein Fahrrad noch beim Eichion stand, fuhr ich mit dem Bus. Jetzt hatte ich schon zwei Nächte nicht geschlafen, ich war nervös und fahrig. Obwohl ich heiß geduscht hatte, fühlte ich mich kalt und klebrig.

Wir umarmten uns. Es war eine herzliche Umarmung, das merkte ich. Der Umschlag lag auf dem Tresen. Ich riss ihn sofort auf und las:

Mein lieber, lieber Liebster!

Du kannst bis nach Argentinien fliegen,
unsere Liebe wird auf ewig siegen!

Ich freue mich auf den ersten Seelenkuss!

Ich reichte den Brief Lolli und beobachtete ihn. Keine Regung. Nichts zu erkennen. Er las ihn einfach und zuckte die Schultern.

„Da kann ich dir auch nicht helfen. Der Brief steckte gestern hier im Kasten. Hast du etwa ne Stalkerin?"

„So langsam komme ich auf Paranoia", gab ich zu. „Den ersten Brief hab ich schon vor Monaten zu Hause bei meinem Alten bekommen, bald nach meinem Klinikaufenthalt, aber ich hab keinen Schimmer von wem."

Lolli dachte nach und sagte:

„Vielleicht die mit den roten Haaren aus der Psychiatrie, erinnerst du dich?"

„Mira? Nein, die hat ihren Freund geliebt, ganz sicher ..." Er zuckte die Achseln. „Dann bestimmt eine aus dem SSH."

„Aber wer, verdammte Scheiße?"

„Was ist mit dieser Miriam?"

„Nein, ich denke nicht."

„Aber du weißt es nicht genau?"

„Doch, eigentlich schon."

„Na ja, du wirst es schon erfahren, wart's einfach ab."

Ich werde auf jeden Fall verfolgt, redete ich mir jetzt ein. Es muss jemand sein, der weiß, wo ich mich aufhalte. Bis jetzt war ich von paranoiden Attacken verschont geblieben, aber die Briefe waren ja keine Einbildung! Der Letzte lag hier direkt mit blau strahlender Tinte geschrieben vor mir auf dem Tresen.

„Erzähl mir lieber was von deiner Freundin", sagte ich schließlich, damit ich auf andere Gedanken kam.

Er schwärmte von ihr, sagte, sie sei eine wirklich fantastische Heilpraktikerin, die sich auf Homöopathie spezialisiert habe. Er trenne dort hinten die Halle ein Stück ab und richte ihr einen hellen Raum ein. Sie sähe ihre Klienten wirklich ganzheitlich, nicht nur wie die Schulmediziner wie eine Nummer, sie gehe bis an die Wurzeln und behandele die Ursache, die meistens ganz tief im Innern stecke.

Es bereitete mir Freude, ihm zuzuhören. Er war wirklich richtig verliebt. Lolli war ein Mensch, der sich innerhalb weniger Monate regelrecht wie durch einen Zauber verwandelt hatte. Er war völlig auf dem Teppich, wie mir schien, auch wenn Udo das Gegenteil behauptete. Er wusste, was er sagte und was er wollte, ihm stand die Nüchternheit gut. Sie strahlte ihm aus dem Gesicht. Und er hatte bestimmt zehn Kilo abgenommen, sein Bauch war zwar noch straff und rund, aber die T-Shirts spannten kaum noch. Er roch auch nicht mehr so penetrant nach Parfüm. Seine Haut war gepflegt und er war ausgezeichnet rasiert, er trug jetzt Glatze. Aber ja, er war auch nicht mehr ganz so erreichbar für mich, das merkte ich deutlich, die Tiefe unserer Freundschaft hatte gelitten. Manchmal entstanden unangenehme Ruhepausen. Trotzdem, die Umarmung am Ende tat genauso gut wie die am Anfang. Er versprach mir, sich sofort zu melden, falls er einen neuen Brief erhielt.

Mit dem Bus fuhr ich weiter zu Udo. Wir wollten die Vespa vom Sanatorium abholen. Udo hatte sich, wie schon zum Umzug von zu Hause ins Eichion, den Lieferwagen seines Onkels ausgeliehen. Er warf eine halb verrottete Holzbohle hinten rein und auf ging es. Ich betete, dass ich keinem begegnete. Tat ich auch nicht. Vespa und Fahrrad reingeschoben und Abfahrt. Um die Peters tat es mir etwas leid, von ihnen hätte ich mich wenigstens verabschieden können, sie waren immer nett und loyal zu mir gewesen, ich nahm mir vor, ihnen zu schreiben. Udo bot mir an, die Vespa in einer seiner Garagen unterzubringen. Ich war froh darüber.

Mein Handy klingelte. Die Neue war dran. Sie und der Alte hätten ja schon so lange nichts von mir gehört, was ja ungeheuer schade sei. Schleim. Der Alte habe etwas auf dem Herzen und es wäre nett, wenn ich sie schnellstmöglich besuchen käme. Da ich nichts weiter vorhatte, beschloss ich, gleich hinzufahren, rief Raja an und bat sie, mich zu begleiten.

Mir war schon klar, worum es gehen würde. Um das Erbe seiner Mutter. Aber da war nichts mehr für ihn zu holen. Er wollte es noch immer nicht glauben. Auch vom Erbe seines

Vaters hatte er nur den Pflichtanteil bekommen, der Großteil war in meine Taschen geflossen. Und der gepflegte rote Benz war ja eh schon lange meiner. Außerdem fuhr Oma sonntags noch manchmal damit spazieren. Ich fand es immer wieder geschmacklos, dass er auf den Wagen zu sprechen kam, obwohl sie noch quicklebendig war. Sie war für über achtzig fit wie manche andere Dame im mittleren Alter und sie beobachtete genau, was um sie herum geschah. Ich hatte kaum Kontakt zu ihr, aber wenn ich sie besuchte, verstanden wir uns fabelhaft. Wir lästerten ununterbrochen über ihn und die Neue, die sie überhaupt nicht mochte. Wir stachelten uns an und machten die beiden total runter. Danach ging's mir immer super.

Die Neue sah überrascht aus, als sie Raja an meiner Hand erblickte. Sie bot uns Platz im Wohnzimmer an, der PC summte, die Vitalin XJ 9-Startseite war geöffnet. Nur gesunde lachende Fratzen, Frauen, Männer, Kinder, Babys, wie Werbung für Jehovas Zeugen, es fehlten nur noch die lachenden, verschmusten Löwen, auf denen die Kinder reiten. Mir war danach, das mit dem Dacia vom SSH meinem Vater kurz mitzuteilen, natürlich guckte er mich an wie man eben einen Bescheuerten anguckt. Klar, ich hatte keine Hilfe von ihm zu erwarten, obwohl sein einziger halber Freund Anwalt war. Er blieb stumm und die Neue kam mit Espressotässchen. Sicher hatte er sich auf das Thema Erbe eingeschossen und war jetzt verwirrt, da er vor Raja lieber seine Fresse halten würde, aber selbst das war nicht ganz sicher.

„Wir trinken ja nur noch Espresso SCHWARZ!", sagte sie wie immer. „Zucker nehmen wir gar nicht mehr. Und Milch ist bei uns ja sowieso ein Auslaufprodukt ... Oder isst du etwa immer noch den versteckten Zucker, Paul?"

Hier rein, da raus. Immer die gleiche Leier, ich kannte alles auswendig. Aber wenn der Alte jede Woche donnerstags bei seiner Ex war, schaufelte er sich zwei Tafeln Schokolade rein und trank Milchkaffee mit vier Löffeln Zucker. Nachholen oder vorsorgen. Er war zum Sklaven ihrer Ernährungszwangsneurose geworden. Er kam da nicht mehr raus. Er sagte Ja und Amen. Immer. Zu allem. Er war kein Mann mehr, er war die Fliege und sie die Kröte. Ich verachtete ihn und stellte so viele Zuckerwürfel in die schwarze Brühe, bis der Obere nachher rausragte, um dann gleich darauf in sich zusammenzusinken. Ich rührte nicht um. Schmeckte zum Kotzen, war mir aber eine riesige Freude, sie sprachlos zu sehen.

„Ach, Paul", wiederholte sie sich zum x-ten Mal: „Es ist so schrecklich, so viel über Ernährung und Gesundheit zu wissen. Ich wünschte, ich wüsste weniger."

„Ja, das haben wir alles aus der Literatur", gab der Alte seinen Senf dazu und nickte großkotzig. „Du solltest auch Bücher lesen."

Stolz wie eine Königin legte sie ein Ding auf den Tisch. Sie machte auf geheimnisvoll. Dann strahlte sie uns an.

„Die ALLERNEUSTE Erfindung von VITALIN XJ 9!"

Sie wartete.

„Sieht aus wie ein Mundspray", stellte Raja fest.

Beide pressten die Lippen aufeinander und nickten selbstverliebt.

„Wir nehmen es jetzt seit zwei Wochen", sagte sie, „und wir fühlen uns wie neue Menschen, nicht wahr, Ernst ..."

Ein herzzerreißendes Nicken in unsere Richtung. Er MACHTE tatsächlich gerade Raja an! Meine Freundin! Du verschissener Nazipimmel!, tobte ich.

„Und jetzt frag deinen Vater mal nach seinem Stuhlgang,

Paul ..."

„Nee!"

Ich sah, dass Raja fast ihren Espresso über den Tisch prustete. Ich fand das überhaupt nicht witzig. Mir quirlte die ganze Scheiße zu den Ohren raus.

„Ja", sagte der Alte, „die Farbe ist viel natürlicher ..."

„Früher konnte man ja nicht einmal in die Nähe der Toilette gehen, wenn dein Vater drauf war ... Na ja ... Es geht jetzt aber um Vitalin XJ 9, um die allerneueste Erfindung – DIESES VITAMINSPRAYS! Es dringt SOFORT über die Schleimhäute in den ORGANISMUS des ganzen KÖRPERS ein. In rasender Geschwindigkeit. Und natürlich gibt es das Spray in FÜNF NATÜRLICHEN Geschmacksrichtungen. Und das Ganze zum umwerfenden Einkaufspreis von neunundzwanzig achtzig. Das muss man sich mal auf der Zunge zergehen lassen: NEUNUNDZWANZIG ACHTZIG! Dieses winzige Fläschchen reicht sage und schreibe zwei Wochen! Könnt ihr das glauben? Na, könnt ihr? Man kommt ja manchmal nicht dazu, gerade wenn man unterwegs ist, genug Vitamin A,C,E und ganz zu schweigen von den ganzen B-Komplex Vitaminen, die man braucht: B6 und B12, um nur zwei zu nennen, dann die Folsäure, Beta-Carotin und so weiter und so weiter, zu sich zu nehmen. Ach, wirklich, wir werden ganz gesund alt, darauf könnt ihr euch verlassen, nicht wahr, Ernst. Vitalin XJ 9 ist DAS BESTE, was die Menschheit in den letzten zwanzig Jahren erfunden hat. Umweltbelastung, Rauchen, Alkohol, alles zerstört die Freien Radikale. Wirklich, dieses Spray ... " Sie hielt es hoch, „... bedeutet eine Revolution in der gesamten Ernährungskette ..."

„Ich würde es gern probieren", sagte Raja jetzt tatsächlich. Die Neue sprang sofort drauf an.

„Paul hat erzählt, du bist Unternehmensberaterin ..."
Raja nickte. Die Neue überlegte nicht lange und haute völlig überzogen raus:

„Wir machen ein Tauschgeschäft, ja? Du hilfst mir mein Unternehmen zu vergrößern und den Markt GANZ GROSS zu erobern und dafür bekommst du jede zwei Wochen ein Jahr lang das Spray GRATIS. Und den Rest, wie Tabletten und die ganze Kosmetikpalette zum Einkaufspreis. Ist das nicht schön, Ernst?"

„Ja, finde ich richtig geil." Wenn der Alte dieses Wort aussprach, versank ich jedes Mal im Erdboden.

„Ich will bei dir ja gar keinen Gewinn machen", redete sie weiter auf Raja ein. „Und am besten du wirst dann selbst Vertriebsleiterin. Davon profitiere ich und steige immer höher auf der Leiter. IMMER HÖHER! Eine Hand wäscht die andere. Aber mit VITALIN XJ 9 wäscht man sich besser! Ha-ha-ha-ha-ha ..."

Jetzt alle zusammen: Ha-ha-ha-ha-ha ... Es hörte gar nicht mehr auf. Gleich würden dem alten die Glubscher aus dem Kopf schießen, so gierte er beim Grölen meine Freundin an, die durch ihre Schwangerschaft inzwischen beachtliche Brüste bekommen hatte.

Als wir uns alle beruhigt hatten, sagte die Neue:

„Denkt an die Umweltgifte in eurem Körper. Das Vitalin XJ 9-Mundspray macht euch kerngesund ... Und ich biete dir selbstverständlich jeden Monat kostenlos ein Seminar für Einsteiger an, Raja."

„Hört sich wirklich interessant an", log Raja. Und die Neue war zu blöd, um den Unterton wahrzunehmen.

„Wisst ihr", sagte sie feierlich, „der Ernst und ich, wir kippen einfach um, wenn wir steinalt sind ... Von uns beiden muss sich keiner im Heim quälen. Wir sterben gesund!"

Wenn es doch bloß schon so weit wäre, dachte ich und sagte: „Das freut mich."

„Von mir aus können wir gleich nächste Woche anfangen", sagte die Neue zu Raja.

„Am besten ich melde mich", erwiderte Raja zu freundlich. „Ich habe gerade eine mehrmonatige Auszeit begonnen. Das tut mir jetzt natürlich leid."

„Ach ja, eine Auszeit könnte ich auch gebrauchen, nicht wahr, Ernst. Wir fahren ja in zwei Wochen nur für eine Woche nach Sylt statt in die Karibik. Aber ich bräuchte mal ein ganzes halbes Jahr. Dieser Stress heutzutage ..."

Sie tat mir leid.

„... ich bräuchte ja gar nicht vier oder fünf Millionen, zwei würden es ja auch tun ..."

Ich schaltete ab, bis sie sagte:

„Ach Paul, ich habe übrigens wieder einen Brief für dich." Sie griff auf das Beistelltischchen und gab mir einen weißen Umschlag, wo nur in Schönschrift mein Name drauf versehen war.

Raja wollte nicht mit ins Havana kommen, sie sagte, sie habe für heut genug zugehört.

Sie saßen an drei zusammengeschobenen Tischen. Klemens, Clark, Natz, Hektor und die ganzen Mädels aus dem Übungsraum, wovon mir keiner was gesagt hatte. Aber zu spät – sie hatten mich längst erspäht. Scheiße, dachte ich und setzte mich zu ihnen.

„Ach, der Herr Schriftsteller", sagte Kassandra und grinste mich breit an. Sie gab den anderen zu verstehen, dass wir uns schon näher kannten.

Samiras Lächeln war umwerfend. Alle, bis auf Natz, begrüßten mich nett. Natz guckte woanders hin.

„Wir sprechen gerade über den Auftritt im Stern", sagte Klemens. „Die Mädels wollen mit uns zusammen auf die Bühne."

„Ja, wir diskutieren gerade, wer anfängt", sagte Kassandra.

„Na, wir natürlich", sagte ein Mädel, dessen Namen ich vergessen hatte.

„Ihr könnt als unsere Vorband spielen", meinte Clark.

„Wir haben sechs Stücke, Paul", sagte Klemens zu mir. „Das rockt richtig ab!"

„Ihr seid stehengeblieben", sagte wieder das Mädel. „Heutzutage spielt man Funk oder Soul oder Jazz ... Tss, Rock ..."

Alle redeten durcheinander. Ich saß an der Ecke und versuchte den Gesprächen und Diskussionen so gut es ging zu folgen. Sie sprachen über Instrumente, über Bands und Songs, über Sounds, Shows und Licht. Beide lächelten mich an – Kassandra und Samira. Manchmal auch gleichzeitig. Kassandras Stimme war durchdringend, sie schmiegte sich an Irene und lachte mit ihr. Die Mädels tranken Wein, die Jungs Bier. Keiner war schlecht drauf. Es war ein harmonisches Miteinander. Endlich kam die Bedienung. Ich bestellte mir auch ein Bier.

Ich kam mit keinem ins Gespräch. Ich fand mich überflüssig. Also trank ich schneller als gewöhnlich, ich wollte mich wieder auf den Weg machen. Als ich aufstand, fragte Clark erstaunt, ob ich schon loswolle. Ich erwiderte, ich sei noch verabredet und schenkte Kassandra und Samira einen kurzen, aber herzlichen Lächler.

Paul!

Es ist ein Zauber, ja ein Zauber,

denn jede Seelenverwandtschaft ist Magie.
Du bist jede Sekunde in mir, in meinen
Träumen besuche ich dich!

In allertiefster Liebe

Ich fühlte mich einsam im Hotelzimmer. Ich starrte den Brief an, dachte aber an was ganz anderes. Im Havana hatte ich gemerkt, dass mir das mit den ganzen Leuten viel zu viel war. Die Lautstärke, die vielen Wörter, das zum Teil so oberwichtige Gehabe von manchen. Mit jedem Gedanken mehr daran, verging mir die Lust, Wahn noch weiterhin meine Texte zur Verfügung zu stellen. Waren es nicht nur Gedichte? Und sollten es nicht nur Gedichte bleiben? Ich zweifelte auf einmal daran, ob sie wirklich für die Stücke taugten. Was war überhaupt ihr Ziel? Hatten sie eins? Machten sie nur Musik, weil es ihnen Spaß machte? Ich hatte sie nicht danach gefragt. Wollten sie berühmt werden? Eins musste ich ihnen zugestehen: Sie waren wirklich schnell vorangekommen.

Ich rief Raja an.

„Hallo, Paul“, sagte sie, „ich wollte dich auch gerade anrufen. Willst du nicht zu mir kommen? Ich vermisse deine Gesellschaft ...“

„Meinst du das wirklich?“

„Ja, klar!“

„Bin gleich da.“

Sie sah hinreißend aus in ihrem weißen Schlafanzug. Die Hose war etwas zu lang und zu weit, man sah kaum etwas von ihren wunderschönen Füßen. Sie legte sich aufs Sofa und kuschelte sich in eine Wolldecke ein. Der Fernseher lief. Sie schaltete ihn aus und drückte auf die Fernbedienung des CD-Players, Norah Jones begann zu singen.

Ich hatte das Bedürfnis, ihr von Samira und Kassandra zu erzählen. Die ganzen letzten Tage hatte ich darüber nachgedacht. Raja hörte aufmerksam zu und ich beobachtete, ob sich ihre Mimik veränderte. Ich verschwieg nicht, dass ich vielleicht sogar ein Tick in beide verknallt war. Wenn ich mich nicht täuschte, füllten sich Rajas Augen kurzweilig ein wenig mit Wasser. Oder irrte ich mich? Das müsse ich mit mir selbst klären, sagte sie dann aber, da könne sie mir nicht bei helfen. Und das wolle sie auch nicht. Sie war eifersüchtig. Ich spürte es. Und das, obwohl sie im Café, als sie mir angeboten hatte, mit in die Wohnung zu ziehen, knallhart gefordert hatte: Keine Eifersuchtsdramen! Das war allein von ihr gekommen. Vermutlich dachte sie jetzt an dieses Abkommen, denn sie sagte erst mal gar nichts weiter. Dann schaltete sie den Fernseher wieder an und starrte aufs Bild. Die CD lief auch noch. Ich bereute überhaupt nicht, dass ich gequatscht hatte. Ich wollte ihr doch somit nur sagen: Hey, du kannst mich ganz haben. Hier bin ich! Aber ich sagte es nicht. Ich schwieg nun auch und rang mit meinen viel zu vielen Gedanken.

„Möchtest du ein Glas Wein?“, fragte sie nach einer Weile. „Und Käse? Ich hab voll Lust auf Käse ...“

Sie stand auf und ging zielstrebig in die Küche. Ich folgte ihr, blieb im Türrahmen stehen und schaute ihr zu, wie sie den Gouda in Scheiben schnitt, dazu wusch sie grüne Weintrauben in einem Sieb ab und dekorierte sie sorgsam neben dem Käse aufs runde Holzbrett. Sie drückte mir eine Flasche Rotwein und ein Glas in die Hände. Das Ganze war schweigend abgelaufen. Sie hatte mich nur dürftig angeschaut, während ich ihren wunderschönen Hintern betrachtet hatte.

„Ich weiß auch nicht“, sagte sie, als wir wieder saßen. „Es ist alles ziemlich schwierig im Moment. Ich bin so wütend auf Hassan ... Ich interessiere ihn nicht mehr ... Er geht nicht mal mehr ans Telefon ..."

„Wütend hört sich das jetzt aber nicht gerade an", sagte ich.

„Dann bin ich eben traurig ..."

Scheiße! Genau jetzt wäre der Augenblick des in den Armnehmens gekommen, aber ich traute mich nicht, denn eine Ablehnung könnte ich nicht vertragen. Ich nahm einen Schluck. Weintrauben und Käse blieben unberührt.

„Setz dich doch neben mich ...", sagte sie.

Ich stand vom Sessel auf und nahm neben ihr auf dem Sofa Platz. Sie schnappte sich meine Hand und hielt sie fest. Ich streichelte mit dem Daumen über ihre schlanken Finger. So saßen wir ein paar Minuten rum und starrten zur Glotze.

„Ich freue mich, dass du hier einziehst ...", sagte sie.

„... Bist du dir da ganz sicher?"

„Ja, ganz sicher." Sie sprach auffallend leise. Sie hatte einen Kloß im Hals. Sie wirkte so zerbrechlich, so verletzt, von Hassan, von mir jetzt auch?, vielleicht verletzt von allen.

„Es ist schön, in deiner Nähe zu sein, wirklich", sagte sie, „aber ich glaube, ich möchte jetzt trotzdem allein sein ..."

Wir lächelten uns unsicher, fast schüchtern zu.

Gibt es wirklich Zufälle?, fragte ich mich in dem Augenblick, als Samira mir über den Weg lief. Sie lief wirklich. Rannte fast. Ich machte einen gemütlichen Spaziergang um den Maschsee, es war kurz nach elf am Morgen. Noch im Rennen strahlte sie mich an und blieb dann abrupt vor mir stehen. Wir begrüßten uns mit einem Hallo.

„Schön dich zu sehen“, hängte ich hinten dran.

„Ja, finde ich auch.“

„Läufst du jeden Tag um den Maschsee?“

„Nee, viel zu wenig Zeit ... Natz, Clark und ich waren gestern noch im Übungsraum“, sagte sie ohne Umschweife. „Ich hab ein paar Texte von dir gelesen. Also ich muss schon sagen – sie gefallen mir. Wie lange schreibst du an einem Text?“

„Ach, ganz verschieden. Aber meistens nicht länger als zehn, fünfzehn Minuten.“

„Echt? Ich brauche für einen zwei Tage. Ach ja, das wollte ich dir noch sagen, bevor es Missverständnisse gibt: Mach dir keinen Kopf wegen Kassandra und dir. Ich bin sehr glücklich mit meinem Freund. Ich kann das mit Kassandra und den ganzen Typen auch leider nicht mehr für voll nehmen ... Mit jedem, mit dem ich mehr als drei Sätze spreche, springt sie ins Bett.“

„Warum ist das so?“

„Ach, das ist ne lange Geschichte ... Hat mit unserem Vater und meiner Mutter zu tun. Ist auch egal. Hauptsache ihr hattet Spaß ...“

Sie sagte das nicht sarkastisch oder böse. Sie meinte es, glaubte ich, sogar aufrichtig.

„Ich hab's eilig ...“, sagte sie und lief weg.

Ich atmete auf. Hier hatte mir, wenn es ihn gab, Gott in die Karten geschielt und mich gerettet. Beide Mädels hatten sich mit einem Schlag erledigt. Mit Kassandra könnte ich ab sofort keinen Sex mehr haben und mit Samira wäre es sowieso nichts geworden, wenn man ihr Glauben schenken konnte. Ich glaubte ihr. Lächelnd und ein ganzes Stück freier, setzte ich meinen Spaziergang in aller Seelenruhe fort.

„Ich hab's geklärt“, sagte ich zu Raja am Telefon, als ich wieder im Hotel war.

„Was?“

„Raja ... ich ...“

Scheiße! Fast hätte ich’s gesagt! Das durfte ich nicht. Bestimmt würde sie einen Rückzieher mit dem Einzug machen, wenn ich ihr sagte, wie sehr ich sie begehrte und liebte. Ich konnte das überhaupt nicht abschätzen. Ich hatte den Eindruck, sie wollte und wollte auch nicht. Na ja, dachte ich, vor ein paar Tagen hat sie ja auch noch diesen beschissenen Hassan geliebt und hätte ihn sogar geheiratet. Wie soll sie sich jetzt so schnell und vor allem ganz auf mich einlassen?

„... Ähm, darf ich mit Brötchen kommen?“, fragte ich.

„Mit Brötchen immer! Ich hab dir auch eine Überraschung mitzuteilen ...“

Wir umarmten uns, dann trat sie einen Schritt zurück und sagte:

„Ulla zieht schon nächstes Wochenende um. Und sie bleibt bis dahin in München. Ich habe ihr versprochen, dass wir den Umzug für sie organisieren. Es bleibt fast alles hier ... Sofa, Tische, Küche, Schränke ... eigentlich braucht sie nur ihre Klamotten und persönlichen Sachen. Gefällt dir die Einrichtung?“

„Klar, sie ist ein Traum. Ich hab mich noch nirgends so wohl gefühlt.“

Aber ich fragte zum genauen Verständnis noch einmal:

„Das heißt ... wenn ich wollte ... könnte ich meine paar Sachen aus dem Hotel holen und einziehen?“

Sie nickte.

„Sofort?“

Sie nickte wieder.

Keiner wusste jetzt, wo ich mich aufhielt. Keiner von Wahn, kein Lolli, kein Udo, keine Kassandra und keine Samira. Und zum großen Glück kein verschissener Nazi-Eichel oder die Olle. Nicht einmal mein Vater und die Neue. Das gefiel mir erst mal ganz gut so. Nur müsste ich mich bald bei Miriam melden, das war ich ihr schuldig, ich vermisste sie auch wirklich etwas.

Ulla hatte eine riesige DVD-Auswahl. Schon am ersten Abend schauten wir zwei Filme. Raja lag auf dem Sofa und hatte ihre Unterschenkel über meine Beine gelegt. Dabei massierte ich ihre weichen Füße. Ich mag Füße, vor allem ihre, sie hat Größe 38 und so gut wie keine Hornhaut. Eine Kerze brannte, ich trank Wein und sie Tee, den ich ihr nur zu gern zubereitete. Eines gefiel mir allerdings gar nicht: Bei Ulla im Bett zu schlafen! Brauchte ich zum Glück aber auch nur drei Nächte. Raja rief mich nachts um zwei zu sich. Ich legte mich auf den Rücken und sie schmiegte ihren Kopf in meine Armbeuge. Ich streichelte ihre Schulter. Ihre flache Hand lag auf meinem Bauch und natürlich hatte ich einen stehen. Sie berührte ihn absichtlich oder nicht absichtlich, auf jeden Fall wusste sie nun, wie es um mich bestellt war. Und in der nächsten Nacht, ich ging nach ihr ins Bad, lag sie nackt unter der Decke. Kerzenschein, ganz leise Norah Jones ... Nie hatte ich zärtlicher Sex mit einer Frau gehabt. Wir hatten keine Scheu voreinander, unsere Körper ertasteten sich, berührten sich überall, langsam, genussvoll, wir ließen uns Zeit. Stundenlang streichelte ich ihren gewölbten Bauch. Und nachdem wir ein paar Stunden geschlafen hatten, schliefen wir wieder zusammen.

„Wie ist es jetzt mit uns?“, traute ich mich endlich zu fragen.

„Findest du es nicht einfach nur schön?“, war die Gegenfrage. „Lass es uns doch genießen, so lange wir können ...“
Ich küsste ihr rotes Haar. Sie hatte recht. Mein Gott, dachte

ich, wie spießig bist du eigentlich! Bleib doch mal cool!

Von da an vögelten wir entweder, kochten und aßen, guckten DVD, auch Pornos aus Ullas Sammlung, gingen einkaufen, schliefen oder redeten. So verging die Woche. Wir vögelten uns durch jedes Zimmer. Wir trieben es auf dem Küchentisch, auf dem Sofa, auf dem Parkettboden, auf dem Schreibtisch, im Bad am Waschbecken, in der Wanne, überall. Raja war trotz ihres Babybauches noch immer unglaublich gelenkig und zeigte mir Stellungen, die ich mir nie erträumt hätte. Ich genoss jede Körperpartie von ihr, alles in unendlicher, doch auch wilder Leidenschaft und Zärtlichkeit. Wir kosteten jede Sekunde aus. Es gab nichts, wozu wir keine Lust hatten. Am letzten Morgen, bevor Ulla kam, holten wir die Umzugskartons aus dem Keller und leerten die Kleiderschränke. Ihre persönlichen Sachen wollte Ulla selbst zusammensuchen. Mit jedem vollen Karton fühlte ich mich freier. Im Hinterkopf hatte ich immer noch das Gramm Koks. Es lag in einem Umschlägchen in meinem Rucksack. Ich dachte oft daran, es wegzuwerfen, brachte es aber nicht fertig. Dafür war es zu gut. Ich konnte im Augenblick ohne Probleme darauf verzichten, sagte mir aber, bevor du es wegschmeißt, triffst du dich lieber eine letzte Nacht mit Udo und feierst durch.

Es war nicht die Spur witzig. Raja drückte mir den weißen Umschlag in die Hand. Grausame Gänsehaut setzte sich auf meinen Körper. Mir wurde schlecht. Raja starrte mich an.

„Wer weiß denn, dass du hier bist?“

„Keiner!“

„Das stimmt wohl nicht ...“

„Mach du ihn auf.“

Ich folgte ihr in die Küche. Sie benutzte ein scharfes Messer, um das schöne handgeschöpfte Papier nicht zu beschädigen.

Sie las vor:

Paul!

Nie hat mich ein Mensch so sehr verletzt wie du!
Mein lieber, lieber Paul!
Ich habe dir vertraut!
Ich schwöre dir: Wir gehören zusammen,
bis zu den letzten Flammen!
Du bist in mir!

Liebe Grüße aus dem Himmel hier auf Erden.

„Das steht fest“, sagte Raja „du hast eine Stalkerin!“ Sie fand es genauso wenig witzig wie ich. Und sie hatte recht! Sofort gingen wir alle Mädels und Frauen durch, mit denen ich in letzter Zeit zu tun gehabt hatte. Es war ein ekliges Gefühl, in jeder eine potentielle Stalkerin zu vermuten. Ich versuchte mir alle Patientinnen aus dem Sanatorium zurück ins Gedächtnis zu holen.

„Scheiße ...“, schnaubte ich.

Ich fühlte mich in meiner Freiheit, die eben noch so grenzenlos schien, total beschnitten.

Doch wie aus heiterem Himmel knallte ein Mann in mein Denken, den ich bei meinem eigenen Klinikaufenthalt kennengelernt hatte. Wer sagt denn, dass es eine Frau ist?, fragte ich mich. Er hieß Johannes, war stockschwul und war der total abgedrehte Psychotiker. Er hatte ständig davon geredet, dass jeder und alles Sünde sei, nur ich, Paul Sittich, sei keine Sünde, ich sei makellos, ich sei der Erlöser, das sehe er, denn er sei ein wahrer Seher. Und sein letzter Schritt auf der Erde müsse sein, jemanden zu finden, mit dem er gemeinsam in den Tod gehe, um von oben aus dem Paradies richten zu können. Er habe den Verdacht, das sei ich. Ich nahm von seinem Gerede nichts ernst. Das Kuriose war, dass er Lolli kannte. Lolli aber nicht ihn. Er konnte sich nicht daran erinnern, je mit Johannes in Kontakt getreten zu sein. Mir hingegen erzählte Johannes, Lolli sei ein Erwählter und gehöre seit Jahren seinem Glaubens-Kreis an. Das alles berichtete ich nun Raja.

„Können wir die Polizei verständigen?“, wollte sie wissen.

„Ich weiß doch nicht mal, ob es sich wirklich um diesen Typen handelt“, sagte ich.

„Fühlst du dich bedroht?“

„Nein. Eigentlich noch nicht.“

„Eigentlich?“

„Nee ... wirklich nicht ... Aber unheimlich finde ich es schon.“

„Fick mich!“

Ich konnte kaum glauben, was ich da sah. Mein Kind! Wir konnten tatsächlich auf dem Monitor das Bild eines richtigen Körpers erkennen. Hände mit Fingerchen, Arme, Füße, Beine, Oberkörper, Kopf, sogar die Nase ... Ob Junge oder Mädchen, sagte der Arzt, dafür sei es noch etwas zu früh. Gut gelaunt, überglücklich und euphorisch gingen wir Pizza essen. Wir überlegten ständig, wie wir das Kind wohl nennen würden. Raja hatte ihre Favoritennamen und am Ende überließe ich ihr sowieso die Entscheidung.

Ich hatte ein schlechtes Gewissen. Vor allem Udo und Lolli

gegenüber. Ich wohnte nun schon drei Wochen mit Raja zusammen, hatte aber bis jetzt noch nicht das geringste Bedürfnis verspürt, mich bei irgendwem zu melden. Heute schon. Es war ein Bauchgefühl. Ich rief Lolli an und entschuldigte mich gleich. Er freute sich, meine Stimme zu hören und sagte, gut dass ich anriefe, alle würden sich Sorgen machen, morgen fänden die Auftritte von Wahn und den Mädels statt. Er hätte circa zweihundert Leute auf der Gästeliste stehen und die Konzerte wären auch ziemlich groß in der Presse angekündigt worden. Raja sagte zu meiner riesigen Freude, dass sie mich begleite. Jetzt war ich erst recht froh, dass ich ihr von Kassandra und Samira erzählt hatte – mir müsste nichts peinlich sein.

Am nächsten Abend hatte ich keine Lust zum Stern zu fahren. Ich fühlte mich schlapp und außerdem fiel mir wieder ein, dass ich es hasste, mit zu vielen Menschen auf einem Fleck zu sein. Mindestens zweihundert Leute, dazu bestimmt extrem laute Rockmusik. Ich war total genervt, hatte übelste Laune. Raja rief ein Taxi und schob mich die Treppe runter. Wir waren pünktlich und ich nannte bei einer jungen Frau, die hinter der Tür saß, meinen Namen. Sie strich ihn von der Gästeliste und lächelte Raja nett an. Die Luft war schon jetzt stickig, die Bühne bunt angestrahlt, die Instrumente glänzten und warteten auf ihren Einsatz. Am Tresen trafen wir auf Lolli, dem der Schweiß auf der Glatze stand. Er umarmte mich und stellte sich bei Raja vor, obwohl sie sich ja schon bei Fritz‘ Party gesehen hatten. Anscheinend konnte er sich gar nicht mehr an sie erinnern, Raja hingegen hatte sein Gesicht nicht vergessen.

„Es tut mir leid, Paul“, sagte er, „ich bin n bisschen im Stress.“

„Wo sind denn Clark und die anderen?“, fragte ich.

„In den Umkleidekabinen, im Backstage-Bereich ... Geht ruhig durch.“

„Nee, wir gucken uns das Spektakel von weiter hinten an. Wer fängt denn an?"

„Die Mädels."

Wir suchten uns einen Platz an der rechten Wand und lehnten uns an.

Die Mädels ließen nicht lange auf sich warten. Und wirklich, sie spielten wundervoll. Nicht aufdringlich, nicht zu laut, alles war harmonisch zueinander abgestimmt. Samiras Stimme war in den Höhen sanft wie ein zarter Wind, sie war wirklich zum Verlieben. Raja nickte mir anerkennend zu.

„Schöne Frau", sagte sie. „Aber beide gefallen mir gut."

Es war nicht der Jazz, der einen verrückt macht, jedes Instrument stach für sich heraus, es war kein Einheitsbrei. Ich liebte die Musik. Und Raja lächelte auch die ganze Zeit, sie schien beeindruckt. Sie kannte sich im Gegensatz zu mir aus mit Jazz, ihre Sammlung von ausgewählten CDs war enorm. Nach den Soli bekamen die Musikerinnen jedes Mal gebührenden Applaus, vor allem Daria, die Saxophonistin. Sie strahlten, wippten, tanzten und spielten vier oder fünf Zugaben. Alle schwitzten, alle sahen sexy aus, die Erotik, die sie ausstrahlten, war zum Verrücktwerden. Bestimmt wollte sie jeder Mann mindestens für diese eine Nacht besitzen. Ein wirklich gelungener Auftritt.

Jetzt wurde ich nervöser. Die Mädels hatten vorgelegt, Wahn stand unter Druck. Und das Publikum sah viel mehr nach Jazz aus als nach Rock. Ich hatte ja schon ein paar Lieder mit meinen Texten gehört, konnte mich aber an keine Melodie mehr erinnern. Ich fühlte mich, als müsse ich selbst auf die Bühne. In meinem Magen grummelte es, meine Hände waren kalt und schwitzten, am liebsten wäre ich verschwunden.

Und dann ging es los – sie rockten lautstark ihr Programm ab.

Viel gewaltiger als die Mädels. Und auch lange nicht so professionell, fand ich. Meiner Meinung nach war die Gitarre zu laut und der Gesang zu leise. Hätte ich die Texte nicht auswendig gekannt, hätte ich wohl nichts von deren Sinn verstanden. Allerdings wippten eine Menge Leute mit. Vorne wurde sogar getanzt. Raja schaukelte auch im Takt. Doch ein paar verließen den Stern. Vielleicht waren sie nur wegen des Jazz gekommen, aber es konnte auch gut sein, dass ihnen Wahn zu wahnsinnig war.

„Gefällt mir", sagte Raja aufmunternd.

Mir allerdings gar nicht mehr. Mir kamen die Texte auf einmal wie Falschgeld vor. Ich stand nicht mehr dahinter. Sie waren wie von mir abgeschnitten. Nein, das war ich nicht mehr und ich war froh, dass Natz' Gesang von dem gewaltigen Gitarrensound verschlungen wurde. Als es endlich vorbei war, beruhigte ich mich etwas. Lolli oder sonst wer legte ruhige Instrumentalmusik auf, genau das Gegenteil von Rock und Jazz, der sanfte Klang schien alle zu entspannen. Man begann zu lächeln, Gespräche wurden aufgenommen.

„Und?", fragte mich Raja.

„Von mir aus können wir los."

Sie stieß mir ihren Ellenbogen in die Rippen und sagte:

„Was hast du? Das war richtig großartig!"

„Meinst du das ehrlich?"

„Nee."

Wir mussten herzhaft lachen und verschwanden ohne uns von irgendwem zu verabschieden.

Unsere Vögelei ließ nicht nach. Wir hatten jeden Tag Sex, manchmal zwei oder dreimal. Nur noch ganz selten fiel der Name Hassan. Von mir aus hätte ihn Raja öfter erwähnen können, aber sie sagte, besser sie spreche überhaupt nicht mehr über ihn. Eichel und die Olle und die ganze Nazieinrichtung der beiden verblasste in meinen Gedanken. Sie schien ewig weit weg zu sein, bis mein Telefon mit anonymer Nummer klingelte und tatsächlich die Olle dran war.

„Guten Tag, Herr Sittich ..“, sagte sie. „Wie geht es Ihnen?“

„Hallo Frau Darm“, gab ich freundlich zurück. „Mir geht's ganz gut ...“

„Herr Eichel vermisst sie sehr ... Sie haben ihn sehr, sehr traurig gemacht ... Sie haben das ganze Sanatorium sehr, sehr traurig gemacht ...“ Sie stoppte, dann sagte sie: „Wir würden gern noch einmal mit Ihnen sprechen ... wegen der ganzen Verträge, die Sie unterschrieben haben ...“

„Aha.“

„Ja. Wir müssen uns einigen, sonst wird es für Sie sehr kompliziert ...“

„Ich hab leider nie nachgelesen, was ich da eigentlich unterschrieben habe ...“, sagte ich, bemüht freundlich zu bleiben.

„Machen Sie sich keine Sorgen, Herr Sittich. Kommen Sie morgenfrüh um zehn ins Sanatorium, ja?“

„Okay, bis morgen ...“

Ich erzählte Raja von dem Anruf und sie bestand sofort darauf, mitzukommen, was Eichel und die Olle mit Sicherheit nicht gerade begrüßen würden. Allerdings waren sie ja auch zu zweit, immer waren sie zu zweit, und sie waren wirklich ein stark herrschendes Team, es wäre also nur gerecht, Raja als Zeugin dabei zu haben.

Raja parkte ihr Cabrio neben der schlanken Eiche, es war kurz vor zehn. Zu meiner völligen Überraschung tauchte im selben

Augenblick der Alte mit der Neuen auf. Die Neue winkte uns aufgeregt zu. Wir stiegen aus und stellten uns unter den Dachvorsprung der Werkstätten. Nachdem wir uns alle per Handschlag begrüßt hatten, fragte ich:

„Was macht ihr denn hier?"

„Frau Darm hat deinen Vater angerufen, sie bat ihn, heute herzukommen."

Und wieso bist du dann auch hier?, fragte ich mich, kannte die Antwort aber natürlich. Um Vitalin XJ 9-Scheiße zu verscheuern.

Wir gingen rein und ich erblickte sofort Miriam. Leider war ich immer wieder drüber hinweggekommen, sie anzurufen, was mir sogleich ein schlechtes Gewissen bescherte. Sie wirkte unsicher, lächelte aber kurz und verschwand im Holzsaal. Dann kam auch schon die Olle angeschwebt und gleich darauf Eichel. Sie sahen ernst aus, und bevor sie uns die Hände reichten, sagte Frau Darm:

„Oh wie schön ... das ist ja eine richtige Vollversammlung!"

Sie führten uns in die Ruhezone mit dem hohen Bambus, wo schon vier Tässchen und Tellerchin und Tee und Kuchen standen. Eichel holte noch zwei Stühle von einem anderen Tisch, dazu zwei weitere Tellerchin, Tässchen, Gäbelchen und Löffelchen. Er hatte weder mit Raja noch mit der Neuen gerechnet. Ein paar lange Sekunden sagte keiner was, bis sich Eichels Kinn auf seine Brust senkte, er die Augen schloss und den guschoianischen Wochenspruch aufsagte.

„Also gut", sagte er dann. „Ich wollte, dass dein Vater dabei ist, weil er sicherlich als Berufssoldat juristisch versiert ist ... Sie müssen nämlich wissen ...", er schaute jetzt den Alten an, „... dass ich sehr, sehr große Stücke auf Paul setze. Ja! Noch immer! Ich habe ihm angeboten, eines Tages das gesamte Eichion zu führen, zu führen ... für einen dreiundzwanzigjährigen deutschen jungen Mann eine einmalige Gelegenheit." Alle schwiegen, und zum Glück blieb die skeptische Miene des Alten bestehen. Ich wusste ja, was er von Psychiatrien hielt.

Eichel machte weiter:

„Paul, du hast unterschrieben, dass du mit deinem GANZEN EINSATZ dem Sanatorium, und gerade dem Papiersaal, die nächsten drei Jahre zur Verfügung stehen wirst ..."

„Das habe ich unterschrieben?", musste ich jetzt fragen, weil ich es nicht glaubte.

„Ich kann dir gern die Verträge zeigen."

„Ja, die würde ich mir gern durchlesen."

„VERTRAUEN Sie uns etwa nicht?", polterte die Olle jetzt raus. Sie sah betroffen aus.

„Vielleicht reden Sie Ihrem Sohn ins Gewissen", sagte Eichel zum Alten und wartete auf eine Antwort.

Die Neue sagte zu meiner Verblüffung:

„Paul hat ja gar keine Energie, um ein Unternehmer zu werden, Herr Eichel. Ich versuche es schon seit Jahren in MEINEM UNTERNEHMEN! mit ihm ... Er hätte schon soooo viel Geld verdienen können. Wissen Sie, VITALIN XJ 9 ist besser als jedes Medikament, dazu stehe ich mit MEINEM NAMEN! Nicht wahr, Ernst?"

„Ja, das muss ich auch sagen. Sie müssen sich wirklich mal die Literatur dazu anschauen ..."

Plötzlich tauchte Ulrike auf, wahrscheinlich wollte sie nur zum Klo gehen. Sie kochte sofort, das sah ich. Sie stampfte auf uns zu.

„Ach nee ...", zischte sie. „Die ganze Familie auf einem Haufen!"

Mir war das peinlich, der Ollen und Eichel anscheinend auch. Alle starrten sie überfordert an.

„Was glotzt ihr denn so blöd? HÄ? Wisst ihr was? Mich kotzt das hier alles an! Ich sag euch jetzt mal was: IHR seid hier die Patienten! IHR müsst alle weggesperrt werden!“

„Was ist denn IN SIE GEFAHREN, FRAU SCHNEIDER!?“, bäumte sich die Olle auf. „Entschuldigen Sie uns bitte, wir haben etwas WICHTIGES zu BESPRECHEN!“

„Was denn? Dass Paul hier alle Patientinnen durchvögelt, weiß doch sowieso längst jeder!“

Ich wurde knallrot. Peinlicher ging nicht vor Raja. Ulrike triumphierte, stemmte ihre Hände in die Hüften, starrte wutentbrannt die Olle an und fauchte:

„Früher hätte man Sie auf dem Scheiterhaufen verbrannt!“

„JETZT REICHT ES, Frau Schneider!“, sagte Eichel mit drohender Gebärde. „VERLASSEN Sie auf der Stelle das SANATORIUM! So etwas wie Sie können wir hier nicht länger dulden!“

„Ach ja? Herr Rumpelstilzchen hat gesprochen! Das ist doch ne Sekte hier! Die armen Irren werden in dieser Ballerburg durch eure ganze Scheiße noch irrer gemacht!“

Abrupt sprang die Olle auf, hetzte auf Ulrike zu und packte sie am Arm. Das war zu viel für Ulrike. Mit ganzer Kraft riss sie sich los und stieß die Olle von sich, so dass sie drei Meter nach hinten stolperte und auf dem Rücken landete. Jetzt sprang Eichel vom Stuhl auf und marschierte schnurstracks auf Ulrike zu.

„VERSCHWINDEN SIE HIER, SIE UNMENSCHLICHES WESEN!“, brüllte er mit hochrotem Kopf, wobei er durch die Gegend rotzte.

Ulrike lachte hysterisch los. Sie war total bescheuert, sie war drogenkrank, ganz klar, ich hätte ihr das gestreckte Koks nicht verkaufen sollen, ihre Augen waren riesengroß und starr, eigentlich bräuchte sie jetzt zwei Tavor.

Mein Alter saß da wie eine Statue und die Neue wühlte übernervös so lange in ihrer Handtasche rum, bis sie eine rote Packung Pillen in der Hand hielt und auch aufsprang. Sie eilte auf Ulrike und Eichel zu, drehte die Pillendose auf und schüttete welche in ihre Hand.

„Nimm eine davon“, sagte sie zu Ulrike, „du wirst in einen ganz, ganz sanften Schlummertraum sinken ... Vitalin XJ 9 ...“

Ulrike holte aus und schlug der Neuen die Faust in die Fresse. Mitten rein. Es klatschte richtig. Eichel packte ihren Arm, die Olle rappelte sich wieder hoch und stürmte zu ihnen. Der Alte war gleich bei der Neuen und betüddelte sie. Sie flennte, wischte sich das Blut von der Lippe, kramte das Vitalin XJ 9-Vitaminspray aus ihrer Handtasche und verpasste sich drei Schübe hintereinander. Ich hatte keine Zeit zu Raja zu schauen, alles lief ab wie im Film und ich hatte keineswegs Lust umzuschalten. Die Olle, Eichel und Ulrike zogen und zerrten sich zu Boden, Ulrike riss am Dutt der Ollen, bis sich ihr graues Haar öffnete. Jetzt sah sie wirklich wie eine Hexe aus. Sie grunzten wie Schweine, kreischten wie fickende Katzen und röchelten wie Sterbende. Die Tür des Holzsaals öffnete sich und Herr Gritzner rannte los. Eichel lag auf Ulrike, die Olle umklammerte ihre Beine, damit sie nicht mehr um sich treten konnte. Mit einem einzigen Ruck gelang es Ulrike, die beiden von sich wegzudrücken, sie riss am Rock der Ollen. Es waren tatsächlich weiße, lange Strümpfe, die sie trug. Die dürren schwarz beharrten Affenoberschenkel kamen zum Vorschein. Sie furzte. Wie eine Kuh. Gritzner bekam Ulrike unter Kontrolle, er hielt sie im Schwitzkasten, bis sie nur noch hechelte. Eichel stand auf und half der Ollen auf die Beine, die schnell ihren Rock wieder anzog.

Eichel schrie:

„DAS IST DER DANK??? Das ist der Dank, dass ich all diese OPFER BRINGE? Dass ich mein Leben nur zum WOHLE von PSYCHOPATHEN ausrichte? Wir sind ein guschoianisches Unternehmen, wir sind GUSCHOIANER, die BESTEN MENSCHEN, wir sind DEUTSCHE! Wir leben in Liebe! Wir geben nichts als LIEBE! Und was ernten wir? HASS! Nichts als Hass!"

Die Olle heulte und kriegte sich nicht mehr ein. Sie saß auf einem Stuhl und hatte sich nicht mehr unter Kontrolle. Die Neue lag noch immer auf dem Boden, ihr Kopf lag beim Alten auf dem Oberschenkel. Er tupfte ihre Lippe mit einem Taschentuch.

Inzwischen waren auch die anderen Ergotherapeuten aus ihren Sälen gekommen, und natürlich ließen sich die Patienten dieses herrliche Schauspiel erst recht nicht entgehen. Herr Gritzner und Frau Eilers schleppten Ulrike vor die Tür, die immer wieder total bekloppt losgrölte, sich aber nicht mehr wehrte. Raja hielt sich die Hand vor den geschlossenen Mund.

„GEHT JETZT!", fauchte Eichel uns zu, und: „Das wird Konsequenzen haben, verlasst euch drauf! So etwas lasse ich nicht durchgehen! Sie hören von meinem Anwalt, HERR SITTICH! Du wirst dich wundern, wie viel Geld du dem SSH SCHULDEST! ALLES VERLANGE ich zurück! ALLES! Sie haben SCHANDE über diese GÖTTLICHE Lebendigkeit gebracht!"

Ich musste es sagen und sagte es: „Heil Guscho!"
Grinsend verließen wir die verrückteste Irrenanstalt der Welt.

Als Raja mit einem weiteren weißen Briefumschlag in die Küche kam, schauten wir uns ratlos an. Sie schnitt ihn auf und las vor:

Dafür wirst du bezahlen!

In unendlichem Hass!

„Eichel?“, fragte sie. Sie forderte mich auf, alle Briefe zusammenzusuchen und ihr zu zeigen.

„Das ist wirklich total krank.“

„Weißt du was“, sagte ich, „ich möchte an meinem Buch weiterarbeiten, ich werde alles so aufschreiben, wie es wirklich gewesen ist. Mir ist danach, gleich anzufangen.“

„Na dann, lass dich nicht stören.“

Ich stellte den Laptop auf, entkorkte eine Flasche und setzte mich an den Küchentisch. Mein Schreibtisch war noch im Eichion, und da sollte er auch bleiben. Dass Raja ab und zu reingeschneit kam, um sich was Süßes oder etwas Obst zu holen, störte mich nicht. Ich schrieb die ganze Nacht durch. Gegen vier Uhr morgens kramte ich aus meinem Rucksack das Briefumschlägchen mit dem Gramm Koks, gönnte mir eine Line und warf den Rest ins Klo. Dann schrieb ich bis neun Uhr weiter, und um Raja ein schönes Frühstück zu bescheren, taperte ich zum Bäcker um die Ecke.

Und plötzlich stand sie mit ihren Riesentitten vor mir, sie war aufgetaucht wie ein Geist, sie war wie aus dem Nichts gekommen. Ihr Bauch wölbte sich rund unter dem schwarzrotkarierten Mantel hervor, und ihr Gesicht war eine einzige fiese Fratze voller Hass. Vor Schreck zuckte ich zusammen, mein Körper wurde in Sekundenschnelle von einem mächtigen Schauer übermannt, ich konnte kaum noch gleichmäßig atmen und erstarrte zu einer Säule. Kurzerhand schoss mir das Sektglas Sperma, das sie so geheimnisvoll in den Kühlschrank gestellt hatte, durch den Kopf, und augenblicklich fühlte ich mich beraubt. Es war pures Wissen. Das ist verrückt, sagte ich noch zu mir selbst. Dann sah ich nur die lange glänzende Klinge und spürte sie wie einen harten glühenden Feuerstab in meinem Magen versinken. Ich starrte runter. Sie ließ den hölzernen Griff los und sagte:

„Wir hätten so glücklich sein können, wirklich ...“ Sie drehte sich um und marschierte weg. Ich sah ihr nach, spürte den warmen Griff in meinen Händen und sackte zusammen.

Vier Monate später brachte Raja ein gesundes Mädchen zur Welt, es war eine Wassergeburt und der schönste Augenblick meines Lebens. Als sie aus Raja herausglitt, wusste ich, was mit wirklicher Schönheit gemeint ist. Wir gaben ihr den Namen Marlene mit auf ihren Lebensweg. Noch immer wohnen wir in Linden, Raja arbeitet weiter an ihrer Selbständigkeit und ich nutze jede freie Minute fürs Schreiben. Das Sanatorium Seelenheil gibt es natürlich noch immer, Eichel klagt gegen mich, er verlangt vierzehntausenddreihundert Euro Schadensersatz für was weiß ich nicht alles. Die Ärztin, die natürlich gar keine Ärztin ist, habe ich angezeigt. Unseren Sohn hat sie Oskar genannt. Nach der Stillzeit musste sie in den Knast.

Vor zwei Wochen bin ich fünfundzwanzig geworden, wir haben meinen Geburtstag zu viert in Griechenland am Strand verbracht.

Und mit diesem Tag, in dieser Minute, jetzt, in diesen Sekunden, schließe ich den Text ab und den Laptop zu. Ich bin angekommen. Ich bin dank Raja im Paradies. Zumindest vorübergehend. Ich habe dieses Buch voller Freude, Hass und Wut geschrieben, eine Fortsetzung wird es nicht geben. Nächsten

Monat lese ich daraus im Stern vor, Lolli sagt, er habe zweihundert Leute eingeladen, selbst Herr Engel wolle kommen. Ich freue mich drauf. Bis dann!

Und wisst ihr was? Ich werde mich jetzt auf meine rote Vespa schwingen und zum Spielplatz fahren, um mit Lutz und Rainer einen gepflegten Joint zu rauchen, einfach was ganz, ganz Normales!

ISBN 978-3-7485-1197-7
www.epubli.de